ein Ullstein Buch

ÜBER DAS BUCH:

Florenz ist im Mai wie ein Traum – vor allem, wenn man in eine schöne Italienerin verliebt ist. Allerdings müssen sich drei Studenten – ein Deutscher, ein Franzose, ein Engländer – diesen Traum teilen . . .
»Es war immer Fernaus Stärke, seine besondere Lebendigkeit, daß er nie einem Literaturdeutsch verfiel . . . Seine Personen sprechen wie du und ich, aber Fernau holt zugleich das Prototypische aus ihnen heraus. So ist der Roman, wie einfach er sich auf den ersten Augenblick auch ausnimmt, ein raffiniertes Gemisch: die naturscharf gesehene Einzelheit ist in ein großes Spiel eingebaut, dessen fast mathematische Gesetzmäßigkeit wir erst mit der Zeit erkennen . . . Wer diesen eigenartigen Roman sozusagen ›stereoskopisch‹ zu lesen vermag, der Oberfläche sich erfreuend und zugleich jene zweite Ebene durchspürend, der hat einen besonderen Genuß vor sich. Es stimmt einfach nicht, daß wir nur die Wahl haben, uns entweder künstlerisch zu langweilen oder unkünstlerisch zu unterhalten.« *(Die Welt)*

DER AUTOR:

Joachim Fernau wurde am 11. September 1909 in Bromberg geboren, ging in Hirschberg (Riesengebirge) zur Schule und studierte nach dem Abitur in Berlin. Er arbeitete als Journalist für den Ullstein Verlag, bis er 1939 zur Wehrmacht eingezogen wurde. Seit 1952 lebt er als freier Schriftsteller in München und in der Toskana. Seine Werke zur Geschichte und Zeitgeschichte lösten nicht selten ein heftiges Für und Wider aus. Fernau über Fernau: »Man nennt mich (richtiger schimpft mich) konservativ. Das stimmt, wenn man darunter einen Mann versteht, dem das Bewahren des Vernünftigen und Guten im Geistigen ebenso wie im Alltäglichen wichtiger ist als das Ändern um des Änderns willen . . .«

Joachim Fernau

Ein Frühling in Florenz

Roman

ein Ullstein Buch

ein Ullstein Buch
Nr. 20896
im Verlag Ullstein GmbH,
Frankfurt/M - Berlin

Ungekürzte Ausgabe

Umschlagentwurf:
Hansbernd Lindemann
Foto: Henner Klingelhöfer

Taschenbuchausgabe mit
Genehmigung der F. A. Herbig
Verlagsbuchhandlung, München

Printed in Germany 1987
Druck und Verarbeitung:
Elsnerdruck, Berlin
ISBN 3 548 20896 7

November 1987

Vom selben Autor
in der Reihe der
Ullstein Bücher:

Die treue Dakerin (20813)
Hauptmann Pax (20816)

CIP-Kurztitelaufnahme
der Deutschen Bibliothek

Fernau, Joachim:
Ein Frühling in Florenz: Roman /
Joachim Fernau. - Ungekürzte Ausg. -
Frankfurt/M; Berlin: Ullstein, 1987.
(Ullstein-Buch; Nr. 20896)
ISBN 3-548-20896-7
NE: GT

Es ist Arznei, nicht Gift,
was ich dir reiche.
Lessing, Nathan der Weise

I

Die Bellinis (der Name ist mit Rücksicht auf die Familie geändert; in Wahrheit hießen sie Tagliaferri, Eisenschneider) – die Bellinis wohnten seit vierundzwanzig Jahren in der Via dei Bardi Nr. 28. Von der Innenstadt, zum Beispiel vom Hauptbahnhof Santa Maria Novella, fährt man am besten bis zur Piazza dei Giudici. Drei Omnibuslinien halten dort, der Dreizehner, der Neunzehner und der Dreiundzwanziger. Dann geht man am Arno entlang zum Ponte Vecchio; so ging immer Leslie Connor (25). Oder man wendet sich in entgegengesetzter Richtung und überquert den Arno auf dem Ponte delle Grazie; das machten gewöhnlich Maurice Briand (23) und Hans Keller (25). Von beiden Brücken ist die Obere Via dei Bardi gleich weit entfernt, vielleicht fünf Minuten. Sie steigt vom Ufer aus sanft aufwärts, eine wunderschöne, alte romantische Straße. Zu beiden Seiten ist sie anfangs von ehrwürdigen Palazzi, die heute längst Mietshäuser geworden sind, eingesäumt, später nur noch auf der linken Seite, denn rechts kommen die Gärten von den Hügeln herab, und eine hohe toskanische Mauer schließt sie gegen die Bardi ab. Eine wunderschöne Straße. Im Frühling, in der Rosenzeit, läßt man leicht das Herz in ihr zurück. Die Bardi ist eine Straße der Sehnsucht. Das gibt es. Es gibt Straßen, denen man ansieht, daß dort Lieben beginnen. Es braucht nicht so zu sein, daß man es wispern und flüstern hört; das ist schon zu viel. In der Bardi springt vielleicht ein Mädchen aus der Tür und rennt mit geöffneten Lippen und mit fliegenden Haaren zur Chiesa Santa Lucia dei Magnoli zum Beichten. Mehr ist in dieser Minute nicht los. Aber es geht mit dem Teufel zu, wie sehnsüchtig man zurückbleibt. Über die Gartenmauer hängen in Trauben und duftend die Glyzinien und in großen Büschen die Oleander; das Pflaster glüht in der Maisonne, und Schwalben fegen an der Häuserfront entlang. Setz dich, Fremder, auf die steinerne Bank vor dem Hause Gabriellas und ruhe aus. Laß die Jahre von dir abfallen und werde noch einmal jung. Aber glaube nicht, daß nun alles einfacher wird.

*

Das Mädchen, das zur Santa Lucia dei Magnoli lief, war Gabriella Bellini (19). Wenige Minuten später kehrte sie bereits zurück. Sie hatte wieder dasselbe Tempo. Ihre schönen langen Beine konnte man unter dem Kleid verfolgen und vieles andere auch. Ein schwarzes Spitzentuch, das lose auf ihrem Kopf gelegen hatte, fiel herab; sie wippte es mit der Schuhspitze hoch und fing es, auf einem Bein stehend, auf.

Dabei murmelte sie dauernd vor sich hin, und ihre Stirn lag in angestrengten Denkerfalten.
Frau Bellini hörte die Tür gehen und rief aus der Küche: »Bist du es, Gabriella?«
»Bist du es?« fragte sie noch einmal.
Als wieder keine Antwort kam, trat sie hinaus. Gabriella stand im Flur und flüsterte: »Jesus, Jesus, Jesus, Jesus, Jesus (Frau Bellini wollte sie unterbrechen, aber Gabriella winkte ab) Jesus, Jesus, Jesus.«
Sie wiederholte es noch zwölfmal. Dann atmete sie erschöpft auf.
»Was soll denn das?« fragte Frau Bellini perplex.
»Mamma!« rief das Mädchen und warf begeistert den Kopf in den Nacken, »eine fabelhafte Entdekkung! Ich habe gebeichtet und –«
»Wieso plötzlich?«
»– weil ich heute nacht etwas Ungehöriges geträumt habe. Der Pfarrer hat mich danach fragen wollen, aber ich habe ihm geantwortet: Ehrwürden, Sie dürfen das gar nicht kennen; brummen Sie mir nur einfach eine Buße auf, ich mache mich auf hundert Jahre Fegefeuer gefaßt. ›Dann bete dafür‹, hat er gesagt und ist aufgestanden.«
»Und was ist daran fabelhaft?«
»Daran ist nichts fabelhaft. Fabelhaft ist, was Maurice herausgefunden hat. Er hat alle Ablaßgebete verglichen und festgestellt, daß das Wort Jesus das rentabelste ist; es ist das kürzeste und bringt 300 Tage!«

»... hat Maurice gesagt.«
»Ja, Mamma.«
»War es Maurice, von dem du geträumt hast?«
»Maurice? Das sage ich nicht. Sei nicht böse, Mamma, ich kann es nicht verraten, und ich kann auch für die ganze Sache nichts. Ich habe es bestimmt nicht gewünscht.«
Frau Bellini sah ihre Tochter fest an:
»Was war es?«
»Nein, Mamma.«
»Etwas Unanständiges?«
»Weiß ich nicht, Mamma.«
»Du weißt nicht, was unanständig ist?«
»Nein.«
»Du hast wohl einen Klaps?«
»Ich weiß nur, was Unrecht ist.«
»Ach so. Gut. *War* es das?«
»Wäre, Mamma, wäre! Es war ja nur ein Traum.«
Frau Bellini lächelte, wobei man die große Ähnlichkeit zwischen beiden erkennen konnte.
Das Mädchen schlug die Arme um den Hals der Mutter und küßte sie knallend auf den Mund.

*

Am Spätnachmittag, als Gabriella noch in der Handelsschule war, klingelte Leslie Connor an der Tür. Frau Bellini schaltete das Plätteisen ab und öffnete. »Buonä serä«, grüßte Leslie und deutete einen Kratzfuß an.

Frau Bellini hob den Blick in Ein-Meter-fünfundachtzig-Höhe und seufzte:

»Schon wieder! Kommt ihr etwa alle?«

»Selbstverständlich«, nickte Leslie und fuhr in leicht gefärbtem Italienisch fort: »Heute ist unser jour.«

»Unsinn«, entgegnete Frau Bellini und ließ ihn eintreten, »ihr scheint die ganze Woche über jour zu haben. Warum hockt ihr eigentlich immer bei mir? Habt ihr kein Zimmer?«

»Wir haben nicht *eins,* wir haben drei Zimmer. Aber es sind, wie Sie ganz genau wissen, Signora, elende Buden, in die Carlo einzuladen wir nie wagen würden.«

»Carlo?«

»Ihren Sohn. Darf ich Sie daran erinnern, Signora, daß Sie einen vierundzwanzigjährigen Sohn namens Carlo haben.«

»Das ist mir bekannt, Leslie. Und Carlos wegen kommen Sie?«

»Jawohl. Ist er da?«

»Erst um sechs, wie Sie genau wissen. Sie können ihn vom Büro abholen!«

»Halten Sie mich für wahnsinnig, Signora? Inzwischen kommt Gabriella nach Hause, und Maurice und Hans trudeln ein.«

»Sehr nette Jungens.«

»Der Teufel soll sie holen! Darf ich meine Beine auf diesen Küchenstuhl legen?«

»Wenn Sie das für fein halten, Leslie –«

»Es ist englisch, Signora, und bei diesem Wort verstummt die Frage nach fein und unfein. Das haben wir der Welt beigebracht. Darf ich nun oder darf ich nicht?«

»Nein«, sagte Frau Bellini und stieß das Bügeleisen trotzig auf den Tisch.

»Gut«, antwortete Leslie, »aber dann muß ich rauchen.«

»Ein junger Mann, der gravitätisch Pfeife raucht, wirkt komisch!«

»Klar. Weiß ich. Aber er wirkt vertrauenerweckend und gemütlich. Das sehen Sie doch wohl ein, obwohl die italienische Sprache kein exaktes Wort für ›gemütlich‹ hat?«

»Das glauben Sie! Ihr Kauderwelsch kennt es bloß nicht!«

»Nämlich?«

»Intimo.«

Leslie lachte. »Dann übersetzen Sie einmal: Ich verkehrte mit Gabriella sehr gemütlich!« Er sah Frau Bellinis verdutztes Gesicht und lachte, daß ihm die Tränen kamen.

»Ich weiß nicht«, rief sie scheinbar ärgerlich, »warum ich Gabriella nicht die Bekanntschaft mit Ihnen verbiete!«

»Das wissen Sie nicht? Ich werde es Ihnen sagen, Mamma –«

»Sie sollen mich nicht Mamma nennen, accidempoli! Die anderen tun das auch nicht.«

»Natürlich nicht. Die haben auch nicht den geringsten Grund. Vergessen Sie nicht, daß ich Gabriella heiraten werde.«

»Nie.«

»Ach Gott, wie langweilig, wie englisch, daß Sie immer dasselbe sagen.«

In diesem Augenblick schloß Carlo die Wohnungstür auf. Er rief »Ciao, Mamma«, dann hörte man, wie er ins Badezimmer ging.

»Sagen Sie bloß vor Carlo nicht solche Sachen!«

»Was für Sachen?«

»Daß Sie Gabriella heiraten wollen.«

»Warum nicht?«

»Warum nicht!! Per bacco, weil Sie nicht als Verehrer von Gabriella hier sein dürfen, sondern nur als Freund von Carlo oder Kamerad aus seinem Schwimmclub.«

»Wenn ich Gabriellas Bruder wäre, dürfte ich doch auch hier sein.«

»Was soll denn das nun wieder? Dann würden Sie Gabriella auch nicht heiraten wollen.«

»Selbstverständlich würde ich sie heiraten wollen, wo denken Sie hin!«

»Ach, mit Ihnen kann man ja kein vernünftiges Wort reden, Leslie. Ich möchte wissen, was sich in Ihrem Kopf eigentlich abspielt. Lauter dummes Zeug.«

»In England darf man –«
»England interessiert hier keinen Menschen.«
»Ja, ist das die Möglichkeit!« staunte Leslie.
»Doch, doch. Die italienischen Sitten sind andere. Carlo hat uns seine Freunde ins Haus gebracht, als *seine* Freunde, wenn ich mich recht entsinne, und nicht zu einer asta.«
»Was ist das, asta?«
»Asta? Eine asta ist eine Versteigerung.«
»Jetzt begreife ich. Pfui Teufel, wie können Sie so ein Wort in Verbindung mit Gabriella aussprechen, Mamma!«
»Sie sollen nicht so fluchen, Leslie, und Sie sollen mich nicht Mamma nennen, wie oft soll ich das noch wiederholen!«
Carlo steckte seinen Kopf zur Tür herein. »Wer ist denn da? Ach, Leslie! Wie geht es?«
»Erbärmlich. Deine Mutter ist in schlechtester Stimmung.«
Frau Bellini warf ein »magari« über die Schulter zurück und fragte dann:
»Hast du die peperoni mitgebracht, Carlo?«
»Ach du lieber Himmel! Vergessen.«
Seine Mutter sah ihn vorwurfsvoll an. »Und jetzt? Was mache ich zum Abendbrot?«
»Tut mir leid. Ich gehe gleich noch mal los. Oder wie wäre es mit Spaghetti?«
»Schon wieder!« stöhnte Leslie.

»Da siehst du ihn mal!« sagte Frau Bellini. »Ein wahres Wunder, daß deine drei Freunde nicht auch noch hier *schlafen*!«
Leslie lachte laut und zitierte irgend etwas auf englisch.
»Ah«, rief Carlo und blickte auf den Garten hinaus, »Severino war da und hat den Kies gebracht!«
»Ja«, nickte seine Mutter. »Aber er hatte keine Zeit, ihn zu verteilen. Das müßt *ihr* tun.«
»Machen wir es gleich. Komm, Leslie.«
»Nein, laßt das heute. Ihr könnt es morgen machen.«
»Morgen abend haben wir Training, Mamma.«
»Dann übermorgen. Hat es geklingelt?«
»Ich habe nichts gehört.«
»Doch, doch«, sagte Leslie, »soll ich öffnen?« Er ging zur Tür. »Es ist Maurice«, rief er, »darf er herein?«
Man hörte, wie Maurice sagte: Geh aus dem Wege, Sklave! Dann kam er sozusagen wehenden Mantels in die Küche, begrüßte Frau Bellini mit einem Handkuß und verkündete:
»Kinder, ich habe ein entzückendes Restaurant entdeckt, an dem Hügel zum Incontro, mit Terrasse voller Rosen, mit einem Schäferhund zum Weinen komisch und mit einem Töchterchen zum Kandieren. Die Küche ist in Anbetracht der Tatsache, daß es nun eben keine französische ist, ausgezeichnet, und das Ganze heißt ›Gargotta‹, was, wie man mir sagte,

soviel wie Kneipe bedeutet. Ich lade euch alle ein, ist das ein Vorschlag?«

»Ich wollte gerade Spaghetti –«

»Spaghetti!« entsetzte sich Maurice, »Sie sind eine wunderbare Frau, Madame, aber –«

»Quatsch doch nicht«, sagte Carlo.

» – aber Ihre Spaghetti sind zum Zähne ziehen: alle Spaghetti, in ganz Italien.«

»Maurice«, lächelte Frau Bellini, »Sie sind frech.« Er sah sie mit seinen samtnen, feuchten Augen an. Frau Bellini fuhr ihm durch die Haare. »Aber, Maurice, wir sind, sofern ich auch eingeladen bin, sechs Personen. Wieviel faßt Ihr alter Volkswagen?«

›Eine Wasserballmannschaft. Sieben.«

»Unsinn.«

»Tatsächlich, Mamma«, sagte Carlo, »zum Spiel nach Prato sind wir in seinem Wagen gefahren.«

»Natürlich müssen Sie auf meinem Schoß sitzen, Signora.«

»Halten Sie den Mund, Maurice! Ich bleibe also zu Hause.«

»Auf keinen Fall! Dann soll der Großbritannier zurückbleiben!«

»Ich? Und wer verrät euch, wie ihr Messer und Gabel zu halten habt?«

»Drei sitzen hinten und drei vorn«, sagte Carlo, »wirklich, Mamma, es ist ganz einfach. Wollte Ans denn überhaupt kommen?«

»Er sagte es.«
»Bitte, zieh dich gleich um, Mamma.«
»Ich will erst hören, was Gabriella meint.«
»Gabriella kann hierbleiben, wenn sie will.«
»Carlo!«
»Vorwärts, Mamma, umziehen! Aber etwas Leichtes, es ist warm draußen.«
»Da kommt sie!« sagte Frau Bellini. Alle traten auf den Flur hinaus.
Gabriella schloß auf. Als Carlo hinter ihr Keller auftauchen sah, bekam er einen roten Kopf. Ehe einer den Mund zum Gruß aufmachen konnte, fuhr er auf: »Das ist unfair; das ist verdammt unfair! Ihr habt mir alle versprochen, Gabriella nicht von der Schule abzuholen! Ihr habt versprochen, euch nicht mit ihr allein zu treffen!«
»Guten Abend, Ans«, sagte Frau Bellini versöhnlich, aber ihr Sohn stellte sich vor Keller und funkelte ihn an.
»Ich verstehe nicht –« stotterte Hans.
»Er glaubt«, klärte das Mädchen ihn gelassen auf, »du hättest mich vom Kursus abgeholt. Wir haben uns vor zehn Sekunden im Hausflur getroffen, Carlo!«
»Er hat Lippenstift am Mund«, schrie Leslie.
»Du bist ein Ekel«, fauchte Gabriella, »erstens küsse ich mich nicht, und zweitens würdest du es nicht merken, denn ich benutze keinen Lippenstift.

Mamma, mache Leslie zur Strafe Spaghetti! Guten Abend, Maurice.«
»Guten Abend, Gabriella. Beachte doch diesen Ausländer gar nicht. Es ist sowieso nur noch eine Frage der Zeit, daß er von der Uni fliegt und ausgewiesen wird. Hör auf deinen Maurice, Mädchen: Wir haben beschlossen, draußen zu Abend zu essen. Ich habe eine romantische Trattoria entdeckt! Sag deiner Mutter, daß sie mitkommen muß!«
»Natürlich kommst du mit, Mammina! Wie fahren wir denn?«
»Per Automobil.«
»Wie vornehm. Mit deiner alten Kutsche etwa?«
»Jawohl. Du darfst auch meine Peitsche halten.«
Frau Bellini runzelte die Stirn. Aber Gabriella fuhr fröhlich fort: »Zu sechst? Hoffentlich sinken wir nicht! Wo steht sie denn?«
»Unten am Arno.«
»Warum fährst du sie nie herauf?«
»Dein Bruder will es nicht.«
»Nein, ich will es nicht«, echote Carlo, »ständig, meine ich.«
»Ach so.«
»Also, ich hole sie herauf.«
»Warte«, sagte Hans, »ich begleite dich.«
Draußen schlug Maurice den Jackenkragen hoch und zog die Krawatte auf. Er hatte keine Baskenmütze auf, aber er sah dennoch so aus. Er war – auch mit

seinem Gang und den Händen in den Hosentaschen – komplett Paris IX. Arrondissement.

Sie gingen die Straße abwärts zum Arno; über dem Palazzo Vecchio stand die untergehende Sonne und beleuchtete feuerrot die Giebel der Häuser.

»Ihre –« begann Maurice nachdenklich, »ihre Mutter, wie alt schätzt du sie?«

»Gabriellas Mutter? Ich habe noch nicht darüber nachgedacht.«

»Dann denke jetzt darüber nach.«

»Rechnen wir einmal! Carlo ist vierundzwanzig. Sagen wir: plus zwanzig, macht vierundvierzig.«

»Ausgeschlossen! Du hast ein Talent, mir den Appetit zu verderben.«

»Also gut: vierundzwanzig plus siebzehn; macht einundvierzig.«

»Unmöglich.«

Sie trabten eine Weile schweigend nebeneinander her. Dann begann Maurice wieder:

»Sie sieht gut aus, nicht?«

»Sehr gut.«

»Schöne Figur, nicht?«

»Ziemlich.«

»Ziemlich? Ich sehe, daß du keine Ahnung hast.«

»Früher muß sie wie Gabriella ausgesehen haben.«

»Du rechnest vierundzwanzig plus siebzehn? Sie soll damals siebzehn gewesen sein? So was wird mit zwölf geschwängert.«

»Schwein.«
»Im Ernst, ich schätze sie auf sechsunddreißig.«
Ihre Schritte hallten zwischen den Häusern. Ihre Stimmen auch.
»Sprich nicht so laut, Maurice!«
Aber Maurice schien nicht zu hören.
»Sie juckt mich«, fuhr er fort.
»*Was* ist los?« platzte Hans heraus.
»Wie lange ist sie schon Witwe? Sechs Jahre hat Carlo gesagt, glaube ich.«
»Maurice –«
»Ach, langweile mich jetzt nicht mit einer Rede!«
»Maurice, bleib einmal stehen! *Was* war das? Meinst du wirklich ihre Mutter? Gabriellas Mutter?«
»Erraten, Ans.«
»Und was willst du?«
»Möchtest du es französisch oder italienisch hören?«
»Du französisches Ferkel!«
Maurice riß seinen Arm los: »Und du stumpfsinniger Boche!«
Hans begriff im ersten Augenblick nicht, weil Maurice französisch gesprochen hatte. Dann fragte er ungläubig:
»Tatsächlich?«
»Ja, tatsächlich, Boche.«
»Gute Nacht, Maurice. Und viel Vergnügen heute abend!«
Hans drehte sich brüsk um und ließ Maurice ste-

hen, der sich auch wirklich nicht rührte, bis die Schritte verhallt waren.

Dann zerrte er seinen Wagen heraus wie einen Hund aus der Hütte und knatterte im zweiten Gang die Bardi hinauf.

»Das ist auch ein Grund«, empfing ihn Carlo, »warum ich will, daß du nicht vor der Tür parkst. Der Krach ist widerlich.«

»Vieles ist widerlich.«

»Was hast du denn?« Er folgte Maurice in das Wohnzimmer. »Wo ist Ans?«

»Irgendwo.«

Gabriella kam umgezogen herein. »Wo ist Ans?«

»Wo ist Ans, wo ist Ans! Irgendwo, wo es ihm offenbar besser gefällt als hier. Er ist gekränkt und weggegangen.«

Carlo nahm Maurice bei der Schulter und drehte ihn zu sich herum: »Was ist passiert?«

Auch Gabriella sah ihn wütend an.

Leslie stand auf: »Kann ich ihn noch einholen?«

»Bemüht euch nicht, edle Herren«, sagte Maurice, »er war wieder einmal überempfindlich.«

»Nun rede doch schon endlich! Oder hast du ein schlechtes Gewissen?«

»Natürlich habe ich ein schlechtes Gewissen, du Idiot! Ich hätte das Maul halten sollen.«

»Wie meistens. Erzähle!«

»Kann ich nicht, wenn Gabriella dabei ist.«

»Aha.«

»Gar nichts ›aha‹. Es hat sich nicht um Gabriella gedreht. Ich kann es nicht ändern. Schluß.«

»Wenn du unsere Wasserballmannschaft kaputtgemacht hast, kannst du was erleben. Drei Tore pro Spiel! Der Verein ersäuft dich.«

»Ach«, rief das Mädchen, »seid doch still mit eurem Wasserball. Ich will wissen, was passiert ist, Maurice. Etwas Ernstes?«

»Weiß ich? Kenn' ich das deutsche Gemüt?«

Frau Bellini betrat das Zimmer: »Ich bin fertig.«

»Ich auch«, brummte Carlo, »zieh dich wieder um, Mamma.«

»Maurice«, sagte Gabriella, »du willst es uns nicht erzählen. Gut. Also überschlafen wir das alles bis morgen. Für heute trennen wir uns. Morgen habt ihr Training. Also bis übermorgen. Tut mir leid, Leslie; entschuldige, Mamma.«

»Gabriella –« versuchte Maurice.

»Gute Nacht, Maurice.«

»Gabriella – «

»Wenn du mir sagst, was geschehen ist, können wir darüber sprechen, sonst nicht.«

»Ich verstehe überhaupt nichts«, sagte Frau Bellini, »was ist denn plötzlich los? Wo ist Ans? Leslie, wo ist Ans?«

»Ich weiß es nicht, Signora, er kann nicht mitkommen, und jetzt haben Gabriella und Carlo keine Lust

mehr. Schade, nicht? Und nun los, Maurice, gehen wir! Ävänti! Signorä, gute Nacht. Gabriella, gute Nacht. Carlo, gute Nacht. Regionalmeisterschaft, gute Nacht.«
»Quatsch!« sagte Carlo und begleitete die beiden zur Tür.

*

Der Vollmond hatte gerade den Incontro erklettert und machte es sich etwas bequem. Er ruhte auf einem kleinen Wölkchen aus, das bläulich weiß durch den dunklen Himmel segelte. Vollmond!, sieh mal an, dachte Keller, während er langsam und im Schatten der Gartenmauern die Bardi hinaufstieg, sieh mal an, und die Fledermäuse haben die Schwalben abgelöst. Wie schön die Straße Gabriellas auch in der Nacht ist! Wie dick der Schatten, und wie blau das Licht. Daß ich immerzu an sie denken muß! Immerzu, immerzu. Sie wird schlafen, sie ist bestimmt nicht weggefahren. Sie wird schlafen, es ist elf Uhr. Jetzt gibt es zwei Möglichkeiten, eine schöner als die andere; ich kann mich auf die Steinbank setzen und zuhören, wie die Käuze rufen und wie mein Herz schlägt, und ich kann an ihr Fenster klopfen. Sie wird es öffnen, und ich werde ihr die Hand hinaufreichen.
Er tat beides. Er setzte sich auf den Stein und hörte dem Schreien der Nachtvögel zu, das lauter war als das Rauschen der Autos vom Lungarno. Um die alten

Straßenlaternen flatterten Falter, und vor dem Mondlicht tanzten über den Gärten die ersten Glühwürmchen. Santa Lucia dei Magnoli schlug elf Uhr. Hans stand auf und trat an das vergitterte Fenster. Er wußte, daß es das Schlafzimmer des Mädchens war. Wenn er den Arm ausstreckte, konnte er die Scheiben berühren.

Das Herz klopfte ihm bis zum Halse; er horchte auf ein Geräusch aus dem Zimmer, aber er hörte nur sein Blut pochen. Er stellte sich auf die Zehenspitzen, reckte den Arm hoch und kratzte leise an der Scheibe. Im nächsten Augenblick ging das Fenster auf und der Kopf des Mädchens tauchte aus dem Dunkel auf. Es lehnte sich heraus, indem es sich mit der Rechten am Gitter hielt; die linke Hand drückte das blau-weiß karierte Nachthemd an die Brust.

»Gabriella!« flüsterte Hans verzückt.

Sie schien nicht erstaunt. Sie lächelte und schwieg.

»Du warst nicht weg, nicht wahr?« fragte er ängstlich. Sie schüttelte den Kopf.

»Ich bin unglücklich, Gabriella, weil –«

»Du siehst nicht so aus, Ans.« Sie lächelte noch mehr.

»Wie schön du bist!«

»Ach, Ans! Das ist das einzige, was mir keine Freude macht zu hören. Kannst du das verstehen?«

»Aber wie soll ich es dir sonst sagen?«

»Was?«

»Wie du ... wie du ... ich kann nicht sprechen, Gabriella, mir klopft das Herz so.«

»Immer noch? Wir kennen uns doch schon ein Jahr.«

»Bin ich komisch, Gabriella? Es macht nichts; *ich* merke es nicht, und *du* mußt mir verzeihen.«

»Aber, Ans! Ich habe doch nichts zu verzeihen! Glaubst du denn, es sei für mich nicht schön, wenn du in der Nacht an mein Fenster klopfst und mich sehen willst?«

»Gabriella, ich möchte dir etwas sagen, aber . . .«

»Du brauchst es nicht zu sagen; ich weiß es.«

»Nein, nein, du weißt es nicht.«

»Doch, Ans. Du willst sagen«, flüsterte sie, »daß du mich liebst.«

Er preßte die Lippen zusammen und nickte heftig. Das Mädchen streckte ihm die Hand herunter und streichelte sein Gesicht.

»Glaubst du mir?« fragte er begierig.

»Ja.«

»Ach Gott!« stieß Hans hervor. »Dieses Leben!«

»Schön, nicht wahr? Für mich ist das Leben auch wunderschön. Und daß du mir gesagt hast, daß du mich –«

»Ich habe es ja gar nicht sagen können!« lachte er.

»Nein«, antwortete sie ernst, »du hast es nicht sagen können, und ich wünschte, die anderen würden auch nicht dazu kommen.«

»Denkst du, Maurice und Leslie würden es auch sagen?« fragte er erschrocken.

»Denkst du es nicht?«
Er schwieg.
Sie streichelte ihn wieder:
»Sei doch nicht traurig!«
»Ach Gott, wenn du doch häßlich wärst!« flüsterte er.
»Siehst du! Das habe ich vorhin gemeint. Es ist so einfach, mich gern zu haben.«
Er nickte.
»Was war denn zwischen dir und Maurice? Er hat nichts erzählt.«
»Natürlich nicht.«
»Ging es um mich?«
»Nein, nein.«
»Kannst du es mir nicht sagen, Ans?«
»Nein. Aber ich kann dir etwas anderes sagen, es ist nicht schön von mir, aber ich muß es dir sagen: Ich weiß, daß Maurice nicht – – ich meine, daß er sich nichts aus dir macht.«
Das Mädchen war sichtlich betroffen.
»Ach!«
»Es tut mir nicht leid, daß ich es gesagt habe. Und glaube mir, Gabriella, ich spüre kein bißchen Genugtuung. Ich bin viel eher verletzt. Wie kann man dich nicht lieben, Gabriella!«
»Du bist ein Träumer, Ans.«
»Weil ich im Mondschein unter deinem Fenster stehe und –«
»Nein, das ist schön. Laß, ich weiß nicht mehr, war-

um ich es gesagt habe. Ich freue mich, daß du gekommen bist. Wirst du dich mit Maurice wieder aussöhnen?«

»Ich muß wohl, nicht?«

»Tu es, Ans. Maurice ist ja nett, und ich habe eure Freundschaft so gern.«

»Schon gut, Gabriella; ich versuche, alles zu verstehen. Du siehst ja, ich frage dich nicht einmal etwas.«

»Du hast gesagt, du liebst mich. Nicht wahr?«

»Ja.«

»Ist das nicht schön für dich?«

»Sehr.«

»Hol mir eine Glyzinie von der Mauer, Ans.«

Er brachte ihr eine schwere Traube.

»Küß sie!« Er tat es.

»Gib sie mir!«

Sie führte sie auch an die Lippen. Er sah es deutlich, und es erregte ihn stark.

»Komm doch zu mir«, flüsterte er.

Lächelte sie? Die Blüten verdeckten ihren Mund, und ihre Augen konnte er nicht entziffern.

»Wie wenig du von mir weißt!« sagte sie. »Jetzt mußt du gehen. Und ich muß schlafen.«

»Kannst du denn?«

Sie richtete sich auf, mit der Hand immer noch das Hemd vor die Brust drückend. »So gut wie noch nie. Gute Nacht, Ans!«

II

Leslie hatte sein Zimmer nicht ungern. Es war klein und lag fünf Treppen hoch in einem von Menschen vollgestopften Haus in der Via della Stufa nahe der Medici-Kapelle des Michelangelo und des Lorenzo-Marktes mit seinen gräßlichen Verkaufsbuden. Aus dem Fenster sah er über die verschachtelten, moosbedeckten Dächer des alten Florenz, aus deren Gewirr sich hier und da die spitzen Glashüte der Lichtschächte emporhoben oder eine Wetterfahne, festgeklemmt von jahrhundertealtem Rost und ihren Dienst verweigernd.

Leslie hatte den Tisch (ehemaliger Küchentisch) an das Fenster gerückt, eine geringfügige Eigenmächtigkeit im Vergleich zu dem Kummer, den sein Vorgänger den Wirtsleuten bereitet hatte. Die dicke Eisenbahnerfrau Signora Chiarugi lebte noch jetzt von der Erinnerung an jenen Unhold, der schlimmerweise sogar ein Italiener gewesen war. Er hatte alle Nippes – und es waren viele –, alle Farbdrucke und Deckchen in einen Sack getan und die Wände mit mathematischen Formeln beschrieben. Dabei war er Botaniker gewesen! Das Eisenbahnerpaar war glück-

lich, als der Unmensch sein Staatsexamen machte und verschwand.
Herr Connor galt als feiner Mensch. Daher wusch ihm die Signora auch gern dreimal in der Woche seine Badehosen. Sie sprach, obwohl sie sonst eine stille Frau war, immer sehr laut mit ihm und im Infinitiv, wohl bedenkend, daß er ein Ausländer war.
Leslie schrieb einen Brief. Er schrieb in der ganzen Welt nur an einen einzigen Menschen, an seinen Vater. Etwa hundert Briefe pro Jahr. Vater und Sohn waren gegenseitig ihr Einundalles. Aber das soll nicht heißen, daß sie sich als Kameraden fühlten. Sir William Fitzgerald Connor fühlte sich komplikationsfrei als Vater und Leslie ohne Vorbehalt als Sohn.
Es gab auch Mütter, und zwar vier Stück. Nummer zwei war seine leibliche.
Leslie saß am Fenster und schrieb:
»Lieber Dad!
Ich habe seit einer Woche nichts von Dir gehört und würde mir Sorgen machen, wenn ich nicht wüßte, daß die Invasion der Fremden nach Italien begonnen und die Zahl der Ansichtskarten eine Milliarde erreicht hat. Ich nehme an, daß die italienische Post daher ihre alljährlichen Briefe-Verbrennungen vorverlegt hat. Von Florenz ist diese Sitte nicht verbürgt, wohl aber von Süditalien. Ein Kon-Student, gebürtig aus Kalabrien, hat mir einen Eid geschworen, selbst gesehen zu haben, wie man in einem Bade-

ort einige Säcke mit Ansichtskarten einfach im Hof anzündete. Ich fragte ihn, ob man vorher die Marken abgelöst habe. Diese Unterstellung empörte ihn, und er antwortete: Wir sind doch keine Diebe!

Aus meiner langen Vorrede hast Du, lieber Dad, sicherlich bereits den Argwohn geschöpft, daß jetzt etwas Wichtiges kommt, und zwar etwas, was zu erklären mir Schwierigkeiten macht. Die Sache ist die, daß ich mich verknallt habe. Ich stehe dem Ereignis ziemlich ratlos gegenüber, denn – Daddy, fasse Dich – zwei anderen geht es, wenn mich nicht alles täuscht, ebenfalls so. Sie vertreten die französische und die deutsche Nation. Wir sind also drei. Drei gegen das gesamte männliche Italien. Die Geschichte ist um so komplizierter, als es sich um meine Freunde Maurice und Hans handelt, die Du aus meinen Briefen bestens kennst.

Die erste, wenn auch nicht größte Peinlichkeit ist, daß die beiden den gleichen Geschmack haben wie ich als Brite. Was soll ich davon halten? Bin ich entartet, oder entwickelt sich der Kontinent mit Riesenschritten?

Das zweite, was zu bedenken wäre, ist, daß am Ende unsere Wasserballmannschaft auseinanderfallen wird, die wir nach einer Mißstimmung eben erst wieder zusammengeleimt haben. Maurice würde aus Wut keinen Ball mehr im Tor halten, und Hans würde vermutlich in verkehrter Richtung spielen und seine

drei bis vier Bälle ins eigene Tor hauen. Überdies besteht die Gefahr, daß beide zusammen mich bei günstiger Gelegenheit ertränken möchten.
Das alles ist aber nichts im Vergleich zu einer dritten möglichen Peinlichkeit. Was tue ich, wenn ich dieses verdammte Mädchen nicht bekomme? Wenn sie sich in einem Anfall von Umnachtung einem anderen zuwendet? Muß ich mich dann nach Indien melden? Oder wo sind wir sonst noch unerwünscht?
Und nun, Daddy, erlaube, daß ich Dir Deine zukünftige Schwiegertochter vorstelle.
Sie ist neunzehn Jahre alt. Sie ist dunkel, 1,68 groß und ganz ohne Zweifel Gottes ursprüngliches Modell für die weibliche Menschheit gewesen. Ihre Zehen sind so frisch und tadellos geformt wie ihre langen braunen Finger. Ich erwähne das, weil es über ihre Makellosigkeit mehr sagt, als vieles andere. Das Schönste an ihr aber ist ihre Fröhlichkeit und ihr strahlendes Lächeln, für das sie nicht nur ihre roten Lippen und weißen Zähne, sondern auch ihre schwarzen Tausend-Watt-Augen hinzuzieht. Vater ist gestorben, er war Bankbeamter. Soviel ich weiß, hat er nie Schecks gefälscht. Das ist also in Ordnung, wenn auch nicht faszinierend. Die Mutter ist eine sehr jung und gut aussehende Vierzigerin, die von einem Bauernhof in der Nähe von Florenz stammt; genau gesagt aus Vinci, wo auch der weitaus bekanntere Leonardo da Vinci herkommt. Die ganze Familie

ist fromm, wobei ich jedoch den angenehmen Argwohn hege, daß das Mädchen – ich meine meinen Engel – stark flunkert.

Sie heißt Gabriella. Ich finde den Namen hinreißend. Ich würde auch Agatha bei ihr hinreißend finden. Gewöhne Dich jedoch an Gabriella – ohne Abkürzung, bitte –, Dad.

Als ich vor zwei Jahren nach Florenz ging, um Deinen studentischen Spuren zu folgen, warntest Du mich vor den italienischen Frauen und nanntest sie die Heiligen Kühe Italiens. Ein absoluter Volltreffer, Dad! Italien ist voll von Bruthennen, die nur von Eierlegen und Hemdenbügeln träumen. Ihre Moral ist streng reglementiert und enthebt sie allen Denkens. Auf diese Weise haben sie alle Kräfte ihres Gehirns frei für das Putzen ihres Salons, das Einrollen der Teppiche während des Sommers und für das Ausfahren ihres Fiat-Cinquecento. Wenn sie wenigstens eine englische Marke benutzen würden! Der Mann ist für sie in frühen Jahren ein gefährliches Geschlechtswesen, später der Tankwart der Familie. Sein Berufsleben ist ihr nicht nur schleierhaft, sondern auch völlig wurst. Korrigiere mich, Daddy, falls ich mich irre. Eine Heirat zwischen einem Nordeuropäer und einer italienischen, derart gestrickten weiblichen Person kommt einer Heirat zwischen einem erwachsenen Mann und seiner zehnjährigen Tochter gleich. Oscar Wilde hätte es vielleicht Sodomie genannt. Alles richtig, und ich danke Dir für Deine mir seinerzeit übermittelte Erfahrung, Dad. Und nun stelle Dir vor, Du begegnetest in den Straßen Indiens inmitten der äsenden Heiligen Kühe einer Gazelle!

Ich sage nicht mehr. Seit Herbst vorigen Jahres kenne ich die Familie; seit unserer Rückkehr aus den Weihnachtsferien sind wir (Maurice, Hans und ich) mehrmals in der Woche abends zu Besuch bei Carlo und damit bei ihr. Seit zehn Wochen rast der Tantalus-Bazillus in mir. Ich versuche, mich nicht zu verraten; sie weiß es also nicht. Ob sie etwas von den beiden anderen unleidlichen Burschen weiß, ist mir unbekannt. Carlo wacht über sie und hat stets ein stehendes Messer im Stiefel.

O Daddy, sie ist wert, Deine Tochter zu sein! Shelley und Byron wird sie noch lernen, richtig englisch allerdings nie. Das fällt jedoch nur außerhalb Englands auf. Und das werden wir verhindern; wir werden sie in Mayfair einsperren, und sie wird die Blume unseres Serails sein.

So rede ich daher, Dad, und bin in Wahrheit in tausend Zweifeln. Anfangs genügte mir alles, um glücklich zu sein; aber inzwischen sollte sich etwas tun. So oder so, damned! Überleben werde ich beides.

Bitte, schreibe mir sofort, was ich tun soll.

Herzlich Dein Leslie.«

Sir William schickte keinen Brief, er schickte ein Telegramm.
Der Text lautete:
»Weitermachen. England gewinnt immer die letzte Schlacht. God save the Queen.«

*

Die Tage waren wundervoll; warm und sonnig. Auf allen Plätzen hatten die Restaurants Tische und Stühle herausgestellt, man aß unter roten und grünen Baldachinen, eingerahmt von Geranienkrippen. Straßenmusikanten standen an den Baum oder die Hauswand gelehnt und klimperten zu dem Geklirr der Eßbestecke in C-Dur toskanische Volkslieder, »Firenze sogna«, »Mi porti un bacione a Firenze« und »Sulla carrozzella«. Die Ober schütteten die Reste der San Pellegrino-Flaschen für die Spatzen auf das heiße Pflaster; die silbernen Eisbecher schwitzten, die Cappuccini dampften; die Luft war voll von Akazien, Touristenmenü und Benzin. Auf der Schattenseite der Straßen gingen die Einheimischen, auf der Sonnenseite die Fremden. Über der Schulter hingen ihnen Kameras, in der Rechten trugen sie den Stadtplan, und ihre Gesäßtaschen prallten von Pässen und Portemonnaies.
Auch die alte Garde der Bettler hatte die Saison eröffnet; alle waren sie wieder da, die im Winter das

Podagra pflegten oder zur Kur in San Casciano Terme weilten. Da saß der Taubstumme, der immer vor sich hinfluchte, wenn ihm die Passanten auf die Füße traten, der Blinde mit den zwei Hunden, von denen einer eine Augenklappe trug, und die hundertjährige Zigeunerin, die in der Stadt noch fünfzehn Enkelinnen laufen hatte.

Aus den Hauseingängen wehte renaissancische Kühle heraus; in dem Halbdunkel hielten Herren mit Aktentaschen Stehkonvente ab, ehe sie sich die Hände schüttelten und der eine im Drahtkäfig eines Lifts nach oben schwebte und der andere in die gleißende Sonne trat.

Nach dem Mittagessen, als hätte ein Muezzin sie gerufen, verschwanden die Pilgerscharen der Fremden in den Museen und tauchten, geröteten Blickes, erst wieder auf, wenn die Sonne sich anschickte, hinter dem Dach von Orsanmichele zu verschwinden. Es war 18 Uhr.

Maurice stand hinter einem Arkadenpfeiler auf der Piazza della Libertá und beobachtete den Hauseingang an der Ecke Cavour. Mit dem Glockenschlage ergoß sich ein Schwarm von Mädchen aus der Handelsschule. Es sah – weil gleichzeitig auch noch die Fensterläden hochgestoßen wurden – es sah aus, wie wenn ein Waggon eine Ladung junger Kälber auskippte. Sie quirlten durcheinander, ließen die Haare und die Röcke schwingen, die schwarzen Augen

herumflitzen, und schwatzten. Das dauerte eine ganze Weile, ehe sich der Schwarm plötzlich, wie auf ein geheimes Kommando, nach allen Richtungen auflöste.
Maurice sah Gabriella sofort, er hätte sie an ihrem Haar, an ihrer Größe und ihrer Haltung vom anderen Ende der Welt erkannt.
Sie ging die Cavour hinab; auf der linken Seite. Nanu, dachte er, sie geht auf der Sonnenseite. Dann merkte er, daß es die Schaufenster waren, die sie anzogen. Er folgte ihr langsam.
Sie machte vor jeder Auslage halt, auch vor der »Ceramica«, obwohl dort nichts als Waschbecken und Klosetts zu sehen waren, die sie mit der größten Gemütsruhe betrachtete. Dabei warf sie nicht ein einziges Mal einen Blick auf ihr Spiegelbild.
Kurz vor der Piazza San Marco ging sie zur Bus-Haltestelle hinüber. Maurice war noch hundert Meter entfernt; kein Bus weit und breit, er ließ sich Zeit.
Plötzlich rief jemand von der anderen Straßenseite im höchsten Diskant »Maurice, attends! Attends, Maurice!«, und ein pausbäckiges blondes Mädchen sprang wie ein Gummiball über die Fahrbahn und landete vor Maurice' Füßen. Sie war außer Atem und strahlte ihn an:
»Eben komme ich von der Uni, sehe dich von weitem und denke: Das ist die Rettung! Ich bin wie verrückt gerannt!«

»Das hättest du morgen im Hörsaal einfacher haben können, Lucienne.«
»Dann ist es zu spät. Maurice, du mußt mir helfen, ich bin in einer scheußlichen Lage.«
»Ich bin kein Arzt, Lucienne, ich studiere Kunstgeschichte.«
»Ach, sei nicht albern, ich kriege doch kein Kind!«
»Entschuldige, Lucienne, ich hab's eilig. Du hältst mich auf, offen gestanden.« Er sah über sie hinweg zu Gabriella, die ihnen den Rücken zukehrte.
»Ich bin in einer scheußlichen Lage, Maurice. Hörst du mir eigentlich zu?«
»Natürlich. Scheußliche Lage, hast du gesagt.«
Ihm war unbehaglich zumute. Was ist eine scheußliche Lage, dachte er. Meine Lage ist eine scheußliche Lage. Ich muß dieses Mädchen anhören. Wenn sie italienisch spräche, könnte ich es schaffen, daß die Sturzflut an mir vorüberrauscht, ohne daß ich sie kapiere. Aber sie spricht französisch.
»Verstehst du?« fragte Lucienne in diesem Augenblick, redete aber sofort aufgeregt weiter.
Gabriella stand immer noch unbeweglich an der Haltestelle. Wenn sie, dachte Maurice, die Cavour hinunterschaut, um zu sehen, ob ein Bus kommt, entdeckt sie uns.
(». . . und ich hatte dieses dreckige Zimmer in Rifredi gekündigt, weil der Kohlenhändler . . .«)
Hoffentlich sieht sie mich nicht. Wenn sie Lucienne

entdeckt, steigt sie in irgendeinen Bus, um mich stehenzulassen. Aber dazu müßte sie über den Platz gehen und ich würde sie einholen. Lucienne, mit ihren zwei Wasserbällen unter dem Pullover! Lucienne, sieh mal einer an!
(» . . . die alte Hexe hat mir das Zimmer nicht mal gezeigt, ich bin gar nicht so weit gekommen . . .«)
Seine Augen wanderten zwischen Gabriella und dem Ende der Cavour, in die der Bus einbiegen mußte, hin und her. Seine Unruhe wuchs, er hörte Lucienne reden, aber es war ein lästiges Geräusch und es nahm kein Ende.
(». . . ich bin auch noch zu den drei anderen Adressen gegangen, alles vergebens . . .«)
Gabriella trat jetzt ein paar Schritte zurück – immer ohne sich umzusehen – und lehnte sich an die Hausmauer. Sie holte aus der Rocktasche ein Bonbon heraus. Ja, es war offensichtlich ein Bonbon, denn sie versuchte, es mit einer Hand auszuwickeln.
(». . . wenn ich in eine Pension gehe, reicht mein Geld gerade noch fünf Tage . . .«)
Da ihr das nicht gelang, klemmte sie das kleine Bücherpaket, das sie wie eine Schülerin unter dem Arm trug, zwischen die Schenkel, und als es rutschte, legte sie es sich einfach auf den Kopf. Sie pellte das Papierchen auseinander, warf es auf die Straße und steckte sich das Bonbon in den Mund. Maurice starrte hingerissen hinüber.

(». . . ich weiß einfach nicht, wo ich heute schlafen soll . . .«)
Hier wachte Maurice auf.
»Du hast doch«, hörte er jetzt Lucienne deutlich, »eine eigene Wohnung –«
»Eine was?« wiederholte er.
»Alle sagen, daß du eine eigene Wohnung hättest!«
»Eine Schachtel auf dem Dach. Ein Bateau-Lavoir, wenn du weißt, wie es da aussah.«
»Bateau-Lavoir, Maurice, das ist doch herrlich! Sind Picasso und der Zöllner Rousseau auch da?«
Es war kein Bus in Sicht. Gabriella rührte sich nicht. Sie studierte ihre Schuhspitzen und sah nicht auf.
»Maurice!«
»Ich höre. Was hast du gesagt?«
»Gibt es denn bei dir keine Chaiselongue?«
Er sah sie an und holte das Versäumte nach. »Du gehst wohl schon ins Detail, wie?« lachte er. Es gefiel ihm jetzt. Das Mädchen fuhr sich mit der Zunge über die trockenen Lippen und sagte unsicher:
»Nicht wahr – ich darf bei dir bleiben? Ich finde bestimmt ein Zimmer. Nur so schnell –, und ich bin ganz abgebrannt. Wohin schaust du immer? Sag doch ja, Maurice!«
Sie hing mit den Augen an ihm.
»Natürlich, Lucienne. Du kannst kommen.«
»Ach, Maurice! Gleich fall ich dir um den Hals!«
»Hier ist der Schlüssel, Chérie, fahr schon voraus.

Aber sei dort, wenn ich komme; ich weiß nicht, wann. Ich bin in Eile. Und wasch dich gut.«

»Merci, merci, merci. Die Adresse, Maurice?«

»Via Pietrapiana 18. Auf dem Dach.«

»Pietrapiana? Das ist am Flohmarkt? Süß! Ich –«

In diesem Augenblick kam ein Bus die Cavour herunter. »Los, hau ab, Lucienne, mein Bus kommt«, rief Maurice, ließ das Mädchen stehen und lief zur Haltestelle.

Der Autobus ließ sich Zeit, Maurice fiel wieder in Schritt. Er blickte sich noch einmal um und sah Lucienne in Richtung Universität in der Menschenmenge verschwinden.

Dann trat er unbemerkt neben Gabriella, die immer noch an der Mauer lehnte und ihre Schuhspitzen studierte.

Er legte ihr die Hand auf die Schulter.

Gabriella schaute auf.

»Ah, Maurice«, sagte sie etwas ausdruckslos.

»Ja, hier spricht Maurice; anscheinend aus weiter Ferne?«

»Entschuldige«, antwortete sie, »ich hatte dich nicht erwartet.«

»Sondern wen?«

»Niemand natürlich. Wie kommst du in diese Gegend?«

»Da drüben steht die Universität!«

»Ach so, ja.«

»Ich will ehrlich sein, Gabriella: Ich wollte dich abholen.«
Sie trat unwillkürlich einen Schritt weg.
Er runzelte die Stirn, als er die Geste sah. Er war nahe daran, wütend zu werden.
»Warum darf ich das nicht«, fragte er so ruhig wie möglich. (Der Bus näherte sich, Gabriella bemerkte ihn jetzt auch.)
»Das weißt du doch genau!« antwortete sie. »Weil Carlo es nicht wünscht und ihr es versprochen habt!«
»Wer ist Carlo, wenn ich verliebt bin? Laß jetzt mal den Bus, Gabriella, es kommt wieder einer.«
»Carlo«, sagte sie heftig, »ist nicht nur wie bei euch in Frankreich mein Bruder, er ist Capo di famiglia!«
»Ach so!« Maurice lachte ein bißchen. »Dann müßte ich gegebenenfalls bei ihm um deine Hand anhalten?«
»Ja. Gegebenenfalls.«
»Das ist doch nicht dein Ernst, Gabriella!«
»Ich nehme es ernst.« (Der Bus fuhr ab.)
»Und was will Carlo verhindern, wenn er nicht wünscht, daß ich dich abhole?«
Gabriella sah ihn ungläubig an. Dann gewann ihre Fröhlichkeit wieder die Oberhand.
»Was er verhindern will?« Sie tippte Maurice mit dem Finger an die Stirn. »Das, was jetzt gleich passieren wird, du Heuchler!«
Er nahm ihren Arm: »Gehen wir doch zusammen das Stückchen zur Bar San Marco!«

»Da hast du es!« Sie funkelte ihn an. »Gehen wir ein Stückchen zusammen, gehen wir doch einen Kaffee trinken, hören wir uns doch an, was du zu sagen hast, sprechen wir doch ein bißchen über deine Verliebtheit, machen wir doch eine kleine Verabredung aus, sagen wir doch: Boboligärten um Mitternacht.«

Maurice lachte.

»Einverstanden«, sagte er und brachte es fertig, das Mädchen in Richtung Piazza San Marco zu dirigieren. Bis dahin sprachen sie kaum noch ein Dutzend Worte. Mit ihren langen Beinen hielt sie leicht mit ihm Schritt. Beim Überqueren des Platzes wollte er wieder ihren Arm ergreifen, aber sie schüttelte seine Hand ab.

Natürlich trat sie bei Rot auf die Straße.

»Vorsicht!« rief Maurice.

»Ach Gott«, antwortete sie, »der Herr aus Paris und das Mädchen vom Lande! Die Ampel ist nur für die Deutschen da; wann lernst du das eigentlich?«

Sie weigerte sich, draußen an einem Tischchen zu sitzen, und stellte sich an die Bar.

»Also«, sagte sie, »fang an!«

»Caffé?«

»Si, grazie. Und nun los.«

»Cameriere, due caffé per favore. Warum bist du so häßlich zu mir, Gabriella?«

»Weil du ein Versprechen gebrochen hast. Sieh mal, Maurice: Muß ich nicht annehmen, daß du auch andere Versprechen brechen kannst? Und was soll ich Carlo antworten?«

Er brachte vor Überraschung kein Wort hervor.

Sie wiederholte: »Nun? Was?«

»Du willst Carlo deine geheimsten Sachen erzählen?« stotterte er.

»Wenn er mich fragt, werde ich nicht lügen.«

»Das glaube ich einfach nicht.« Er kippte seinen Espresso hinunter. »Du hast ein Talent, mich verrückt zu machen, Gabriella. Manchmal frage ich mich, ob du wirklich noch ein unberührtes Mädchen bist.«

»Fragst du dich, ja? Und was antwortest du dir?«

»Natürlich bist du es!«

Hier platzte Gabriella mit einem Lachen heraus. Es war, als ob sie sich kugelte. (So etwa müssen die Engel im Himmel gelacht haben, als August der Starke erwartungsvoll vor sie hin trat.)

»Cameriere!« rief Maurice ärgerlich und hob den Daumen in die Höhe.

Er wartete schweigend, bis sein zweiter Espresso vor ihm stand, schüttete umständlich Zucker hinein und begann, ihn lange gedankenlos zu rühren.

»Ich glaube«, sagte Gabriella und deutete auf die Tasse, »steifer wird er nicht.«

Maurice blickte samten auf. »Kannst du denn niemals liebevoll und weich und hingebend sein?«

Es zuckte wieder um ihre Mundwinkel, aber sie antwortete ernsthaft:

»Doch. Ungefähr zweimal im Monat im Traum.«
»Und mit wem?«
»Wenn ich das nur wüßte, Maurice! Ich vergesse es jedesmal, wenn ich aufwache.«
»Mon dieu!«
Dann, nach einer Weile, holte er tief Atem und sagte: »Gabriella, ich bin Franzose, ich bin anders als Leslie und Ans. Ich bin nicht im kalten England und nicht im hölzernen Deutschland geboren. Mein Herz ist das Herz von Paris. Ach, wenn du doch Paris kennen würdest, dann könntest du mich sofort verstehen. Ich bin unter Küssen groß geworden und unter Lächeln, nicht mit Marschmusik wie Ans und Dudelsackgeplärre wie Leslie . . .«
(Gabriella hatte einen Ellbogen auf die Theke gestützt.) Er griff jetzt tönend in die Harfe; Gabriella hörte staunend zu.
». . . sondern mit Sous les toits de Paris und Parlez-moi d'amour. Meine Erinnerungen an die Kindheit sind der Etoile im Scheinwerferlicht, die Champs Elysées mit den blühenden Bäumen, die Seine-Brükken in der Dämmerung und Montmartre im Zwielicht der Gaslaternen . . .«
(Gabriella wechselte das Standbein.)
». . . du lächelst, Gabriella –«
»Nein.«
». . . du lächelst, weil die Worte sich anhören, als wären sie aus einem Prospekt – sind sie auch. Alitalia.

Na, und? Ich möchte, daß du Paris liebst. Und wenn du Paris liebst, wirst du auch mich lieben. Ich bin zwei Jahre jünger als Leslie und Ans, aber gegen mich sind die beiden noch Kinder. Als ich fünfzehn war, hat mich eine vierzigjährige Frau in die Liebe eingeführt. Und bald darauf war *ich* es, der andere in die Liebe einführte. Ist es häßlich, daß ich das erzähle?«

»Überflüssig. Ich habe nie geglaubt, daß du so bist wie Leslie oder Ans.«

»Soll ich aufhören?«

»Sprich nur weiter. Ich höre dir gern zu, wenn du von Paris erzählst. Aber sprich leiser.«

»Mir *ist* auch, als wären wir in Paris: Die Bar, die kleine grüne Insel auf der Place du Tertre und dort über den Dächern, ich sehe sie ganz deutlich, die weiße Kuppel von Sacré-Cœur. Schau hin! Und wenn wir uns umdrehen, sehen wir Paris in der Tiefe liegen. Ganz hinten, an der Seine, in der Rue des Troubadours wohnt Gabrielle.« Er sah sie an.

Als sie nichts erwiderte und auch ihr Gesicht nichts verriet, sagte er:

»Je t'aime, Gabrielle ... je t'aime. Hör doch, wie das auf Französisch klingt! Wie sagt ihr im Italienischen? Ti voglio bene? Wie kläglich. Oder: Isch liebe dir. Oder –«

»Gut, gut, Maurice; ich weiß, wie es im Englischen heißt. Für ein Mädchen klingt es in allen Sprachen schön. Doch das verstehst du nicht.«

»Gabrielle –«
»Nenn mich wieder Gabriella, Maurice; wir sind nicht in Paris, wir stehen in einer Bar in Florenz. Wer war das dicke Mädchen, das du vorhin gestreichelt hast?«
Für einen Augenblick schoß ihm die Röte ins Gesicht, aber er blickte Gabriella fest in die Augen. »Dickes Mädchen? Sie ist doch nicht dick! Eine Studentin. Eine Bekannte von uns aus dem Kolleg.«
»Ah ja?« Sie blickte gleichmütig aus dem Fenster. »Ganz bestimmt!« fügte er hinzu, und es tat ihm sofort leid. Er sprach schnell weiter: »Gabriella, schenk mir eine einzige Stunde mit dir allein! Wir fahren mit meinem Wagen in die Weinberge oder ins Mugello-Tal oder wohin du willst –«
Sie schüttelte den Kopf. »Das ist zu gefährlich, Maurice.«
»Du fürchtest doch nicht«, sagte er hitzig, »daß ich dir –«
»Nein, das ist es nicht. Wenn mir jemals ein Mann etwas antäte, würde ich ihn früher oder später töten.«
Maurice fühlte, wie ihm einen Herzschlag lang der Atem stockte.
Gabriella fuhr ruhig fort: »Das also ist es nicht. Aber es wäre das Ende der Freundschaft von euch allen.«
»Ja, du lieber Himmel! Soll das ein Grund in alle Ewigkeit sein?«
»Nicht in alle Ewigkeit, nur im Augenblick. Was

würdest du sagen, Maurice, wenn an deiner Stelle hier Leslie oder Ans stünden?«

»Leslie? Ans? Wie kommst du darauf? Wieso denkst du an sie?«

»Ist es undenkbar?«

Er senkte den Kopf und scharrte eine Weile schweigend im Sägemehl auf dem Steinboden.

Schließlich nahm er sich zusammen, kramte aus der Tasche dreihundert Lire heraus und legte sie auf den Teller. »Also!« sagte er, »gehen wir. Jedenfalls weißt du es nun. Ich bin kein Heimlicher wie Ans –«

»Pfui, Maurice!«

»Herrgott noch mal! So steht es eben um mich! So ist meine Natur. Ich bin verrückt nach dir, das Blut schießt mir wer weiß wohin, wenn ich dich nur sehe! Und ich soll alles verbergen! Aber sei unbesorgt, ich will es tun, obwohl ich nicht weiß, warum. Gehen wir; ich bring dich nach Hause.«

»Nein, du bringst mich nicht nach Hause. Wir trennen uns hier. Arrivederci, Maurice, in amicizia come prima...« Sie strich ihm über das Haar, und verwirrt bemerkte er, wie ihre Augen erregt glitzerten. Da!, dachte er, sie ist auch nur eine Frau.

III

Am Sonntagmorgen sah es fast so aus, als wollte es regnen. Aber es war warm wie im Sommer. Auf den Gräsern und Sträuchern lag noch etwas Nachttau; auch der Kies schien feucht zu sein. Frau Bellini klagte, daß er immer noch nicht auf dem Gartenweg verteilt war. Mai, sagte sie, schon Mai, die schönste Zeit, und alles ist noch so unordentlich.

Sie stand am Herd und ließ den Sugo di carne für die Cannelloni schmoren. Es roch angenehm würzig. Spinat lag gehackt auf einem Brettchen neben einer Kugel Ricottakäse; eine Mehltüte, die aufgeplatzt war und rann, lehnte an einem Topf, in dem vier Eier kullerten. Frau Bellini ging daran, den Teig zu machen.

Am offenen Fenster bügelte Gabriella Blusen. Sie hatte über die Brüste einen Schal gebunden und trug gegen die grelle Milchigkeit des Himmels eine Sonnenbrille.

In einer Ecke hockte ein Mädchen und sah untätig zu. Es war etwa achtzehn oder neunzehn Jahre alt; gut durchwachsen. Das Gesicht, von pechschwarzem Haar umrahmt, war langgestreckt und hatte römische Züge, recht angenehme, weiche. Ob das Mädchen der Sprache, ja überhaupt des Öffnens des Mundes fähig war, verriet es, solange man noch nicht zu Tisch ging, nicht.

Frau Bellini sprach es ein paarmal mit »Laura« an, was außer einem Kopfschütteln oder -nicken nie etwas anderes hervorrief.

Laura war adrett, aber billig angezogen, aus dem einfachen und sie melancholisch stimmenden Grunde, daß ihre Eltern ziemlich arm waren. Papa Cuddù war seit Jahren krank, einstmals ein vornehmer Herr, dem das alte Schlößchen Olmo bei Grassina gehört hatte, bis der Staat es für die Autostrada del Sole nebst zwei Vorwerken enteignete und planierte. Baron Cuddù wartete immer noch auf die Entschädigung und ließ inzwischen Jahr für Jahr einen Teppich nach dem anderen und ein Silberbesteck nach dem anderen von seiner geduldigen Frau zu den Händlern in der Via Fossi tragen.

Sie wohnten jetzt in der unteren Bardi. Gabriella und Laura duzten sich, weil sie zusammen zur Schule gegangen waren; die Mütter duzten sich, weil Frau von Cuddù sonst niemand hatte, dem sie ihr Herz hätte aufschließen können. Herr von Cuddù war nach einem Gehirnschlag leider nicht mehr imstande zu hören.

Da saß also Laura und wartete aufs Essen.

Gegen Mittag brach die Sonne durch, und eine Stunde

später (Laura hatte zweimal gesprochen; einmal um zu sagen, daß es ihr gut schmecke, und dann noch einmal, um sich zu bedanken) war der Himmel blankgeputzt und türkisblau. »Was für ein Frühlingstag!« sagte Frau Bellini, »ihr werdet eine schöne Eisenbahnfahrt durch die Berge haben; überall wird der Ginster blühen! Wann geht der Zug? Um 14 Uhr?«

Laura nickte. Sie schien etwas aufgeheitert, seit die Stunde näher rückte, in der sie Carlo wiedersehen würde. Sie suchte ihn in Gedanken und schwankte, ob sie ihn schon in Bologna oder noch im Autobus auf dem Wege durch den Apennin sehen sollte. Bald würde sie mit Gabriella zum Bahnhof gehen und nachfahren. Sie träumte ein bißchen vor sich hin. Das waren Augenblicke, die ihr wie »denken« vorkamen, und die sie vornehmlich den Dichtern zuschrieb. Sie selbst verfaßte auch Poeme, und zwei davon waren schon in »La Nazione« erschienen; sie hatten von der Autostrada gehandelt, die mitten durch das Herz von Herrn von Cuddù lief.

*

Gabriella und Laura schlenderten durch die sonntagleeren Straßen zum Bahnhof, wo sie um 14 Uhr 10 anlangten. Der Zug war weg. Gabriella fluchte und bekreuzigte sich in einem.

Sie nahmen den Bummelzug, der »bei jeder Schafherde hält« (Ausdruck von Gabriella), und kamen an, als die erste Hälfte des Spieles fast vorüber war.
Die Halle war schwach besucht; sie setzten sich in die erste Bankreihe am Wasser neben Rossi, den dikken alten Masseur. Es stand 4:0 für Bologna. Gabriella glaubte nicht recht zu hören. Traurig, sagte Rossi, Maurice läßt alles durch, ich verstehe das nicht.
Gabriella überlegte, ob *sie* es verstand. Sie dachte an die Bar von San Marco und starrte mit gerunzelten Augenbrauen zum Tor hinüber.
In diesem Augenblick klatschte der fünfte Ball ins Netz. Maurice riß sich in die Höhe, aber er kam einfach nicht heraus; es war nicht Absicht, er hatte Blei in den Beinen.
Gabriella hörte, wie Leslie lachte. Er hatte sie entdeckt und winkte ihr zu.
Dann kam der Abpfiff. Die Spieler kletterten aus dem Wasser. Carlo und seine Freunde, triefend und schwer atmend, tappten um das Becken herum, winkten dem Alten ab, der sie auf der Massagebank haben wollte, und gingen zu den beiden Mädchen.
Sie sagten »Hallo« (Carlo brubbelte vor sich hin) und pflanzten sich vor ihnen auf. Nachdem sie das Problem aller Halbnackten, wo sie ihre vielen Arme und Hände lassen sollten, gelöst hatten, indem sie sie auf den Rücken legten, atmeten sie ein paarmal

tief durch, pusteten dröhnend aus und warteten, daß Gabriella eine Rede halten würde.

»Warum kratzt du dich da hinten dauernd, Maurice?« fragte sie; was nicht sehr großartig war. Dabei sah sie ihn finster wie eine Mafiosa an. Maurice stach düster zurück und antwortete nicht.

»Gemütlich!« lachte Leslie. »Nun will ich euch mal was sagen, ihr Mädchen –«

»Das ist Laura Cuddù, Leslie; du und Ans habt sie noch nicht bei uns kennengelernt.«

Er gab ihr die nasse Hand. »Nun will ich euch was sagen: Die Bologneser sind viel zu stark, als daß da große Sprünge zu machen wären. 1 : 0 zu verlieren ist peinlich; 15 : 0 zu verlieren ist schon wieder komisch.«

»Du bist wohl verrückt?« fauchte Carlo. »Erwartest du noch zehn Tore?«

»Schießt lieber zehn!« sagte Maurice böse. »Wo sind eigentlich die obligaten Tore von Ans? Die berühmten? Wozu ist er überhaupt mitgefahren? Und du auch, Leslie!«

»Ich bin nur mitgefahren, weil ich wieder mal baden mußte. Und du, Hans?«

»Ach, laßt mich doch in Ruhe. Maurice hat ganz recht. Ich bin froh, daß Gabriella zu spät gekommen ist und nichts gesehen hat. Ich weiß nicht, was mit uns los ist.«

»Na, außer euch«, beruhigte Gabriella, »gibt es ja noch ein paar andere in der Mannschaft, nicht?«

»Siehst du, Hans«, sagte Leslie und schien sich weiter zu amüsieren, »ich habe mir doch gleich gedacht, daß da noch Unbefugte mitbadeten. Das Wasser war so voll. Versteht sie was vom Spiel?« fragte er und deutete mit dem Kinn auf Laura, die tief in das Studium der Plastiken vor ihr versunken war.

»Verstehst du was von Wasserball, cara?« wiederholte Gabriella.

Laura schüttelte den Kopf.

»Nun gib doch mal einen Ton von dir, Laura!«

Wirklich, sie tat es. Sie sagte sanft: »Ich sehe gern, wenn jemand schwimmt.«

»Brava!« schrie Leslie enthusiastisch, »das war einmal ein Wort am rechten Platz! Sie sind entzückend, Laura; wenn Sie einem alten Seebären diese Bemerkung gestatten. Ihr Wort hat uns aufgerüt –«

»Sei nicht albern!« schimpfte Gabriella.

»– telt«, fuhr Leslie ungerührt fort. »Ja, würdest du keinen albernen Mann haben wollen, Gabriella? Ich versichere dir, es sind die besten. Natürlich nur, wenn sie nebenher imstande sind, zehn Tore zu schießen. Ich erinnere mich da an meinen Namensvetter Leslie, Leslie Howard, der den albernen Lord in ›Scarlet pimpernell‹ spielte und zugleich ein Held war. Du kennst doch sicher den Film?«

»Ja. Und? Wo ist der Held?« lächelte Gabriella.

»Der ist noch nicht da. Aber den ersten Teil erfülle ich schon!«

»Ach, Leslie!« sagte das Mädchen weich. Sie wollte wohl noch weitersprechen, wurde aber von dem Ton einer lauten Hupe unterbrochen.
»Los!« rief Carlo. »Fertigmachen zum zweiten Mittagessen! Es geht weiter. Mach auch noch die Augen zu, Laura!«

*

Der Schiedsrichter (auf ihrer Seite) war jung und schön; seine helle Hose zierte eine geradezu stählerne Bügelfalte, und sein blütenweißes Hemd war glatt wie eine Frackbrust. Er schiedsrichterte streng und war mit seinen Fähnchen beschäftigt wie ein Signalgast auf See. Im übrigen tat er zunächst nichts, was Gabriella hätte reizen können, nur mochte sie ihn vom ersten Moment an nicht.
Bald aber wurde sie hellwach.
Sie beugte sich zu Rossi hinüber:
»Haben Sie eine Brille?«
»Nein. Warum?«
»Ich wollte sie dem Schiedsrichter bringen.«
»Unter Wasser sieht er wirklich nicht viel«, nickte der Alte betrübt, »da haben Sie recht, Signorina.«
Genau gesagt, sah er von dem, was sich unter dem Wasserspiegel abspielte, gar nichts. Nach einer Minute begann Gabriella, das Spiel laut zu kommentieren. Der Schiedsrichter drehte sich um und sah sie strafend an.
»Sie sind blind!« rief sie wütend. Es traf ihn ins Mark.

Er fuhr noch einmal herum und donnerte: »Wenn Sie sich weiter so betragen, werden Sie die Halle verlassen!«

»Sie sehen nicht eine einzige Beinschere, mit denen Nummer drei schwarz und Nummer fünf schwarz arbeiten!« schrie Gabriella erbost.

»Ruhe! Schweigen Sie!«

Gabriella sprang auf: »Da! Da! Eben verschwindet Carlo wieder wie ein Stein! Auf Ihrer Seite! Sehen Sie doch endlich hin!«

Sie setzte sich. Das Schreien hatte ihr gutgetan.

Nun saß sie wieder sittsam da, die Schenkel fest zusammengepreßt und die Hände in den Schoß gelegt.

Das währte einige Minuten; dann ereignete sich der Zwischenfall, mit dem Gabriella in das Goldene Buch der Geschichte des Sports einging.

Der Ball flog an den Rand, fast zu Füßen des Schiedsrichters; Leslie und ein Bologneser (Nummer drei schwarz, wie Gabriella gesagt hätte) spurteten Schulter an Schulter darauf zu, Leslie schien der Schnellere, aber sein Gegner machte einen gewaltigen Sprung, um den Ball wegzuschlagen, seine Rechte zuckte vor, und die Handkante traf mit voller Kraft Leslies Hals. Der Bologneser packte den Ball und kraulte davon. Leslie war verschwunden.

Gabriella wartete gespannt, wo er auftauchen würde. Sie erhob sich, um besser sehen zu können.

Zehn Sekunden vergingen, zwanzig; sie bekam es mit

der Angst und ging zum Rand des Beckens vor. Das schwappende Wasser hatte sich beruhigt – auf dem Grunde, zusammengekrümmt, lag Leslie.
Sie schrie auf. Der Schiedsrichter drehte sich um, packte sie am Arm und zischte sie an, sich zur Bank zurückzuscheren. Gabriella deutete in das Wasser und stammelte: »Er ist untergegangen!« »Raus aus der Halle! Endgültig raus!« explodierte der Arbitro. »Er ist untergegangen«, wiederholte Gabriella bleich und dann lauter: »Er ist ohnmächtig! Er ertrinkt!«
Der Mann zerrte sie immer noch, sie schlug ihm die Finger weg, panische Angst erfaßte sie, sie brüllte ihn an: »Er ist ohnmächtig, er ertrinkt! Rein! Los, Sie Idiot! Rein! Rein!«
Der Schiedsrichter beugte sich über das Becken. Im selben Moment fuhr Gabriella mit beiden Händen vor und stieß ihn ins Wasser.
Der Tumult war perfekt. Das Spiel stand; die Schwimmer reckten sich in die Höhe, um zu sehen, was geschehen war; die ganze Halle lärmte. Gabriella kniete am Rande und nahm nichts davon wahr. Neben ihr stand der dicke Rossi und jammerte: »O Madonna! O Madonna! Man wird uns disqualifizieren!«, und von den Tribünen krakeelte es »Fuori! Fuori! Raus!«
Carlo und Hans schwammen heran und fragten verstört, wo Leslie sei.
Als Antwort tauchte sein Kopf auf. Dann strampelte sich der Schiedsrichter nach oben; er stemmte mit

beiden Händen den Ohnmächtigen hoch, Rossi und das Mädchen griffen zu, auch Laura war plötzlich da und zog aus Leibeskräften. Totenstille in der Halle.
Der Masseur legte das Ohr an Leslies Brust. Er nickte. Dann drehte er den Körper halb um und pumpte ihm das Wasser heraus, das in dünnen Fäden aus Nase und Mund rann. Der Schiedsrichter stand dabei und verbreitete eine Riesenlache, in der auch bald Leslie lag.
»Gehen Sie doch weg!« fuhr Gabriella ihn an, »oder wollen Sie ihn wirklich noch ertränken?«
Hans und Carlo hoben den immer noch Bewußtlosen auf und trugen ihn in die Umkleidekabine. Sie legten ihn auf die Massagebank.
»Er hat einen Schlag ins Genick bekommen«, sagte Gabriella.
»Ach so! Deshalb!« antwortete Rossi. »Ich konnte es mir gar nicht erklären. Wir werden wohl keinen Arzt brauchen. Ihr solltet lieber wieder hinausgehen, sonst ist der Teufel los. Sie werden das Spiel weiterlaufen lassen.«
Gabriella und Laura blieben in der Kabine. Die Freundin stand wie eine Ehrenwache zu Leslies Füßen, Gabriella hielt seine Linke in beiden Händen.
Nach einer Weile ging die Tür auf und ein Arzt erschien. Hinter ihm schob sich der Schiedsrichter herein. (Er trug jetzt einen zerknitterten Trainingsanzug.) Rossi berichtete. Der Doktor horchte die Herztöne ab, hob das Augenlid und befühlte den Hals.

»Sehr unschön«, sagte er, »aber er wird gleich wieder dasein.«
Er richtete die Worte an den Schiedsrichter, dessen Trübsinn sich dadurch etwas erhellte. »In Ordnung«, fügte er für Rossi hinzu, »aber ich bin auf jeden Fall noch in der Halle.«
Sie waren im Begriff zu gehen, da stand Gabriella auf, reichte dem Schiedsrichter die Hand und sprach die unerwarteten Worte: »Verzeihen Sie.«
Der Mann war vollständig verdattert, sagte ein »niente«, machte eine Art Verbeugung und ging. Rossi begleitete den Arzt. Gabriella setzte sich wieder und ergriff Leslies Hand.
»Trotzdem Idiot«, murmelte sie.

*

Als Leslie zum Bewußtsein zurückkehrte, erinnerte er sich sogleich deutlich an das, was sich ereignet hatte. Er war lediglich überrascht, niemand außer zwei weiblichen Wesen zu sehen. Er schielte etwas mühsam zu ihnen hin, denn er konnte den Kopf schlecht bewegen.
»Ach, Leslie!« frohlockte Gabriella und küßte ihn auf die Nase, »da bist du ja!«
»Tatsächlich!« lächelte er matt.
»Hast du Schmerzen?«
»Kaum. Wenn ich ruhig liege, fühle ich nichts. Wer hat mich gerettet?«

»Der –« Da aber sprang Laura dazwischen; sie brachte zwar kein Wort heraus, zeigte aber mit ausgestrecktem Finger auf Gabriella.

»Engel –«, sagte Leslie. Doch dann stutzte er. »Ich denke, du kannst gar nicht schwimmen?«

»Laß das jetzt, Leslie. Wir erzählen es dir später. Soll der Arzt wiederkommen?«

»War einer da?«

»Ja. Ich glaube, er saß unter den Zuschauern.«

»Was hat er gesagt?«

»Daß du gleich zur Besinnung kommen würdest.«

»Das hätte ich dir auch sagen können. Nun wollen wir mal aufstehen.«

Aber es ging nicht, obwohl die Mädchen ihn stützten.

»Ich kann das rechte Bein nicht bewegen. Wahrscheinlich vom Schlag an den Nerv. Warten wir also noch.« Er horchte.

»Ist das Spiel weitergegangen?«

»Nach der Unterbrechung, ja.«

»Und wie steht's?«

»Du bist ja schon recht munter, Leslie. Wie es steht, weiß ich nicht. Vielleicht 10:1. Denk nicht daran.«

»Wenn ich nicht an das Spiel denken darf, denke ich an dich, Gabriella.«

»Kannst du.«

»Haha!« Er versuchte zu lachen. »Dieses Absaufen war eigentlich wieder einmal komisch, nicht? Ich komme aus dem Albernen offenbar nicht heraus. Sag,

Gabriella, wäre es dir vielleicht möglich, auf den Helden zu verzichten und mich dennoch zu heiraten?«

»Es wäre möglich, aber wer weiß das schon mit Sicherheit zu sagen, Leslie?«

»Engel, du gibst recht freche Antworten für deinen himmlischen Berufsstand! Ich werde dir auf alle Fälle meine Offerte differenzieren: Wir ziehen nach London, wo der beste aller Väter residiert –«

»Ich besorge mir morgen einen Bildband von London, Leslie.«

»Nein, das wirst du nicht!« Er richtete sich auf, es ging schon ganz gut. »Das wirst du auf keinen Fall, sonst ziehst du nie hin! Wenn du willst, können wir uns auch in Neapel niederlassen und am Hange des Vesuvs ein Häuschen erstellen –«

»Leslie, sei doch ernst; du weißt nicht, daß du eben von den Toten auferstanden bist.«

»Ich bin ernst. Ernster geht es gar nicht. Oder haben dir die anderen losen Buben bessere Angebote gemacht? Ich kann dir vier Schwiegermütter bieten, sechs Hunde, lauter Whippets in den besten Flegeljahren, einen Rolls-Royce aus zweiter Hand und last not least den Sohn.«

»Welchen Sohn?«

»Mich.«

»Schweig, piccino!« sagte Gabriella, »Schweig, schweig, schweig. Was soll nur Laura denken!«

»Mach deiner Freundin Laura durch Zeichen verständlich, daß sie alles vergessen soll, wovon sie eben Zeuge war.«

Laura lächelte und sah Gabriella bewundernd an. Vielleicht hätte sie sogar etwas gesagt, aber in diesem Moment quoll die Florentiner Mannschaft herein. Alle drängten sich um Leslie und quetschten die Mädchen beiseite.

Leslie ließ sich eine Weile kondolieren, dann fragte er: »Na? Resultat?«

»Ich habe ihnen noch fünf Stück reingefenstert«, prustete Hans los. Die ganze Horde Neptune lachte. Am meisten schien sich Gabriella zu freuen.

»Damned!« rief Leslie, »da ist er, der Mann mit dem zweiten Teil!« Bei dem Wort damned hatte er sich auf die Schenkel geschlagen. Plötzlich hielt er ein. »Seltsam«, sagte er, »ich habe auf dem rechten Bein den Schlag eben nicht gefühlt.«

Darauf rannte Carlo sofort los, um den Arzt zu suchen.

»Massieren! Massieren Sie ihn!« forderte Maurice den Alten auf.

Rossi schüttelte den Kopf: »Auf keinen Fall. Das ist keine Muskelsache, das ist eine Nervenstrangsache. Glaub mir, Leslie, mein Junge, übermorgen ist alles vorbei. Laß niemand am Bein herummurksen, es sei denn den Arzt. Hoffentlich ist er nicht mehr da.«

Er war nicht mehr da; Carlo kam unverrichteterdinge zurück. Rossi schlug vor, noch ein halbes

Stündchen zu warten und dem Bein Ruhe zu gönnen. Er zog sich an und verkündete, er werde jetzt aus der Kneipe des Stadions für alle etwas Eßbares holen; es gelte zu feiern.

»Für Leslie Spaghetti!« schrie Hans ihm nach.

»Wirklich?« fragte Rossi zurück.

»Unsinn!« antwortete Gabriella. »Sei nicht so albern, Ans!« Leslie riß es zu ihr herum. Als sie seinem Blick begegnete, warf er die Arme hoch, ließ sich zurückfallen und sagte:

»Auch das noch!«

*

Sie humpelten »als Troika« (Ausdruck von Leslie) zum Omnibus, vorneweg Leslie, jochartig gestützt von Carlo und Hans. Er konnte noch immer nicht allein gehen, obwohl sie ein weiteres halbes Stündchen bei Bier und Merenda zugelegt hatten.

Es dämmerte bereits, als sie abfuhren.

Schön war die Fahrt durch den toskanischen Apennin. Ein halber Mond stand früh am Himmel; im Westen segelten noch rosa Wolken dem entschwindenden Tag nach. Der Bus brummte, röhrte und wiegte sich wie auf Wellen. Ein Fenster stand offen, die laue Luft strich durch den Wagen.

Laura war es gelungen, neben Carlo zu sitzen; sie flüsterte sogar mit ihm, mindestens von Sasso Marconi bis Pian del Voglio, was die Denkwürdigkeiten dieses Tages um eine vermehrte. Und als die starken, zahlreichen Futa-Kurven kamen, gab es niemand, der sich so sehr zur Seite schleudern ließ wie Laura; besonders nach links. Die »Unbefugten, die mitgebadet hatten« sprachen von nichts anderem als dem 5:5. Der Rest schwieg. Maurice brütete vor sich hin. Hans nahm ein paarmal Anlauf, ihm zu versichern, wie großartig er in den letzten Minuten im Tor gewesen sei, aber Maurice sah ihn nur von oben bis unten an und antwortete nicht.

Leslie schaute intensiv aus dem Fenster, an dem die Lichtchen der Bauernhäuser an den Hängen, die bizarren Silhouetten der Eichen und die schwarzen Zacken der Zypressenreihen langsam vorüberzogen. Gabriella fand, daß er recht daran tat – bis sie entdeckte, daß er in der Scheibe nur dauernd ihr Spiegelbild betrachtete. Sie konnte seinen Blick deutlich erkennen und streckte ihm die Zungenspitze heraus.

Um halb neun Uhr kamen sie in Florenz an.

Die ganze Schar begleitete Leslie zur Via della Stufa und wuchtete ihn die Treppen hoch.

Frau Chiarugi, überwältigt von dem Malheur und der Zahl der Trauergäste, die in ihrer Wohnung herumtrampelten, beschloß sofort, ihm eine schöne Portion Spaghetti zu kochen.

IV

Um das Maß des Frühlings vollzumachen, begannen nun auch noch die Mai-Musiken in den Boboligärten, der »Maggio musicale«, der Sommernachtstraum der Florentiner. Das ist die große Zeit der distinguierten alten Damen und ihrer Kavaliere aus der längst vergangenen Schule, die Zeit der Cadillacs und Mercedesse mit exotischen Nummernschildern, aber auch die große Zeit der glühenden Musikstudenten, wenn sie mit den Partituren unter dem Arm anrücken. Dann sieht man jeden Abend – und alle Abende sind gleich milde – über dem Pitti-Palast den Widerschein der Lampen, die die Kieswege zu den Tribünen erhellen, und die schimmernde Lichtglocke, die über der Felsengrotte schwebt, die die Bühne abgibt; und gegen Mitternacht, wenn die Musik beendet ist und die Sänger sich verbeugen, prasselt ein Feuerwerkchen in den Sternenhimmel. Auch die Kammerkonzerte im Cortile zwischen den Arkadenbögen sind schön. Man sieht über dem rauschenden Brunnen auf der Loggia im Mondlicht das Halbrund der Gartenarena, in der einst die Medici ihre Frühlingsfeste feierten.

Eine schöne Zeit, eine schöne Welt, wenn man nicht krank ist und nicht arm.
Die Cuddùs waren beides. Herr von Cuddù schlug in diesen Tagen keine Zeitung auf, um nicht erinnert zu werden, und Frau von Cuddù begnügte sich, ihren Abendspaziergang so einzurichten, daß sie am Pitti vorbeikam, um das Licht, die Autos, die Schofföre (bei solchen Gelegenheiten kamen sie alle heraus) und die grün angestrahlten Baumwipfel anzuschauen.
Frau Bellini beauftragte Carlo, drei Karten für Peris Oper »Dafne« zu besorgen. Für sich, für Gabriella (»Du kannst ruhig mal etwas anderes sehen als nur die drei Gesichter deiner Wasserballer«) und für Frau Cuddù. Eine beschlossene Sache. Keine Widerrede. (»Aber Carlo und die anderen haben an diesem Abend Training!« »Eben!«)
Frau von Cuddù war aufgeregt.
»Ich weiß nicht, cara«, hielt ihr Frau Bellini entgegen, »warum du dir die geringsten Gedanken machst; es ist alles noch wunderschön, aber längst nicht mehr wie früher. Du kannst zur Not im Nachthemd gehen, es merkt bei der heutigen Mode niemand.«
»Ich bin in den Kleidern unmodern, Margherita . . .«
»Das gibt es nicht. Man wird glauben, du trügest Pop.«
»Was ist das?«
»Ach, irgend so was Neues, wo alles Alte neu ist.«
»Meine Flamingo-Boa ist noch ganz gut.«

»Siehst du.«
»Aber unser Perlmutt-Opernglas habe ich verkauft.«
»Du brauchst kein Glas, cara, wir sitzen in der ersten Reihe.«
»Madonna!«
»Carlo will es. Er hat dich, das weißt du, sehr gern.«
»Ich ihn auch. Und –«
»Und?«
»Und Laura. Auch – meine ich.«
»Siehst du, das ist etwas, worüber wir uns in der Pause wunderbar unterhalten können.«
»Aber da ist Gabriella dabei, da geniere ich mich. Und ich wollte auch gar nicht – ich meine – glaube bitte nicht, Margherita, daß ich –«
Frau Bellini küßte sie auf beide Wangen, und Frau von Cuddù weinte ein bißchen an ihrer Schulter. Es war alles zu viel für sie: die Vergangenheit aufgerissen, die Zukunft aufgerissen.

*

Der Abend rückte heran, verständlich, das sollte er, und Hans rückte heran, und das sollte er nicht. Die Frauen waren schon in vollem Staat, als es klingelte. Gabriella öffnete und sagte ziemlich irritiert »Nanu!«, was kein ermutigender Empfang ist. Dazu kam, daß Frau Bellini aus dem Zimmer herausrief: »Das ist doch nicht etwa –?« Der Rest fehlte, und Hans tat etwas, was Leslie und Maurice nie getan hätten: Er ergänzte es sich sofort mit seinem Namen. (Tatsächlich fürchtete Frau Bellini Leslie, der viel schwerer zu expedieren gewesen wäre.) Er blieb erschrocken an der Tür stehen.

Frau Bellini trat heraus.

»Wo ihr bloß immer herkommt!« staunte sie.

Hans stotterte »scusa« statt scusi, er duzte sie in der Verwirrung, Gabriella lachte, und auch die Mutter lächelte. Sie zog seinen Kopf an den Ohren herunter und gab ihm einen Klaps.

»Habt ihr denn nicht heute Training?«

»Ich wollte – ich fühlte mich nicht gut.«

Frau Bellini lachte. »Aber jetzt fühlen Sie sich gut?«

»Francamente, Signora, auch nicht. Ich möchte Sie zum Pitti begleiten, und es sind nur tausend Schritte. Das ist sehr wenig.«

»Begleiten? Nein, Ans, caro. Das wollen wir lieber lassen, nicht?«

»Ich könnte Ihnen unterwegs den Inhalt von Dafne erzählen.«

»Wir kaufen uns ein Programm, Ans. Hatten Sie sich extra präpariert?«

Er lief etwas rot an.

»Nein, Signora«, antwortete er trocken, »ich kenne die Oper, ich habe sie schon gehört.«

»Davvero? In Deutschland? Ein so seltenes Werk, das nicht einmal wir Italiener kennen?«

»Im Schloß Schleißheim.«
»Auch im Park?«
»Im Saal, Signora; im geheizten. Es regnete. Bei uns pflegt es dann immer zu regnen.«
»Lieben Sie denn die alte Musik? Dies ist Lauras Mutter, Ans!«
(Frau von Cuddù war hinzugetreten.)
»Buona sera, Signora, piacere. Ja, ich mag Barockmusik sehr und hätte Dafne gern noch einmal gehört, weil Sie und Gabriella doch in der Via dei Bardi wohnen.«
Frau Bellini verstand nicht.
»Wieso Dafne und unsere Straße, Ans?«
»Das wissen Sie nicht?«
»Nein.«
»Aber sicher werden Sie es wissen . . .«
»Keine Ahnung. Du, Tetta?« (Frau von Cuddù schüttelte den zwischen den bibbernden Boafedern herauslugenden Kopf.)
»Aber Signora, Sie kennen doch Bardi –«
»Natürlich. Bardo. Trovatore. Troubadour.«
»Ach, daran habe wiederum ich nicht gedacht. Nein, die Bardi sind ein Renaissance-Geschlecht. Ein Graf Bardi war es, der die Oper, ich meine das Genre Oper überhaupt, erfunden hat. Er war es, der Ende des 16. Jahrhunderts einem Musiker namens Peri den Auftrag gab, seine Idee zu verwirklichen und eine Oper zu komponieren. Es war die Dafne, die Sie

heute abend sehen werden; die erste Oper der Welt.«
»Nein!!« rief Frau Bellini. Sie schien fast gerührt. Ihr war, als hätte sie etwas Wunderschönes aus ihrem persönlichen Leben entdeckt.
Es war ein großer Erfolg von Hans. Gabriella strahlte ihn an.
»Mamma! Könnte er uns nicht nach der Oper abholen?«
Frau Bellini brauchte eine Weile, um sich von der Entdeckung zu lösen, daß sie so nahe mit Dafne und dem Grafen Bardi verwandt war.
»Abholen, Kind? Ich weiß nicht. Ach, es ist ja alles so blödsinnig kompliziert mit euch drei Jungens.«
»Signora«, sagte Hans, »ich bin es nicht, der es so kompliziert macht. Ich glaube, es ist Carlo. Oder Gabriella.«
»Ich?« schrie Gabriella auf, »ich nicht! Das müßtest du doch wissen!«
Frau Bellini horchte.
»Wieso muß er es wissen?«
»Signora«, fiel Hans ein, »Sie sollen sich keine Gedanken machen: Ich werde Sie nicht abholen.«
Frau von Cuddù sagte:
»Per bacco. Un gentiluomo.«
Frau Bellini ignorierte das und überlegte.
»Wissen Sie was, Ans? Ich würde jetzt gern sagen: Kommen Sie. Aber das Dumme ist, Sie haben das Training geschwänzt. Wie sieht das aus? Als wenn

Sie ein Heimlicher wären. Und gerade Sie sind es nicht. Das ist deutsch, nicht? Ich meine, daß ihr immer für etwas – lassen wir es. Seien wir vernünftig. Es war hübsch, daß Sie noch gekommen sind. Jetzt müssen wir gehen.«

*

Ein Graf Bardi war sicher nicht anwesend, aber andere Grafen in Fülle. Viele Herren waren im Smoking, sie hatten die schwarzen Mäntel über den Arm gelegt oder lose über die Schultern gehängt und trugen die dunklen Hüte zwischen zwei Fingern in der Hand. Am anderen Arm hing eine Dame oder ein Stock, alt und ziseliert, oft beide.

Die Damen der älteren Generation waren entzückend anzusehen, und sie hofften es auch inniglich. Seide rauschte, Moiré français, Poult de soie, auch der alte liebe Samt war da, sogar in Violett zu blendend schneeigem Haar mit Krönchen. Unter den Tieren des Waldes war alles anwesend, was Rang und Namen hatte. Alabasterbrüste waren in Nerz gebettet, hölzerne Rücken mit Chinchilla verhängt, und auf einigen Köpfen wippten Paradiesvogelfedern.

Es gab viele ältere, herrische Gesichter; aber auch blutjunge schöne Frauen, Mädchen mit Nofretete-Nacken und Botticelli-Händen, überzüchtet und zerbrechlich. Auch junge, wilde Gewächse wie Gabriella. Wenn die Schönen auf dem kiesigen Vorplatz promenierten – hin, zurück, hin, zurück –, dann sah es aus, als würden sie von den Männeraugen wie an unsichtbaren Fäden gezogen. Junggesellen und Hagestolze schlichen hinter ihnen her, Amerikaner mit den Händen tief in den Hosentaschen, Engländer mit der Dunhill zwischen den langen Zähnen. Es war alles, wie es sich gehörte und wie Gabriella es lernen mußte.

Frau von Cuddù wußte Bescheid. Das dort ist ein Sternsaphir, dies hier ein Brillantband mit Rubin, o nein, kein Rubin, ein Spinell, alles Korunde erster Klasse. Da drüben das große Gehänge an der ordinären Person ist falsch; eine Kopie.

»Aber, Tetta!«

»Cara! So wahr ich hier stehe! Das Original kannst du dir in der Schatzkammer hier im Pitti ansehen. Ich kenne es auswendig, Stein für Stein. Ich möchte nur wissen, wie sie an das Modell herangekommen sind. Na ja, es werden die neuen Privilegierten sein. Es wird immer Privilegierte geben. Früher waren wir es, heute sind es andere. Wir damals, wir haben es wenigstens mit Kultur gedankt. Warum werde ich so böse, cara? Ich will ja gar nicht; ich will ja fröhlich sein. Ach, mein armer Mann ...«

Es gab auch Pullover. Sie lehnten an der Mauer oder saßen schon auf den oberen Rängen und blickten ironisch hinab. Man mußte es nicht beachten.

Dann erloschen die Lichter auf dem Platz, und die

Menge strömte zur Tribüne. Man atmete auf und machte es sich bequem. Die süße schwere Pflicht des Defilierens war vorüber.

*

Erst kurz vor Mitternacht ging die Oper zu Ende. Das war stets eine Sache, die die Fremden nervös machte, als ob »Mitternacht« sie erschreckte. Natürlich brachen sie nicht vorzeitig auf, aber man konnte sehen, wie schnell sie sich aus der Verzauberung der Märchenwelt und der Nachtigallenmusik lösten, wie sie im Herabsteigen von den Tribünen die golden blitzenden Uhren gegen das Licht hielten und ihren Begleiterinnen »Midnight« verkündeten, und wie das Wort gleich einem Echo von überall her zurückkam. Dann beschleunigten sie ihre Schritte und knirschten eilig dem Parkausgang zu, wo neugieriges Volk stand, Weiber, die ihre Säuglinge in den Armen schaukelten, Männer, die die Gazzetta dello Sport sinken ließen, und Kinder, die auf den Schultern des dicken steinernen Silen saßen. Das Leben ist kurz, Signori, man gibt einen schönen Tag nicht vorzeitig ab.

Gabriella ließ die Augen über die Wartenden schweifen.

»Suchst du jemand?« fragte Frau Bellini.

Keine Antwort.

»Suchst du jemand?«

»Carlo.«

»Nun laß doch wenigstens ein einziges Mal deine Wasserballer.«

»Ich habe doch Carlo gesagt, Mamma.«

»Ich hab's gehört. Und dort kommt er.«

»Wo? Allein?«

Frau Bellini lachte.

»Mein Gott, Gabriella«, sagte sie, »in deinem Herzen kann man lesen wie in einem offenen Buch!«

»Denkst du.« Sie machte ein wütendes Gesicht. Und als ihr Bruder hinzutrat, fuhr sie ihn an: »Ich dachte, du trainierst?«

Carlo sah verständnislos von ihr zu seiner Mutter. Er schüttelte den Kopf: »Was hat sie? Es ist Mitternacht, Gabriella!« Er drehte sich zu Frau von Cuddù um: »Wie war der Abend, Signora?«

»Es war herrlich, Carlo, mein Lieber. Und daß Sie uns abholen, ist ganz reizend von Ihnen.«

»Unser Training hat heute so lange gedauert. Ans ist verspätet gekommen, und wir haben noch einen neuen Mann ausprobiert. Als Torwart. Maurice ist im Augenblick irgendwie nicht in Ordnung. Man darf es ihm nicht sagen; im Gegenteil, er wollte absolut nicht Schluß machen. Schließlich haben wir in der Bar an der Ecke noch einen Kaffee getrunken, und dann war es soweit.«

»Sprich nicht dauernd von eurem Sport«, tadelte seine Mutter, »das interessiert nicht jeden.«

Frau von Cuddù wurde lebhaft. »Aber ja, Margherita! Auch Laura denkt oft noch an das Spiel in Bologna. Ist der Engländer wieder gesund? Ja? Das freut mich. Es muß eine schöne Freundschaft zwischen euch sein, Carlo!«
»Eine echte, Signora; ich meine zwischen Maurice, Ans, Leslie und mir, und ich bin wirklich glücklich, glauben Sie mir. Es füllt mich aus, wie ich es früher nicht für möglich gehalten hätte. Inzwischen weiß ich, daß eine Freundschaft wie unsere etwas sehr Seltenes ist. *Ich* denke nur an die anderen, die anderen denken an *mich* – eine männliche Sache, können Sie das nachfühlen?«
»O ja. Aber, Carlo, was wird geschehen, wenn ein Mädchen dazwischentritt? Wenn sich einer von euch verliebt?«
Carlo lachte.
»Wir sind noch jung, Signora, wir haben Zeit; es ist kein Mädchen da.«
Frau von Cuddù schwieg daraufhin.
Carlo hatte das Empfinden, die Sache mit dem Zeithaben noch näher erklären zu müssen.
»Natürlich fühlen wir wie Männer«, sagte er, »wir sind erwachsen, wir sind große Kerle, doppelt so viel wie die halben Portionen um uns herum. Aber Sie glauben ja gar nicht, Signora, was es ausmacht, ob man herumlungert und an nichts anderes denkt als an Mädchen, Tanzen, Canzoni und Verabredungen,

oder ob man Sport treibt, Leistungssport, bei dem man sich austobt, bis man fast umfällt. Da spürt man dann gar keine ... na ja, das darf man heutzutage kaum noch offen sagen.«

»Wieso nicht?« wandte Frau von Cuddù zaghaft ein.

»Ach«, wehrte Carlo unbehaglich ab, »Sie wissen doch, wie man heute sein muß.«

»Nun ja, ein bißchen lebenslustiger könntet ihr ruhig sein ...«

»Lebenslustiger?« Carlo lachte. »Signora! Wenn jemand lebenslustig ist, dann sind *wir* es! Sehen Sie sich nur mal die anderen Trauergestalten an! Damit sie nicht vor Öde sterben, werfen sie sich auf ihre Motorräder und rasen ziellos herum oder stehen vor den Vie Nuove an und warten, daß ihre Polit-Kneipe geöffnet wird.«

»Sie werden ja richtig böse, Carlo! Seid ihr eigentlich gar nicht politisch?«

»Ich glaube doch. Aber das hat doch alles Zeit, das hat doch alles Zeit, das hat doch alles Zeit! Jetzt will ich erst einmal jung sein!«

Frau Bellini schaltete sich ein:

»Mädchen haben weniger Zeit, Carlo.«

»Nonsens! Entschuldige, Mamma, ich wollte nicht unhöflich sein. Mädchen haben, wenn sie entsprechend jünger sind, ebensoviel Zeit. Wie alt genau ist zum Beispiel Laura, Signora? Nur zum Beispiel. Nur beispielsweise.«

»Achtzehn.«

»Na, bitte!«

»Ja, ja«, sagte Frau von Cuddù eifrig; und dann fügte sie fröhlich hinzu: »Ihr seid alle furchtbar nett. Von euch kommt eigentlich nur Freude zu mir. Auch der heutige Abend war so schön.«

»Ja, er war schön«, nickte Frau Bellini.

Sie langten vor Frau von Cuddùs Haus an und verabschiedeten sich. Die Frauen legten die Wangen aneinander.

»Darf ich das Programmheft behalten, Margherita, um es meinem armen Césare zu zeigen?«

»Natürlich, Tetta, cara! Grüße ihn. Grüße ihn recht herzlich.«

*

Sie stiegen nun zu dritt die Via dei Bardi hinauf. Sie war eine dunkle Schlucht; die alten Laternen gaben wenig Licht, und es war Neumond. Aber die Nacht, still bis auf das Tapsen vieler Schritte in der Ferne, war voll vom Duft der Gärten.

Carlo sog die würzige Luft pfeifend durch die Nase ein und blähte den Brustkasten. Gabriella spähte wie ein Luchs angestrengt ins Dunkel. Frau Bellini gähnte verstohlen.

Jetzt sah man es deutlich: Vor dem Hause, auf der Steinbank, saßen drei Gestalten. Sie erhoben sich, und eine sagte: »Buonä serä, Signora!«

Frau Bellini blieb wie angewurzelt stehen.
»Nein!« stöhnte sie. »Nein! Das ist nicht wahr! Sind Sie es wirklich, Leslie?«
»Alle! Alle, Signora!«
»Maurice? Ans?«
»Selbstverständlich«, beteuerte Leslie, »ich sagte ja: alle. Ist das nicht eine großartige Idee von mir gewesen?«
Hier fand Carlo die Sprache wieder. Er begriff so wenig, daß er eher beunruhigt als erstaunt war.
»Gibt es was?« fragte er besorgt.
»Nichts, mein Lieber, absolut nichts. Es ist Midnight, es ist Mai (er breitete seine endlosen Arme feierlich aus), Schottland schläft, Träume flattern um die Türme und Giebel von Balmoral –«
»*Was* ist los??« fragte Carlo verwirrt.
»Wie kannst du fragen, Carlo!« sagte Frau Bellini, »Nichts ist los. Sie wollen rein!«
»Ja, Signora, so war es von Leslie William Shakespeare erdacht. Und Maurice hat drei Flaschen Spumante unter dem Arm.«
»Warum seid ihr denn gekommen?« fragte Carlo noch einmal. Er schien sich nicht damit abfinden zu können.
»Nehmt mir doch mal die Flaschen ab.« Maurice hielt sie Carlo hin, als hätten die anderen keine Hände. »Madame, erklären *Sie* ihm, warum wir hier sind.« Sicherheitshalber übernahm er das jedoch lie-

ber selbst und fuhr fort: »Wir wollten noch ein bißchen beisammen sein, wir vier, meine ich. Mit dir. Und nun sind wir da.«

»Natürlich ist es sehr spät«, mischte sich Hans unbehaglich ein, »wir wollten eigentlich nur gute Nacht sagen und –«

»Kein Gedanke!« schrie Leslie, »daran ist kein Wort wahr! Vergessen Sie es sofort, Signora!«

»Pssst!« machte Gabriella, »die Leute schlafen.«

»Da hast du es! Die Leute schlafen! Signora, achten Sie nicht auf Hans. Wenn er partout nicht mit hinein will, soll er es lassen.«

Er marschierte zur Tür.

Frau Bellini sah Carlo an. Carlo zuckte die Achseln.

»In Gottes Namen«, sagte sie ergeben und schloß das Haus auf, »aber Sie, Ans, kommen gefälligst mit!«

»Hast du gehört?« fragte Leslie streng. »Vorwärts!« Er knallte ihm auf die Schulter, und Hans schlug derart zurück, daß es krachte.

Gabriella zweigte sich gleich in die Küche ab, um Gläser zu holen; Frau Bellini ging ins Wohnzimmer voraus und schaltete die Lampen an den Wänden und über dem Kamin ein.

Als sie sich umdrehte, hatten die Invasoren das Zimmer bereits besetzt. Leslie knetete mit dem Daumen schon Tabak in die Pfeife, und Maurice zündete eine Zigarette an und stieß die ersten kräftigen Wolken vor sich hin. Hans wedelte zum Ergötzen der beiden mit der Hand vor seiner Nase herum. Carlo hatte die Jacke über einen Stuhl gehängt und saß weit zurückgelehnt auf dem Garibaldi-Sofa.

Frau Bellini betrachtete die Szene.

Sie zählte die Männergestalten noch einmal, es waren vier, aber sie wirkten wie zehn.

»Ich hätte nie gedacht«, sagte sie, »daß vier Personen den Eindruck einer Volksmenge erwecken können.«

»Ja, Signora«, erwiderte Leslie, »das ist eine große Kunst, die Sie mit Recht bewundern. Erlernen kann man sie nicht. Auf unseren königlichen Bühnen in London zum Beispiel täuschen vier Personen höchstens drei vor. Na, das werden Sie ja alles noch erleben.«

Carlo rieb sich die Augen: »Aber nicht mehr heute abend. Ich bin ziemlich müde. Vielleicht macht jetzt jemand die Flaschen auf?«

»Aber leise!« mahnte Gabriella. »Dreh den Korken vorsichtig heraus, Maurice!«

»Den kann man nicht drehen, er ist aus Plastik. Pfui Teufel! Ein Sektstöpsel aus Plastik!«

»Du sollst ihn ja nicht essen«, sagte Gabriella.

»Daß ihr Italiener nichts dabei findet!« wunderte er sich, während er an der Flasche herumwerkte. »Ihr fallt jedem neuen Mist anheim, Plastik, Eternit, Zement; bald wird Italien das häßlichste Land Europas sein.«

»Ganz Europa«, nickte Hans, »alle; wir auch.«

»Frankreich nicht. Solange wir noch Korken haben, nicht. Und solange wir noch in der Tasche Zigaretten drehen.«

»Ah«, rief Leslie, »jetzt hat er ihn! Schnell die Gläser, Gabriella, du letzter Korken Italiens!«

Maurice hob sein Glas: »Auf Ihr Wohl, Signora! Auf Ihre immerwährende Jugend!«

»Cin cin, Maurice! Sie sind sehr gentile, aber leider ein furchtbarer Lügner.«

Alle tranken das erste Glas in einem Zuge aus.

Hans blickte Gabriella an, er dachte an das abendliche Gespräch mit Maurice auf der Straße, und seine Miene verfinsterte sich.

»Was hast du? Nicht gut?« fragte das Mädchen.

Er lächelte und schüttelte den Kopf.

»Du hast an etwas Unangenehmes gedacht?«

»*Ich* denke an etwas Unangenehmes«, nahm Carlo ihm die Antwort ab, »ich muß morgen um sechs Uhr aufstehen. Spätestens. Ich nehme mir den Wecker mit, Mamma.«

»Um sechs? Wieso denn das?«

»Wir bekommen am Freitag eine Filialkontrolle, von Monte dei Paschi aus Siena direkt.«

»Und?«

»Na, hast du eine Ahnung, Mamma, wie es bei uns aussieht! Es ist alles in Ordnung, aber kein Mensch findet was. Es sind Berge von Ablagen.«

»Auch bei dir?«
»Bei mir am allerwenigsten. Die Sachen bleiben schon bei den Abteilungsleitern liegen. Aber jetzt kommt alles auf mich zu! Diese Sorgen habt ihr nicht, Ans.«
»Noch nicht, nein.«
»Du wirst sie nie haben. Eines Tages bist du Direktor der Münchner Pinakothek wie dein Vater und schläfst mit einer schönen blonden Frau – – entschuldige bitte, entschuldige, Mamma, ich habe mich blöde ausgedrückt – und schläfst in einer Villa an der Seite einer blonden Frau bis zehn Uhr morgens.«
»Wir haben keine Villa, Carlo, und mein Vater ist nicht Direktor. Er ist nur Konservator. Nichts stimmt. Nicht mal die blonde Frau.« Er lachte etwas unsicher.
»Was konserviert eigentlich ein Konservator?« fragte Frau Bellini, wobei sie hinter der Hand wieder ein bißchen gähnte.
»Hauptsächlich sich selbst«, trompetete Maurice. »Neben Generalfeldmarschall der gesündeste Beruf. Wenn ich mit dem Studium fertig bin, ziehe ich nach Passy oder Neuilly, drei Zimmer, Terrasse, dreihunderttausend Lire, nicht mehr; ein oder zwei Jahre krakeele ich im Kulturteil der Zeitung meines alten Herrn über die Mißstände in den Museen herum, und dann steige ich als Konservator in den Louvre über. Bei mir, Carlo, stimmt das mit zehn Uhr.«
Carlo hatte nicht mehr ganz gehört, er machte sich Notizen auf einem Zettel. »Ich vergesse es morgen,

wenn ich es mir nicht aufschreibe. Was war das dritte, was ich tun muß – ach ja, ich muß die Umlaufrechnungen einziehen lassen. Kinder, bin ich plötzlich müde! Kann ich noch ein Glas voll haben? Zahlst *du* das Fernsehen ein, Mamma, oder soll ich es tun? Morgen ist der letzte Tag.«

»Bitte, tu du es, Carlo. Gabriella und ich müssen erst die Wäsche wegbringen, unsere und Tettas; dann muß sie zu Severino und zahlen, sie kann auch gleich, wenn sie schon in der Gegend ist, meinen Mantel abholen. Ich gehe inzwischen zum Supermarkt; da darf ich nicht vergessen: Vogelfutter. Weißt du, die Leute füttern immer nur im Winter, aber bei der ersten Brut tun sich die Vögelchen viel schwerer mit dem Füttern. Watte müssen wir haben! Daß ich das nicht wieder verschwitze. Kann ich auch noch ein Glas haben?«

»Ich bin unaufmerksam, Signora –«

»Aber nein, Ans. Nichts ist lästiger, als wenn man, bloß weil man ein Mann ist, vor Frauen dauernd auf dem Sprung sitzen muß. Übrigens macht das kein Italiener.«

»Verzeih, Mamma, aber ich sitze einen Kilometer von dir entfernt!«

»Ich habe dich doch nicht gemeint, Carlo. Notiere dir übrigens noch, daß ihr endlich die Zinsen in meinem Sparbuch nachtragen müßt.«

»Richtig.«

»Am Nachmittag hat Gabriella Schule; vorher, Kind, gehst du noch bei Landini vorbei und fragst, ob die Waschmaschine immer noch nicht repariert ist. Wir müssen ihn drängen, sonst macht er sie nie. Gott, vor fünf Jahren wäre er noch gesprungen! Irgendwann müssen wir übrigens einmal eine neue haben, Carlo.«
»Wir werden sehen, nicht?«
»Ja. Wir werden sehen. War noch etwas? Hübsch ist die Oper gewesen! Ein schöner Tag, Gabriella.«
»Ja, Mamma; vieles war sehr schön.«
»Und nun sind wir bei Waschmaschinen angelangt, nicht wahr, Ans, Sie deutscher Träumer? So sehen die Bellinis im Alltag aus . . .«
»Na, los!« forderte Maurice Hans auf.
»Was? Was: los?«
»Jetzt mußt du euren Goethe oder wer es war zitieren: Saure Wochen, frohe Feste sei dein künftig Zauberwort.«
»Er hat doch recht! Oder?«
»Saure Wochen! Hab Erbarmen, Mann!«
Frau Bellini lächelte. »Ach, ihr puledri! (Jährlinge, Fohlen). Ihr wißt ja noch gar nicht, was Alltag ist. Er ist nicht so schlimm, wie Maurice fürchtet, und die Feste sind nicht so froh, wie Maurice hofft. Da fällt mir ein, Gabriella, daß wir Santa Lucia dei Magnoli noch eine Kerze schuldig sind. Bring sie hin.«
»Aber Mamma! Dein Ring hat sich doch wiedergefunden! Von selbst!«

»Nichts geschieht von selbst, Kind. Du bringst morgen die große Kerze hin, es kann nicht schaden. Nicht die ganz große; die mittlere.«

V

Oberst Bernacca hatte im Fernsehen die »perturbazione numero tre« angekündigt und Regen für ganz Italien vorausgesagt. Auf Rat der Hotelportiers rüsteten also alle Fremden zu Ausflügen und Spaziergängen. Über der Toskana war kein Wölkchen zu sehen. Am Flughafen Peretola, der so klein und komisch ist, daß ihn viele Amerikaner schon kaufen und als Handgepäck mitnehmen wollten, hatte man um elf Uhr vormittags bereits 23 Grad im Schatten gemessen. Auf dem Piazzale Michelangelo, in der Sonne, waren es sicher 26 Grad. Der Platz, einst für den ersten König errichtet, war jetzt von den letzten Königen Italiens, den Touristen, besetzt. Sie trugen bunte Hemden und schlafanzugähnliche Hosen, hatten Strohhüte verschiedenster Dimensionen auf dem Kopf, dunkle Brillen auf den schon sonnengeröteten Nasen und Spiegelreflexkameras vor der Brust. Sie kamen in Autobussen mit Aircondition und Abort-Kabine an, strömten an die Balustrade und staunten auf die Stadt hinab, die mit dem Gerinnsel ihrer alten rotschwarzen Ziegeldächer wie ein Korallenriff dalag. Mitunter ballten sich die Fremden zu Knäueln, in ihrer Mitte ein Italiener, der mit den Armen enthusiastisch in die Tiefe wies und »Palazzo Vecchio« schrie oder »Duomo« oder »Ponte Vecchio«, oder, wenn er glaubte, es lohne sich, »Sinagoga«. Danach rissen die Autos die Menge wieder an sich und fuhren weiter die Allee zu San Miniato al Monte hinauf.

Zwischen den Omnibus-Schüben waren Pausen von fünf Minuten, auch zehn; kaum mehr. In diesen Pausen trabten die Ansichtskartenmänner und Stadterklärer zu Galassis Bar-Kiosk am Ende des Platzes und stürzten schnell einen Espresso oder San Pellegrino Bitter hinunter.

Der Cicerone, der stets einen Papagei auf der Schulter trug, nahm sich sogar so viel Zeit, sich an den ersten Tisch auf der schmalen Terrasse zu setzen. Den Kaffee trug er sich selbst hin. Wenn eine Bus-Kolonne herandonnerte und in ihrer blauen, grünen, gelben, roten Bemalung auftauchte, begann der Papagei die Backen des Cicerone mit den Flügeln zu schlagen und »Ara voro« zu kreischen.

Gabriella und Laura, die am Nebentisch in der Sonne vor zwei leeren Täßchen vor sich hin wohligten, fuhren bei dem Schrei zusammen.

»Was sagt er?« fragte Gabriella verblüfft.

»Er sagt ›al lavoro‹, Signorina«, erklärte der Mann mit großem Ernst und stand auf, »er hat die Autobusse gesehen. Tiki, verabschiede dich von den beiden schönen Damen.«

»Bye bye«, schrie Tiki und ließ sich davontragen.

»Wollen wir noch einen Kaffee trinken?«

»Nein, danke, Gabriella, nicht für mich. Weißt du: Das ist ja gerade das Schöne, einen kleinen Espresso hier und dort oder ein Schlückchen, wenn man durch die Straßen geht. Ich verstehe gar nicht, wie sich Ans oder Leslie immer hinsetzen müssen wie zu einer Mahlzeit und gleich einen ganzen Topf voll wollen. Immer alles so, wie soll ich sagen, so gründlich. Ich weiß nicht, Gabriella, ob ich im Ausland leben könnte. Weißt *du* es?«

»Ich habe noch nicht darüber nachgedacht.«

»Trägst du keine Strümpfe? Ist das deine Haut?«

»Ja.«

»Wie schön bronziert du schon bist. Ich weiß bei uns nicht einmal ein Fleckchen Grün, wo ich mich hinlegen könnte. Warum bist du schon braun?«

»Ich weiß nicht. Ich tu nichts dafür.«

»Schön sieht das aus. Sind im Sommer deine Brüste auch braun?«

»Ja.«

»Wie machst du denn das?«

»Ich geh aufs Dach.«

Laura war sprachlos.

»Und warum tust du es?«
»Ich habe mich einmal im Spiegel angesehen, braun mit zwei weißen Streifen über dem Körper.«
»Und?«
»Ich hab mich geschämt.«
Laura kam aus dem Staunen nicht heraus. Sie versuchte, es nachzufühlen, aber es gelang ihr nicht. »Hat dich denn jemand gesehen?« fragte sie und errötete dabei.
»Nein. Natürlich nicht. Wie kommst du darauf?«
»Na, man kann sich doch nur vor einem anderen schämen! Ich meine, körperlich schämen.«
»Wie kommst du nur darauf? Ich bin angezogen, gewaschen und stinke nicht – alles andere, wen geht das was an? Nein, ich habe mich geschämt, weil ich lächerlich aussah.«
»Aber es hat doch keiner gesehen, cara!«
»Ich!«
»Ist das seltsam! Ist das seltsam! Dann hast du wohl daran gedacht, daß dich ein Mann einmal so sehen *könnte*?«
»Nun glaub mir schon, ich habe an niemand gedacht.«
»Mein Gott«, seufzte Laura, »ich schäme mich zu Tode ...«
»Aber, Herz!« Gabriella beugte sich vor und sah ihr in das rosaüberhauchte Gesicht. »Habe ich etwas Häßliches gesagt?«

»Nein, nein. Gabriella – ich werde es dir sagen, ich werde dir alles sagen, obwohl es mir schrecklich ist. Nicht wahr, ich darf?«

Gabriella nickte.

»Wenn ich«, begann Laura und suchte nach Worten, »mich im Spiegel sehe, denke ich sehr oft an die Männer. Ich denke – ach, Gabriella, das ist es ja nicht allein, ich will dir die ganze Wahrheit sagen, Madonna, mi senti? Mi senti? – ich denke dauernd und immer und immer daran.«

»Laß doch die Madonna, zum Kuckuck!«

»Meinst du, Gabriella?« Sie war in ihren Gedanken zu Fall gebracht. Sie schwieg einen Augenblick und fuhr dann ruhiger fort:

»Ich war früher anders, nicht? Weißt du noch? Und jetzt bringe ich, wenn jemand dabei ist, kein Wort mehr heraus, immer denke ich, daß man es mir anmerkt; daß man es mir ansehen kann. Sogar wenn deine Mutter da ist, könnte ich versinken. Manchmal mache ich die Augen zu und bleibe eine ganze Weile so, bis ich weiß, daß sich niemand um mich kümmert. Und immer wieder, immer wieder denke ich an das eine.« Sie legte die Arme auf den Tisch und verbarg ihren Kopf darin.

»An einen?«

»Ja, an einen. Und daran, es zu tun.«

»Was? Ach so, ja – ich verstehe.«

Gabriella legte erstens eine Hand auf Lauras Arm

und zweitens die Stirn in Falten. Sie dachte nach. Sie war noch nicht fertig, aber zwischendurch sagte sie erst einmal:

»Wenn uns ein Mädchen aus Rom oder Mailand hörte, würde es sich totlachen. Aber das ist für mich nicht gültig, Laura, verstehst du? Und für dich auch nicht.«

»Ja. Ich danke dir, Gabriella.«

»Wer ist der eine? Mein Bruder?«

Laura hob den Kopf und sah die Freundin ängstlich an. Gabriella dachte erneut nach. Dann sagte sie:

»Der Holzbock, der.«

Laura legte den Kopf schief und lächelte zum erstenmal wieder.

»Du bist so ganz anders als ich, Gabriella . . .«

»Denkst du!« Sie nahm beide Hände Lauras und schaute ihr in die Augen.

»Laura, warum machst du dir so viele Gedanken? Alle Mädchen fühlen das, was du fühlst; die einen oft, die anderen nur manchmal. Die einen plagt es nicht, die anderen plagt es. Niemand weiß es, wenn man es nicht verrät.«

Sie erhob sich. »Wir wollen gehen, ja?«

Sie stiegen die einhundertundvier Stufen der Via di San Salvatore al Monte, die einstmals ein frommer Kreuzweg war, zwischen hohen Zypressen zur mittelalterlichen Porta San Miniato hinab. Bei jeder Stufe machte der starke Busen Lauras einen Hüpfer; es tat ihr offenbar weh, und sie stützte ihn dezent, indem sie die Arme vor der Brust kreuzte.

»Ach ja –«, sagte Gabriella wie nebenbei, »was ich dich fragen wollte: Der Garden-Club sucht eine junge Dame halbtags für Honneurs machen und ähnliches. Acht bis eins, sonnabends frei. Sechzigtausend Lire (360 Mark). Wie findest du das?«

»Für mich?« fragte Laura überrascht.

»Ich dachte. Über das Geld würde sich deine Mutter –«

»Nicht auszudenken! Bleib bitte stehen, Gabriella! Wer ist das, ›Garden-Club‹? O ja, mir fällt es ein: Das sind die älteren botanischen Damen, die reihum zum Tee in berühmte Gärten und Villen eingeladen werden oder so ähnlich, nicht? Ja, ja, ich weiß; sie waren früher auch einmal bei uns in Olmo.«

»Exakt. Sie haben ein richtiges Büro mit einer Sekretärin an der Piazza d'Azeglio. Die Frau von Carlos Chef ist auch dabei. Daher weiß ich es.«

»Und warum glaubst du, daß sie mich nehmen würden?«

»Weil sie so schlecht zahlen. Carlo könnte es versuchen.«

»Aber ich kann nichts, Gabriella! Ich kann weder –«

»Du brauchst nichts zu können. Du siehst doch: Es ist eine vollkommen unnütze Stellung, der reine Unsinn; genau richtig. Carlo sagt, sie suchen jemand, der sich geniert, Geld anzunehmen; eine junge Großfürstin als Telefonistin und Laufmädchen. Aber ein Fräulein von Cuddù wird's wohl auch tun.«

»Sechzigtausend Lire! Was für ein Haufen Geld, Gabriella! Meinst du? Meinst du wirklich? Sprichst du mit Carlo? Sprichst du mit ihm? Gleich mittags?«

»Am Abend, Laura. Carlo kommt heute mittag nicht nach Hause; meine Mutter ist nach Vinci gefahren.«

*

Frau Bellini war auf dem Wege nach Vinci.

Nach Vinci fährt man mit dem Pisaner Bummelzug durch die grünen Schluchten am Arno bis Empoli und von dort mit dem Überlandbus auf das Hochplateau hinauf. Dreiundvierzig Kilometer, eine Sache von anderthalb Stunden.

Mit einem Wagen geht es schneller, und es ist bequemer. »Das Warten auf dem Bahnhof fällt weg«, hatte Maurice gesagt, »und das ängstliche Nach-der-Uhr-Schauen, um den Bus nicht zu versäumen.« Das war wahr. Man saß immer auf dem Sprung, wenn man am selben Tag noch zurück wollte. »Das ist es!« hatte Maurice bestätigt. »Man ist ungebunden mit dem Auto. Wir fahren mittags ab und sind zurück, ehe Carlo abends nach Hause kommt. Die Vorlesung fällt aus wegen Schnupfen.« Er wollte auch einmal mit einer Frau allein im Wagen gesehen werden. Das war unernst gemeint, natürlich, aber doch hübsch.

Frau Bellini, auf dem Wege in ihr Heimatnest, saß also in Maurice' Volkswagen. Das Verdeck war zurückgeschlagen, der Fahrtwind sauste, die Sonne brannte in das Gesicht und auf den Arm, der lässig auf dem Schlag lag; es war ein schönes Gefühl; Frau Bellini kannte es noch nicht.
Maurice fuhr langsam. Er war zuerst schweigsam gewesen; jetzt redete er schon seit der Gonfaliner Klause; ein halbes Stündchen. Er erzählte von Paris, von der Schule, von seinen Eltern, die getrennt und verfeindet lebten, von seiner Sehnsucht nach Italien, von seiner Liebe zu Florenz, und wenn ihm das Herz überlief, fiel er zwischendurch ins Französische. Darauf sprang er wieder zurück nach Paris und sprach von seinem Vater, der ihm die Wünsche von den Augen ablas und erfüllte, nur den einen nicht: eine Mutter zu haben.
Frau Bellini hörte mit halbem Ohr zu.
Aber dann sagte er:
»Das ist wie eine Wunde, die sich nicht schließt. Daher kommt vielleicht auch meine Anfälligkeit gegenüber Frauen, die älter sind als ich, reifen Frauen, Frauen von fünfunddreißig und vierzig Jahren, jenen schönen Müttern, denen man ansieht, daß sie leidenschaftlich lieben könnten, wenn sie den Mut dazu hätten.«
Frau Bellini konnte dem Gedankengang nicht ganz folgen. Sie hatte das Bild der zerstrittenen Eltern in

Paris vor Augen – den Vater, sie sah ihn immer vor einem Fenster mit dem Eiffelturm, in Hemdsärmeln und mit Baskenmütze, wie er Maurice mit beiden Händen hoch über seinen Kopf hob; und die Mutter, ein Lied trällernd –, Maurice tat ihr sehr leid. Keine Mutter, povero Maurice.

»Können Sie das nachfühlen, Signora Margherita?«

»Was?« fragte sie, in ihren Gedanken aufgescheucht.

»Na, vielleicht kommt einmal eine Frau«, lächelte Maurice und fühlte sich wirklich bewegt, »die diese Wunde schließt.«

»Haben Sie eine Wunde?« fragte Frau Bellini und merkte im nächsten Augenblick, daß sie etwas überhört haben mußte, irgend etwas, was den Armen so bewegte. Er hatte keine Wunde; wie konnte ihr nur so etwas entsetzlich Törichtes entschlüpfen!

Sie schämte sich; sie berührte seinen Arm mit ihren Fingerspitzen und sagte: »Verzeihen Sie.« (Das war dem »Verzeihen Sie« Gabriellas zum Schiedsrichter so ähnlich, daß nur noch das gemurmelte »Trotzdem Idiot!« fehlte.)

Maurice verstummte augenblicks. Er gab Gas und ratterte schweigend die letzten Kurven nach Vinci hinauf. Sie zeigte ihm den Weg in den Ort.

Als sie zur »Torretta« kamen, bat sie ihn zu halten. »Das ist unser (sie sagte immer noch »unser«, wie vor zwanzig Jahren) bestes Restaurant. Ganz einfach, weil es unser einziges ist.«

Er lächelte.
»Maurice, ich möchte Ihnen nicht zumuten, mich bei meinem Besuch zu begleiten. Meine Mutter ist im Augenblick krank; das ist nichts für Sie. Da Sie schon so lieb waren, mich hierher zu fahren, tun Sie mir den Gefallen –«
»Gern.«
»Nicht wahr, Sie warten hier auf mich?«
»Ich warte auf Sie. Inzwischen werde ich mir dieses alte, vertrutzte Vinci ansehen, die Uhr fünfhundert Jahre zurückdrehen und mir vorstellen, wir seien Ser Piero und Catarina.«
»Tun Sie das«, nickte Frau Bellini ahnungslos, und in Maurice stiegen verschiedene Zweifel hoch.

*

Gegen halb vier kehrte sie zurück und lud Maurice, wie es sich gehörte, noch zu einem Kaffee und einem Toast in der »Torretta« ein.
Außer ihnen war kein Gast da. Maurice, der eine Musikbox entdeckte, kämpfte lange mit sich, ob er das Ding mit einem Tango in Betrieb setzen sollte. Tango würde sie können; und es müßte eigentlich sehr schwierig für sie sein, ihn abzuschlagen.
Er kämpfte. Es reizte ihn unglaublich, aber er konnte den Gedanken nicht mehr wegbringen, daß sie eine Pute war. Zugleich wußte er, daß er sich belog. Wie

straff und fest sie aussah! Die Lust, sie an sich ziehen zu können und zu fühlen, kam wieder.
Er stand auf und wollte zu dem Musikkasten gehen – Frau Bellini mißverstand es, erhob sich ebenfalls und rief den Kellner. Sie zog das Jäckchen an und raffte ihre paar Sachen zusammen. 550 Lire, sagte der Cameriere. Die Spiccioli (Kleingeld) klirrten auf dem Tisch, einige rollten hinunter, der Kellner bückte sich, auch Maurice bückte sich; sein Schuhsenkel riß, und er band ihn, mit dem Bein auf dem Stuhl, wieder zusammen. Der Fall war erledigt.
Auf der Heimfahrt sprachen sie wenig.
Maurice hing seinen Gedanken nach. Er beschloß, Lucienne zunächst noch kein neues Zimmer zu suchen, wie er es eigentlich vorgehabt hatte. Es war noch nicht nötig. Auch Frau Bellini hing ihren Gedanken nach. Sie dachte an Maurice und Gabriella.

*

Sie dachte auch noch daran, solange sie allein in der Wohnung war und den Abendbrottisch deckte.
Dann kamen die beiden Kinder; Gabriella, sobald sie Carlo sah, stürzte sich auf ihn.
»Ich bitte dich, du mußt sofort telefonieren gehen . . .«
»Vielleicht erlaubst du, daß ich mir zuerst einmal die Hände wasche und die Schuhe ausziehe!«
»Eben nicht! Mamma, warte bitte noch eine Minute

mit dem Essen, er muß erst noch ein Telefonat führen.«
Carlo kam aus dem Bad zurück. »Was für ein Telefonat? Was hast du eigentlich?«
»Ich habe etwas Wichtiges, Carlo. Stimmt es, daß der Garden-Club eine junge Dame sucht?«
»Ich nehme es an.«
»Sprich doch nicht so unbestimmt! Du machst mich ganz nervös. Sucht er nun oder sucht er nicht?«
»d'Aquila hat es erwähnt.«
»Na, und? Stimmt das nun? Seine Frau muß es doch wissen!«
»Das sollte man annehmen.«
»Das sollte man annehmen! Merkst du eigentlich gar nicht, daß ich etwas wissen will? Nun antworte doch endlich!«
»Was hast du eigentlich?«
»Laura soll die Stellung bekommen.«
»Laura?« Daran schien er noch nicht gedacht zu haben.
»Laura?« wiederholte er. »Sie zahlen Pfennige, Gabriella!«
»Sie zahlen sechzigtausendmal mehr, als sie jetzt verdient, Telefoniere sofort.«
»Jetzt? Du bist wohl nicht ganz bei Troste. Wie stellst du dir das vor? Im Gemüseladen? Solche Sachen?«
»Natürlich.«
So ging es eine Weile weiter. Der Brodo stand schon

auf dem Tisch, da redeten sie immer noch; bis Gabriella ihrem Bruder klarmachte, daß Laura weinen würde.
Er ging im Zimmer ein paarmal auf und ab, um sich zurechtzulegen, was er sagen würde.
»Du mußt bedenken, Carlo, daß es auch für deinen Chef viel einfacher ist, sich umzudrehen und gleich seine Frau zu fragen, als im Büro von dir –«
»Jetzt sei mal still. Verzeihen Sie, Commendatore, daß ich Sie privat störe, aber ich glaube –«
»Sag ihm was Soziales! Das ist immer gut!«
»Ruhe! – aber ich glaube – jetzt weiß ich nicht mehr, was ich sagen wollte – ich glaube, ich darf es, weil ich eben etwas gehört habe, was Signora d'Aquila wahrscheinlich sehr interessieren wird. Sie, Commendatore, haben mir neulich –«
»Sehr gut, Carlo! Hast du die Nummer? Mamma! Du kannst den Brodo noch einmal aufsetzen!«
Carlo ging.
»Weißt du«, sagte Gabriella zu ihrer Mutter, »Laura muß arbeiten. Sie muß was zu tun haben. Es eilt.«
»Sechzigtausend Lire –«
»Das Geld ist es nicht, Mamma! Es ist wichtig, ich weiß; aber noch wichtiger ist, daß Laura beschäftigt wird. Kannst du dir nicht denken, warum?«
»Wegen ihres Vaters?«
Gabriella stieß einen langen Seufzer aus.
»Du hast es erraten, Mammina, cuore mio.«

Carlo kehrte mit der Miene des Triumphators zurück: Laura hatte die Stellung erhalten. Auch er war jetzt angesteckt von Gabriellas Freude und rieb sich die Hände. Sie waren eben im Begriff, alle zu Cuddùs aufzubrechen, als es klingelte.

Frau Bellini, Gabriella und Carlo standen an der Tür und zögerten. »Zu dumm!« flüsterte das Mädchen, »das ist bestimmt Landini mit der Waschmaschine; er wollte abends kommen.« »Geb's Gott«, antwortete Frau Bellini leise, »auf die Viertelstunde kommt es auch nicht mehr an. Mach auf!«

Sie öffnete. Es war nicht Landini. Es waren die Wasserballer.

Frau Bellini war ziemlich starr.

»Lange nicht gesehen«, lachte Maurice verlegen.

»Buonä serä!« rief Leslie im hallenden Hausflur, »fassen Sie sich, Signora: Wir können nicht eintreten, obwohl Sie so verzweifelt winken. Ein andermal. Carlo, der Alte will dich sprechen. Ich habe ihm gesagt, ich würde zu Maurice gehen und vermittels seines Automobils –«

»Welcher Alte? Rossi? Wieso?«

»Irgend etwas Privates. Ich weiß es nicht.«

Gabriella drängte sich vor und faßte Maurice am Jackenknopf:

»Ausgeschlossen! Was bildet sich der Dicke ein? Wir haben etwas ganz Wichtiges vor; bist du mit dem Wagen da, Maurice?«

»Vor der Tür.«

»Der Wagen ist beschlagnahmt. Und ihr auch. Alle. Wir fahren als erstes zu Laura. Dort setzen wir Mamma ab, nehmen dafür Laura auf. Ihr wartet unten, ich kann euch oben nicht vorzeigen. Dann müssen wir zur Piazza d'Azeglio fahren, die Nummer 25 suchen und parterre in die Fenster schauen, um festzustellen, wie es da aussieht. Und dann müssen wir den besten, den kürzesten und angenehmsten Rückweg für Laura finden.«

»Das ist verrückt!« sagte Carlo. »Sie wird das früh genug erleben. Warum um alles in der Welt noch heute abend?«

»Das verstehst du nicht.«

Frau Bellini schritt zur Haustür: »Für die paar Schritte zu Cuddùs quetsche ich mich doch nicht in ein Auto! Zu sechst! Ich gehe voraus.«

»Was geschieht hier eigentlich?« fragte Maurice verdattert, aber er wurde nicht aufgeklärt. Gabriella stieß alle aus dem Hause und stopfte sie in das Auto, das unter der Last der großen Kerle tiefer und tiefer sank.

»Wohin?« Maurice ließ den Motor an.

»Runter. Dreh um.«

»Es ist Einbahn, Gabriella! Ich darf nicht.«

»In meiner eigenen Straße?«

»Vorwärts, du Feigling!« rief Leslie, langte mit dem Fuß herüber und trat auf den Gashebel.

VI

»Ihr habt mich ja schön im Stich gelassen!« jammerte der alte Rossi, während er Carlo knetete und die anderen unter der Brause standen.

»Sie hätten sagen können, worum es sich handelt, Rossi!«

»Carlo, mein Junge, lieg still und verkrampf die Muskeln nicht.«

»Ich weiß immer noch nicht, warum Sie mich holen lassen wollten. Sie hätten es Leslie sagen sollen.«

»Leslie hätte es nicht verstanden, er ist kein Italiener.«

Leslie rief aus der Ankleidekabine:

»Ich bin kein Idiot, Rossi!«

»Mag sein«, antwortete Rossi, »trotzdem.«

»Was war nun wirklich?« fragte Carlo.

»Mein Onkel war im Krankenhaus, und ich mußte ihn unbedingt herausholen . . .«

»Und wo ist da das Problem? Es gibt Taxis.«

»Ach, das ist es doch nicht. Er konnte doch nicht mehr gehen, er war auch gar nicht mehr ganz bei sich. Es konnte jede Stunde mit ihm zu Ende sein. Er mußte raus, verstehst du, Carlo, mein Junge?«

»Ich begreife kein Wort«, rief Leslie dazwischen.

»Da siehst du es! Ich hätte zu viel erklären müssen. Leslie, mein Junge, das verstehen Sie nicht! Wenn man im Krankenhaus liegt, zahlt die Kasse, aber wenn man im Krankenhaus stirbt, ist das für unsereins eine Katastrophe. Das Krankenhaus gibt den Toten nicht raus; es will die ganzen Geschichten mit dem Herrichten und Fertigmachen selbst übernehmen und eine saftige Rechnung schreiben. Ich bin ein armer Mann, ich kann mir das nicht leisten; was soll das alles? Kein povero in Italien fällt drauf rein.«

»Und?«

»Ja, und! Sie sagen einfach ›und‹. Ich habe mir gedacht, wie soll ich den Onkel schleppen? Aber es eilte. Der Prete war schon dagewesen, es war höchste Zeit. Ich fuhr also hin. In dem Saal, in dem er gelegen hatte, war er nicht mehr. Erst habe ich gedacht, ich hätte ihn übersehen. Es waren dreißig Betten und lauter Verwandte, mindestens zwanzig Stück, und einige machten sich schon für die Nacht zurecht zum Wachen.«

»Wie war das?« fragte Leslie. »Für die Nacht?«

»Warum fragt er?« wollte Rossi wissen.

»Er versteht es nicht«, sagte Carlo. »Bei uns, Leslie, müssen die Verwandten alles das machen, was bei euch die Krankenschwestern und Wärter tun. In der classa popolare.«

»Du machst wohl Witze! Bringen sie auch die Betten mit?«

»Die Betten nicht, aber in manchen Hospitälern mußt du die Bettwäsche mitbringen.«

Leslie verschlug es die Sprache.

Er wartete gespannt auf die Fortsetzung des Berichtes.

»Nein«, sagte Rossi, »in meinem nicht. Ich habe dann eine Schwester erwischt und gefragt, wo mein Onkel hingekommen ist. Und weißt du, wo? In die Kammer. Carlo, mein Junge, in die Kammer! Er war gestorben! Ich dachte, mich trifft der Schlag. Sie führte mich hin und ließ mich allein. Ach, wenn du doch bei mir gewesen wärst! Da stand ich nun; ich hätte heulen können.«

»Scheußlich!« Leslie nickte. »Es muß Ihnen sehr nahegegangen sein.«

»Nahe ist gar kein Ausdruck, Leslie, mein Junge. Ich sah schon die Rechnung mit der Ziffer 100 000 Lire vor mir! Ich habe keine hunderttausend Lire; oder ich darf einen Monat lang nicht essen und nicht wohnen. Ach, wenn doch bloß einer von euch dagewesen wäre! Ich bin alt und dick, aber in den Armen bin ich stark. Vom Massieren her. Ruckzuck, habe ich mir überlegt, vorwärts, habe ich mir gesagt. Ich habe den Onkel aufgehoben, mir über die Schulter geworfen und die Tür geöffnet. Kein Mensch auf dem Korridor. Ich die Tür zugemacht, leise, leise. Dann bin ich zur Treppe. Auf der Straße hat mein Taxi gewartet. Carlo, mein Junge, du glaubst nicht, wie schwer mein armer Onkel wog, obwohl er so mager gewesen war. Und ich konnte auch schlecht sehen, weil ich mit dem Arm vor meinen Kopf greifen mußte. Die erste Treppe ging gut. Dann hörte ich Schritte kommen, ich begann zu laufen, beinahe immer zwei Stufen auf einmal, und rum um die Kurve, daß es mich fast geschmissen hätte. Plötzlich hat es hinter mir gerufen: Halt! Halt! Ich habe einen weißen Kittel schimmern sehen und dachte: nichts wie raus. Ich bin zum letzten Treppenabsatz gekommen, da standen unten ein Arzt und eine Schwester. Hinter mir rannte jemand und schrie immerzu. Ich habe mich noch mehr angestrengt, aber da ist es passiert: Ich bin gestolpert und die Treppe hinuntergefallen, und der Onkel hat die Schwester umgerissen. Sie hat gekreischt, als wenn sonst was passiert wäre, der Arzt hat schnell die Tür abgeschlossen, und alles war aus.«

Er schwitzte, als er geendet hatte.

»Die rechte Schulter könnte noch was vertragen«, sagte Carlo, »trommeln Sie mit dem Handrücken noch ein paarmal.«

»Gleich, gleich. Ist es so gut?«

»Sehr gut.«

Sie sprachen, als hätte es vorher keinen toten Onkel gegeben.

»Und?« rief Leslie, »und dann? Rossi, und dann?«

»Wie meinen Sie? Ich muß zahlen.«

»Und was ist Ihnen passiert?«
»Mir? Nichts. Am Ellbogen ein bißchen.«
»Nun lassen Sie doch den Ellbogen; ich meine die Polizei!«
Carlo erklärte ihm:
»Das siehst du nicht richtig, Leslie. Kein Mensch hat hier ein Interesse, die Polizei zu rufen. Die Polizei ist der gemeinsame Feind. Außerdem ist das alles für ein Krankenhaus nichts Neues. Ist die Haut rot, Rossi?«
»Wie ein glühender Ofen.«
»Dann Schluß. Und machen Sie sich wegen der Aufbahrungskosten keine zu großen Sorgen. Wir kratzen das Geld schon gemeinsam zusammen.«
»Danke, Carlo, mein Junge, danke. Wir wollen nicht mehr daran denken.«
In der Kabine hockten Leslie und Hans auf der Bank und vollendeten ihre Toilette. Nach einer Weile sagte Leslie im Ton tiefsten Nachdenkens leise:
»Ich bin mir nicht im klaren, ob wir überhaupt ein Zehntel der italienischen Seele kennen.«
»Hauptsache«, antwortete Hans, »wir kennen ein Zehntel der italienischen Malerei. Wir wollen ja nicht in Seele promovieren.«
»Das sagst du so. Aber stelle dir vor, man verliebt sich in ein Geschöpf dieses präkolumbischen Volkes. Mensch! Du kaufst ja die Katze im Sack! Eines Tages wirft sich das Mädchen im englischen Unterhaus den Speaker über die Schulter und stürmt an einem Bobby

vorbei zum Taxi. Ich habe in diesem besonderen Falle nichts dagegen, denn ich kenne den Speaker zufällig; aber daß *sie* nichts dabei findet! Begreifst du? Ich frage dich, würdest du wagen, dich in eine Italienerin zu verlieben?«

»Natürlich. Wir Deutsche fürchten Gott, sonst niemand auf der Welt.«

»Ich sage dir, mein Lieber, laß die Finger von jeder italienischen Jungfrau. Ich meine es gut mit dir. Es sei denn, es handle sich um ein somnambules Jungtier wie Laura Cuddù.«

*

Es war der erste Arbeitstag Lauras im Garden-Club. Als sie um ein Uhr, pünktlich wie es sich gehört, aus dem Hause trat, stand Hans vor ihr. Es durchfuhr sie sofort ein Schreck, gemischt aus seligem Erschauern und Abwehr. Sie fühlte, daß im Nu auch ihre Hände feucht wurden, und fürchtete sich, sie Hans zu reichen. Zum Glück machte er keine Anstalten.

»Guten Tag, Laura! Eigentlich wollte ich Ihnen wie zum ersten Schultag eine große Wundertüte mitbringen, aber wenn ich Sie verpaßt hätte, wie stünde ich da!«

»Warum sind Sie gekommen?« fragte sie. Es klang ein bißchen unhöflich, war aber nur Ratlosigkeit.

»Weil ich wollte, daß jemand Sie an Ihrem ersten Tag abholt.«

»Wo ist Carlo?«

»Carlo? Carlo kann nicht kommen –«

»Nein?«

»Nein. Er hat doch Dienst.«

»Mittags?«

»Heute hat er Dienst, glaube ich«, log Hans. Ihm fiel erst jetzt ein, wie naheliegend es gewesen wäre, daß Carlo sie abgeholt hätte.

»Sind Sie enttäuscht, Laura? Daß ich es bin?«

Sie schüttelte den Kopf, hätte aber wohl lieber genickt. »Weiß es Carlo?« fragte sie.

»Nein. Warum muß er das wissen?«

Ihr kam noch ein Bedenken, und sie nahm allen Mut zusammen, um es auszusprechen:

»Weiß es Gabriella?«

»Nein. Warum fragen Sie das, Laura?«

Keine Antwort.

Jetzt nahm *er* allen Mut zusammen:

»Weil Sie gemerkt haben, daß ich Gabriella –«, er brachte den Satz nicht über die Lippen. Es war auch nicht nötig, denn Laura nickte heftig.

Er nahm ihre Hand.

»Setzen wir uns doch ein bißchen auf die Bank.« Sie folgte gehorsam, und sie suchten sich eine Bank aus, die leer war und fernab von den auf dem Rasen spielenden Kindern.

»Woher wissen Sie es, Laura? Hat Gabriella es gesagt?« fragte er begierig.
Sie schüttelte den Kopf.
»Ach so!« sagte er enttäuscht. Dann fiel ihm ein: »Merkt man es?«
»Was?«
»Daß ich Gabriella –« Wieder nicht über die Hürde. Laura lächelte.
»Sie müssen nicht immer schweigen, sonst denke ich, Sie möchten nicht mit mir sprechen. Es ist doch nett, daß ich Sie abgeholt habe, nicht?«
»Ja.«
»Und der Tag ist so schön, nicht?«
»Ja.«
»Sagen Sie doch etwas!«
»Wo ist Carlo?«
»In der Bank. Worüber spricht Gabriella mit Ihnen, wenn Sie allein sind?«
Sie wurde in Erinnerung an den Piazzale Michelangelo rot. Er sah es und konnte es sich nicht zusammenreimen.
»Über mich?«
»Nein.«
»Schade, Laura.«
»Nicht schade.«
»Und warum nicht?«
»Wenn Gabriella ein Geheimnis hat, würde sie es nicht sagen.«

Das war hübsch zu hören. Das Wort »Geheimnis« war so hübsch. Auch, daß sie es nicht sagen würde.
»Sprecht ihr nie über so etwas?«
Sie schüttelte den Kopf. Dann fragte sie zögernd: »Carlo?«
»Was ist mit Carlo?«
»Er? Ob er darüber spricht?« Sie hing an seinen Lippen.
»Carlo ist ziemlich verschlossen, Laura. Und ich selbst hüte mich, so ein Gespräch zu beginnen. Unsere Freundschaft ist eine Sportfreundschaft, und manchmal denke ich, das Eis ist sehr dünn.«
Sie verstand nicht. »Eis?«
»Ich meine: Ich weiß nicht, ob man nicht einbricht, wenn es um etwas ganz Wichtiges geht.«
»Nein«, sagte Laura.
»Nein? Woher wissen Sie es?«
»Er hat es gesagt.«
»Gabriella und –«
»Nichts mit Gabriella«, sagte sie schnell, «Er hat von euch dreien gesprochen, ohne Gabriella.«
»Hat er nie Gabriella mit mir zusammen erwähnt?«
»Ich weiß nicht. Vielleicht habe ich es vergessen.«
»Das dürfen Sie nicht, Laura! Werden Sie es mir sagen, wenn er es tut?« Sie nickte.
»Mögen Sie Maurice, Laura?«
»O ja.«
»Und Leslie?«

Sie erschrak. Der Engländer! (»Mach deiner Freundin Laura durch Zeichen verständlich, daß sie vergessen soll, wovon sie eben Zeuge war.«)

Sie sah Hans fast entsetzt an.

»Was haben Sie, Laura? Warum schauen Sie mich so an? Mögen Sie etwa Leslie so gern? Oder finden Sie ihn abscheulich? Was haben Sie?«

»Er – er mag sie gern –«

»Mich?«

»Gabriella. Das müssen Sie wissen.«

Hans lachte.

»Das weiß ich doch! Wer hat Gabriella nicht gern!«

»Ja. Das ist wahr.«

»Wollen wir ein Eis essen, bevor wir gehen?«

»Danke, gern.«

Sie schlenderten zur Bar und machten sich dann auf den Heimweg in Richtung des Ponte delle Grazie. Sie gingen den Borgo Pinti hinunter, es war viel Verkehr und die Straße eng; er faßte sie unter den Arm, während sie beide das Eis schleckten.

»Wenn Sie mit Carlo allein sind –«, begann das Mädchen.

»Wann bin ich mit Carlo oder Leslie oder Maurice je allein? Höchstens unter der Brause.«

»Unter der Brause?«

»Wenn wir uns nach dem Spiel duschen. Manchmal stehen wir dann zu zweit unter der Brause.«

Sie sah ihn fragend an. »Nackt?«

»Natürlich.«
»Sehen Sie sich ganz nackt?« Ihre Wangen brannten.
»Wir sind's. Hinschauen tun wir nicht dauernd. Oder was glauben Sie? Wäre etwas dabei, wenn Gabriella Sie nackt sehen würde?«
»O nein.«
»Oder Sie Gabriella?«
»Sie würde mich erwürgen.«
Er lachte laut.
»Ach, Laura! Sie kennen Gabriella nicht!«
»*Sie* kennen Gabriella nicht!«
»Haben Sie sich nie so gesehen?«
»Madonna! Nein. Haben Sie auch Carlo gesehen? Mein Gott«, sie zog rasch ihren Arm weg und fuhr sich mit der Hand über die Augen, »wovon sprechen wir! Ich möchte allein nach Hause gehen. Bitte! Bitte!«
»Nein, Laura. Wir haben doch über nichts Böses gesprochen. Wollen wir nicht Freunde sein? Wirkliche, geheime Freunde?«
Sie nickte.
»Nicht wahr, Sie glauben mir, daß ich keine anderen Gedanken habe?«
Sie warf einen Blick aus den Augenwinkeln auf ihn und nickte dann wieder.
»Wir sind heute abend alle bei Carlo; kommen Sie auch?«
Sie sah ihn erstaunt an.

»Ich kann doch nicht zu Carlo kommen!«
»Aber Sie können Gabriella besuchen.«
»Ich würde mich schämen.«
»Himmel, ist das kompliziert. Würden Sie denn gern kommen?«
»Ja.«
»Dann warte ich vor Ihrem Haus. Wir werden sagen, ich hätte Sie getroffen und mitgebracht.«
»Ich weiß nicht. Ich weiß überhaupt nichts mehr. Was sprechen wir bloß alles, seit Sie mich abgeholt haben!«
»Schön, nicht?« Er lächelte sie an.
»Nein. Ich möchte allein nach Hause gehen. Ich glaube, wir wissen nicht, was wir tun –«
»Wir wissen es beide! Acht Uhr?«
»Ja. Nein. Ja. Aber Carlo wird sehr verwundert sein.«

*

Er war es. Er war sogar etwas verärgert.
Es wurde ein kurzer Abend und kein besonders heiterer. Maurice fehlte aus einem Grunde, den keiner kannte; Leslie war ziemlich still, und Laura starrte unausgesetzt Hans an, was schließlich auch Gabriella auffiel. Auch sie starrte nun Hans an. Frau Bellini brachte sechs Karamel-Puddings auf den Tisch und erlebte, daß die Mädchen nichts aßen. Sie forderte

Leslie auf, seine Pfeife zu rauchen, aber Leslie hatte den Tabak vergessen. Frau Bellini fühlte sich herzlich unglücklich.

Um neun Uhr wollte Laura sich verabschieden.

Sofort sprang Gabriella auf und sagte, sie werde sie begleiten. Carlo wollte etwas einwenden und stand ebenfalls auf, aber Gabriella ließ sich nicht beirren. Die beiden Mädchen gingen.

Carlo setzte sich wieder hin – stumm. Er zog die beiden Puddings zu sich heran, warf einen fragenden Blick in die Runde und aß, als Leslie und Hans den Kopf schüttelten, die wabbelnden Speisen auf.

Nach zwanzig Minuten kam Gabriella zurück. Sie setzte das Anstarren von Hans jetzt sehr verstohlen fort. Bald darauf brachen Leslie und Hans auf. Carlo ging ihnen zur Tür voraus.

Als Hans an Gabriella vorbeiging, flüsterte sie ihm zu: »Hol mich morgen von der Schule ab.«

*

Hans stand hinter einem Arkadenpfeiler auf der Piazza della Libertà und beobachtete den Hauseingang an der Ecke Cavour. Mit dem Glockenschlage achtzehn Uhr ergoß sich ein Schwarm von Mädchen aus der Handelsschule. Es sah – weil gleichzeitig auch noch die Fensterläden hochgestoßen wurden – es sah aus, wie wenn ein Waggon eine Ladung junger Kälber auskippte; darunter verwunderlicherweise ein Reh. Er sah Gabriella sofort, er hätte sie an ihrem Haar, ihrer Größe und ihrer Haltung vom anderen Ende der Welt erkannt.

Während der Schwarm durcheinanderquirlte und sich nach allen Richtungen auflöste, blieb Gabriella stehen; sie hatte ihre Bücher auf ein Fenstersims deponiert und nestelte am Saum ihres Kleidchens. Dabei blickte sie nach rechts und links.

Hans trat aus dem Schatten der Arkaden, sie bemerkte ihn gleich und ging ihm entgegen. Er steckte ihr die Hand hin, sie nahm sie für einen kurzen Augenblick. Ihre Miene sollte – man sah es ihr an – eiskalt sein, aber ihr süßes Gesicht brachte es höchstens bis zu einem blühenden Schneeball (Viburnum aus der Gattung der Kaprifolazeen).

»Gehen wir den Viale Matteotti hinunter, unter den Bäumen können wir sprechen.« Sie machte gleich kehrt und überquerte die Straße. Autos schoben sich dazwischen und trennten sie; erst in der Allee verlangsamte sie den Schritt, bis er sie eingeholt hatte.

Sie gingen – er wartete gespannt darauf, was jetzt kommen würde – ein paar Meter schweigend nebeneinander; dann sagte sie, und ihre Stimme klang nicht sehr fest:

»Du hast gestern Laura abgeholt?«

»Ja.«

»Warum?«

»Niemand dachte daran, und ich wollte ihr eine Freude machen.«

»Warum?«

»Weil ich gern jemand eine Freude mache. Und es war so einfach.«

»Sehr einfach. Wie lange bist du eigentlich schon in Italien?«

»Zwei Jahre. Warum fragst du?«

»Ich wollte nur sichergehen, daß ich mich nicht irrte.«

»In irgend etwas irrst du dich bestimmt, Gabriella; ich merke es an deinen Fragen. Was möchtest du denn wissen?« fragte er, und ihm war eigentlich recht fröhlich zumute.

»Ich bin dumm«, antwortete sie zornig, »daß ich dich gebeten habe zu kommen. Mach doch, was du willst, macht doch alle, was ihr wollt!«

»Hat sich Laura denn nicht gefreut?« Er schielte zu ihr hinüber.

»Und ob! Bist du eigentlich blind, du dämlicher Esel?« Sie sah starr geradeaus, ihre Augen füllten sich mit Tränen. Hans erschrak jetzt doch; er blieb stehen und drehte das Mädchen zu sich herum.

»Gabriella! Du glaubst doch nicht –«

»Bilde dir jetzt bloß nicht ein, daß es um Herrn Ans Keller geht.«

»Ich verstehe nicht, Gabriella; worum geht es denn?«

»Erst muß ich erleben, daß Maurice eure Freundschaft zerstören will, und jetzt bist du dran!«

»Maurice?«
»Laß das Fragen!«
»Aber ich muß fragen, ich verstehe nichts. Carlo –«
»Aaaaah!« unterbrach sie ihn, so ironisch sie es schaffte. »Carlo. Daß er dir gelegentlich einfällt! Als du dich mit Laura trafst, ist er dir nicht eingefallen.«
»Carlo? Mein Gott, Gabriella, ich weiß nicht, ob ich lachen oder böse sein soll! Ich –«
»Lachen, natürlich, lachen!«
»Sprich doch nicht so laut, Gabriella!«
»Soll es diese verdammte Welt ruhig hören!«
»Gabriella, ich habe Laura abgeholt, weil ich – aus zwei Gründen.«
»Jetzt sind es schon zwei?«
»Ja. Es waren immer zwei. Erstens –«
»Rede nicht so gespreizt, du großer Hammel!«
Er lachte. Er versuchte es zu unterdrücken, aber es gelang ihm nicht. Sie wartete, bibbernd wie ein Airedale. »Erstens, Gabriella, weil ich Laura wirklich eine Freude machen wollte –«
»Trample doch nicht dauernd darauf herum«, schrie sie wütend, »gerade das ist mir sonnenklar!«
»Zweitens, weil ich ein Bündnis mit ihr schließen wollte; eigentlich ohne daß sie es merkte.«
»Ein Bündnis? Läßt dich da nicht vielleicht dein Italienisch im Stich? Meinst du alleanza oder nicht eher accoppiamento?« Ah – jetzt begriff er doch so viel, daß ein herrliches Gefühl in ihm hochstieg.

»Accoppiamento? Coppia heißt das Paar –«

»Ich *kann* Italienisch«, funkelte sie ihn an.

»Gabriella – ich sage dir jetzt etwas, was sehr töricht klingt, wie von einem dummen Jungen, ich kann es nicht ändern, es ist nun einmal so: Ich wollte Laura bei Carlo helfen, und sie sollte mir bei dir helfen. Jetzt darfst *du* lachen.«

Gabriella war starr.

»Du wolltest ihr bei Carlo –?« wiederholte sie.

»Ja«, nickte er, »und das andere auch.«

Sie blickte ihn unverwandt an.

Verstand sie ihn nicht?

»Du wußtest, daß Laura ihn liebt?« fragte sie.

»Ich habe es vermutet. Und er?«

»Er? Wir haben es gehofft, Ans! Oh, was hast du nur getan!«

»Getan? Ich habe doch nichts getan.« (Das herrliche Gefühl wankte.) Er ergriff ihre Hände und legte sie sich auf die Schultern.

»Gabriella – wie konntest du bloß einen Moment so durcheinander geraten! Mit solchen Gedanken habe ich dich einen langen Tag allein gelassen – ich habe es nicht geahnt. Ich liebe dich! Ich liebe nur dich! Ich denke an dich Tag und Nacht. Ich verbringe die Zeit, wenn ich nicht bei dir bin, mit Warten und beginne wieder zu leben, wenn du da bist. Immer, wenn wir getrennt sind, suche ich dich in Gedanken. Auch die anderen alle lieben dich; glaub nicht, daß ich das nicht weiß. Ich nehme es hin, wie ich es hinnehme, daß alle den Frühling lieben. Aber du bist nicht deren Leben; sie hören nicht auf zu atmen, wenn du nicht da bist. Aber ich. Jetzt weißt du alles. Ich habe nicht geglaubt, daß ich es jemals fertigbringen würde, es dir so zu sagen. Es ist sowieso bloß die Hälfte. Laß mich nicht weitersprechen, Gabriella, sonst geht meine Fassung flöten.«

Das Mädchen stand wie gelähmt da. Ihre Hände rutschten von seinen Schultern; sie zitterte jetzt wirklich. »Aber, Ans, es ist etwas Schreckliches passiert!« (Weg das ganze Gefühl der Freude.)

»Schreckliches –?«

»Laura denkt nur noch an dich!«

»Das ist nicht wahr!«

»Ich habe es doch mit meinen Ohren gehört und mit meinen Augen gesehen.«

»Hör auf, ich bitte dich, hör auf!«

»Ich bin überzeugt, Ans, daß sie sich verliebt hat.«

»Sag es nicht noch einmal, es ist nicht wahr, du irrst dich.«

»Was hast du denn mit ihr gesprochen?«

»Nichts. Nichts. Über Carlo. Über dich. Nichts.«

»Ans, es muß irgend etwas gewesen sein, was du vielleicht gar nicht weißt. Du kennst sie nicht, sie ist schwach, ganz schwach und voller Erwartung; sie würde dir sofort anheimfallen, ein Mann könnte sie in Schande bringen, sie würde –«

»Herr des Himmels! Hier stehen wir und reden über Laura!«
»Wenn sie unglücklich würde –«
»Sie soll ihr Gehirn zusammennehmen!« rief er jetzt wütend, »Carlo soll auch sein Gehirn zusammennehmen, er soll endlich den Mund aufmachen, er soll sie ins Bett nehmen, er soll sie –«
»Ist ja gut, ist ja gut!« sagte Gabriella hastig und ihr Gesicht verwandelte sich. Sie warf plötzlich die Arme um seinen Hals und küßte ihn.
Er umschlang sie und streichelte ihren Rücken und ihre Seite.
»Wie schön du bist, Gabriella; wie schön dein Körper ist! Wie sich deine Schenkel anfühlen! Mach die Lippen auf – Madonna, ich werde gläubig . . .«
»Wieviel Leute gucken zu?«
»Ich weiß nicht. Niemand. Wir stehen zwischen Autos.«
»Laß mich los, Ans, ich kann nicht mehr, ich halte es nicht aus.«.
»Liebst du mich?«
Sie drückte ihn von sich weg. Ihr Gesicht war gerötet, und ihre Augen glitzerten.
Sie antwortete merkwürdig: »Ich liebe die Liebe, Ans. Ich weiß es jetzt. Durch dich.«
»Deutlicher, Gabriella«, sagte er ungeduldig, »deutlich! Ich will es wissen, ich muß es wenigstens einmal hören.«

»Ich bin wieder so glücklich wie vorher, als für mich immer Sonntag war und immerzu Mai. Ich bin noch viel glücklicher. Ich weiß jetzt etwas, was ich nicht gewußt habe. Aber deine Frage – ich kann sie nicht beantworten, Ans. Ich weiß es nicht.«
»Darf ich dich noch einmal küssen?«
»Tu's. Es ist schön, daß du mich vorher fragst.«
Nach wenigen Sekunden quälten sie sich beide so, daß sie voneinander ließen.
»Komm, Ans, wir wollen weitergehen, sonst werde ich zur Laura. Arme Laura. Nun weiß ich es.«
»Willst du mich heiraten, Gabriella? Morgen? Heute? Jetzt gleich?«
»Nein.«
»Nein?«
»Nein. Ich will, daß du von nun an nicht mehr fragst. Ich bin Eurydike und du bist Orpheus; obwohl du wahrscheinlich scheußlich singst. Aber ja, singe, für mich klingt es wunderbar. Eines Tages werden wir es beide wissen, ob wir miteinander leben wollen – ein ganzes langes Leben lang, Ans! Ich weiß es nicht, verzeih mir. Bitte, bitte, wiederhole deshalb nie mehr, was wir eben getan und gesagt haben, und verrate dich nicht, hörst du? Ich bin jetzt so glücklich – obwohl ich so schlau bin wie zuvor. So was Verrücktes!« Und dann fügte sie hinzu: »Wie schön!«

VII

Es waren heitere Tage mit Gabriella. Frau Bellini hätte zugeben müssen, froh zu sein, daß es wieder klingelte, lärmte, herumpolterte und über ihre Spaghetti herging. Carlo zankte sich ab und zu mit seiner Schwester, schimpfte – nachdem er jedesmal seine Mutter höflich um Entschuldigung gebeten hatte – auf die weiblichen Wesen als Pfusch des letzten Schöpfungstages und legte keinen Wert darauf, daß Laura abends zu Besuch kam. Leid dagegen tat ihm Herr von Cuddù, und er hatte den Armen in den letzten drei Tagen schon viermal besucht – schnell, ehe die Wasserballer anrückten. Er schenkte ihm, um die Einsamkeit zu verkürzen, auch ein Abonnement der Wochenzeitschrift »Amica«, die bekanntlich eine Modezeitschrift ist. Ein glänzender Gedanke. Herr von Cuddù, der ein kluger Mann war, obwohl er nicht hören und nur wenig sprechen konnte, freute sich herzlich.

Zum ersten Mal nach längerer Zeit sauste Gabriella wieder zur Santa Lucia dei Magnoli und ließ sich in den Beichtstuhl fallen. Wie immer war sie etwas atemlos.

»Sie sind es doch, Monsignore?« fragte sie vorsichtshalber, da sie den Priester nicht erkennen konnte. Der Pfarrer nickte mit dem Kopf:

»Ich bin es, jawohl. Aber *ein* Beichtvater ist wie der andere, Gabriella; was sind das für Fragen! Du beichtest nicht mir, du beichtest Gott!«

»Ich beichte ja gar nicht, Monsignore, ich muß Sie etwas fragen.«

»Verrichte erst dein Gebet, Gabriella!«

Zehn Sekunden Stille. Dann:

»Ich muß Sie etwas fragen, Monsignore –«

»Frage.«

»Ist es eine Sünde, wenn ich einen Mann küsse?« Auch zehn Sekunden Stille.

»Das kommt darauf an, mein Kind. Wenn es der Vorbote der Liebe ist, nicht. Außerdem ist es selbstverständlich, daß keiner der beiden Teile gebunden ist, auch innerlich. Daß du, Gabriella, ungebunden bist, das weiß ich –«

»Nichts wissen Sie, Monsignore.«

»Wie sprichst du denn mit mir?«

»Verzeihen Sie, Monsignore, es ist mir so rausgerutscht; ich muß im Beichtstuhl ja aufrichtig sein.«

»Was bist du nur für ein Mädchen, Gabriella! Ich kenne dich jetzt mehr als zehn Jahre, und kenne dich doch nicht.«

»Gott kennt mich schon«, beruhigte ihn Gabriella.

»Ja, das ist wahr. Denke daran. War das alles?«

»Nein, Monsignore, ich habe noch eine Frage.«
»Stelle sie«, seufzte der Pfarrer.
»Ist es eine Sünde, wenn ich *zwei* Männer küsse?«
»Kind! Ist das Theorie oder Praxis? Antworte mir sofort!«
»Natürlich antworte ich, Priore! Es ist eine rein theoretische Frage.«
»Ich glaube dir, Gabriella, und ich bin recht froh. Zwei Männer – Kind, genausogut könntest du sagen drei –«
»Nein, nein«, unterbrach ihn das Mädchen hastig.
»Oder zehn. Oder hundert. Das können doch nur sündige Küsse sein.«
»Zwei auch?«
»Meine liebe Gabriella«, sagte der Priester geduldig, »tu mir den Gefallen und geh jetzt nach Hause. Sieh, draußen wartet ein anderer, der beichten möchte und der es vielleicht nötiger hat. Du mußt Gott auch nicht mit jedem Kinkerlitz behelligen; er hat zu tun. Und ich auch. Nicht wahr: Es ist doch Theorie?«
»Ich schwör's!«
»Ach Gott, jetzt schwört sie auch noch! Absolvo te. Grüße deine liebe Mutter.«

*

Das geschah am Vormittag. Am Nachmittag, nach dem verdienten Schläfchen, machte sich der Monsignore zu einem Besuch bei Frau Bellini auf. Recht besehen ohne Grund.

Als wenn Frau Bellini es erraten hätte! Sie zog gerade die Torta Paradiso aus dem Ofen und brauchte sie nur noch mit Puderzucker zu bestreuen, als der Priore läutete.

Sein Besuch freute sie stets. Nicht, weil er der Pfarrer, sondern weil er ein guter Mensch war.

Gewöhnlich trank er ein kleines Schnäpschen oder ein Gläschen Vin Santo; diesmal war es klar, daß es Kaffee sein mußte. Er hatte die Torte gerochen. Als guter Mensch machte er kein Hehl daraus und rieb sich vergnügt die Hände.

Er aß seine zwei Stückchen und rauchte dann einen halbierten Toscano. (Ein fast tödlicher Zigarillo, den man als ganzen nicht überstehen würde.)

»Wie war die Torte?«

»Vorzüglich, ganz vorzüglich. Glückliche Kinder.«

»Welche Kinder?«

»Ihre.«

»Ach so. Danke, Monsignore. Sie haben Gabriella getroffen? Sie bestellte mir Grüße.«

»Jaja, ich traf sie.«

»Gibt's irgend etwas mit meinen Kindern?«

»Nicht, daß ich wüßte, nein, nichts. Außer, daß ich Gabriella schrecklich gern habe. Wie traurig eigentlich, daß unsereins kein Kind haben kann. Vom Himmel herab, meine ich; unbefleckt. Nun ja, dann wäre es immer noch keine Gabriella, sondern wer weiß was. Stört Sie der Rauch auch wirklich nicht?«

»Aber! Schmeckt das Zigärrchen?«

»Vorzüglich. Nach dieser Torte – vorzüglich. Paradiso heißt sie, nicht wahr? Meine gute Tersilia ist keine Bäckerin von Gottes Gnaden; sie ist, ich will gerecht sein, auch nicht dazu da. Sie soll einen alten Mann versorgen, und das tut sie. Aber es ist menschlich, nicht wahr, daß einem ab und zu der Mund leckert. Die kleinen Freuden! Groß nenne ich sie nicht; die großen können nur im Geiste liegen. Wenn ich mich zu den großen bekenne – und ich habe ja mein Leben auf sie abgestellt –, dann darf ich mich auch zu den kleinen bekennen, nicht wahr? Ich glaube, Sie sind eine sehr gütige Frau.«

»Ich?« Frau Bellini war überrascht von der Wendung. »Wie kommen Sie plötzlich darauf, Monsignore?«

»Mir fiel gerade der Ausdruck Ihrer Augen auf, als Sie mir zuhörten. Sehen Sie: Das zum Beispiel ist auch eine Freude. Schon wieder eine Freude für mich! Und heute morgen fand ich eine Rose auf dem Altar, eine einzige rote Rose.«

»Ach! In einer Vase? Vor –«

»Nein. Sie lag so, wie sie geschnitten oder gekauft worden war, auf dem Tisch des Herrn. Eine schöne Gabe. Aber merkwürdig.«

»Ja. Wer mag sie hingelegt haben?«

»Wer weiß. Auf jeden Fall ein Menschenkind, das vor

acht Uhr schon auf dem Weg war, vielleicht zum Dienst. Wir wollen es auch nicht wissen, nicht wahr?«

Frau Bellini lachte. »Doch. Ich möchte es ganz gern wissen. Gabriella war im Hause; sie hat erst nachmittags Kursus, und selbst wenn sie wieder einmal eine Laune gehabt hätte, würde sie eine Kerze gebracht haben; ich auch; Carlo mag keine Baccara –«

»Baccara? Es war keine Baccara, liebe Frau Bellini, Baccara sind doch diese langen, geraden, nicht wahr? Nein, es war ein kleines Moosröschen, etwa so, wie sie unsere liebe Freundin Cuddù vor dem Fenster stehen hat und wahrscheinlich hundert andere Familien auch.«

(Frau Bellini beschloß, anschließend Tetta zu besuchen und sich die schönen Moosröschen anzusehen.)

»Man darf«, fuhr der Pfarrer bedächtig fort, »nicht unnötig neugierig sein. Man muß denen, die ein kleines Geheimnis, sei es ein bitteres, sei es ein süßes, bewahren wollen, das Geheimnis lassen. Ich an Ihrer Stelle, Signora cara, würde nicht zu Frau Cuddù gehen.« Er zündete ein Streichholz an.

Frau Bellini wurde glühend rot.

»Nein«, sagte sie mit etwas belegter Stimme.

Monsignore gab seinem Stummel noch einmal Feuer.

»Gott ist auch nicht neugierig.«

Als Frau Bellini antwortete, hätte man sie mit Gabriella verwechseln können:

»Nein, aber der weiß auch alles.«

»Der Geplagte. Ja. Das muß nicht angenehm sein. Liebe Frau Bellini, ich habe soeben beschlossen, bei mir selbst eine Seelenmesse für Ihren lieben Mann zu bestellen, ja, das will ich tun, es macht mir Freude; es ist kein Jahrestag, ich weiß, aber es wird mir Freude bereiten. Und jetzt will ich aufbrechen, es ist fünf Uhr, ich will noch einen anderen Besuch machen. Vor allem aber (er lachte) will ich weg sein, ehe Ihre drei apokalyptischen Wellenreiter ankommen; sie kommen doch wohl heute wieder?«
»Ich fürchte es, Monsignore – nein, es ist nicht wahr: ich hoffe es.«

*

Um 18 Uhr 30 kam Gabriella nach Hause. (Ciao, Mammina, ich habe in der Cavour meine linke Schuhsohle verloren, komplett; nur der obere Teil ist mir noch als Gamasche geblieben. Ich mußte mir ein Taxi nehmen. Ist Carlo schon da?«)
Um 18 Uhr 45 traf Maurice ein. (»Guten Abend, Signora, ah, ich höre Carlo im Badezimmer. Nein? Gabriella ist schon da? Wie gut Ihnen das enge Kleid steht. Was ist das? Matter Musselin? Wie geschmeidig sich das anfühlt.«)
Um 19 Uhr traf Hans ein. (»Guten Abend, Signora, bin ich unanständig früh dran? Aber außer Carlo und Gabriella ist noch niemand da? Carlo nicht? Wie gut

Ihnen das Kleid steht! Sie sehen aus wie eine ältere Gabriella, Signora.«)
Um 19 Uhr 15 traf Leslie ein. (»Guten Abend, Signora, ich hoffe, daß ich der erste bin. Warum? Weil ich mich auf eines unserer Küchengespräche zu zweit gefreut habe, während Sie mir den Hosensaum angenäht hätten. Ja, leider, ich bin draufgetreten.«)
Um 19 Uhr 30 kam Carlo an. (»Ciao, Mamma, ich höre, daß schon alle da sind. Ich war noch beim Fioraio und habe dir einen Strauß Iris mitgebracht; dadurch ist es etwas später geworden.«)
Als er ins Zimmer trat, sagte Maurice:
»Carlo, wir wollen meine Einladung heute nachholen. Ich schlage vor, wir fahren in einem halben Stündchen los.«
»Wenn ihr dann noch nicht erstickt seid, gut. Was für ein Qualm!«
»Das ist Leslie mit seinem Ofen.«
»Ich?« rief Leslie. »Mit meiner Dunhill und dem Stanwell? Mensch, versündige dich nicht! Signora, er raucht Gauloise!«
»Wo treibt er die bloß immer auf?« fragte Hans.
»Na, wo wohl? Schau dir seine Matratze zu Hause an! Maurice, so was raucht man nicht, auf so was schläft man. Und auch dafür weiß ich etwas Besseres.«
»Ich auch«, lachte Maurice.
Gabriella wunderte sich, daß er so endlos gackerte, und sagte:

»Wenn er wenigstens Zigarren rauchen würde!«

»Du wirst diesem Menschen«, rief Leslie, »doch nicht noch goldene Brücken bauen? Maurice mit Zigarre! Wofür hältst du – wofür haltet ihr Italiener eigentlich eine Zigarre? Eine Zigarre verhält sich zur Zigarette wie ein Stetson zu einer Baskenmütze. Eine Baskenmütze hat man auf, einen Stetson trägt man. Man raucht Zigarre oder Pfeife nicht, um sein tägliches Quantum Nikotin einzunehmen; man raucht Zigarre oder Pfeife, wie man einen Stetson aufsetzt, ohne am Kopf zu frieren, oder wie man einen Regenschirm trägt, ohne daß Regen droht –«

»Das ist ja gerade das Blödsinnige!« höhnte Maurice.

»Selbstverständlich ist das blödsinnig! Aber welche Skala, welche Klaviatur, auf der man hier spielen kann! Man zeigt Formen, man hat Attribute! Wenn man den Tabak oder die Zigarre aus dem Juchten-Etui nimmt, ist es, als ziehe man eine Visitenkarte –«

»Du größenwahnsinniger Brite!« schrie Maurice.

Leslie schien baß erstaunt: »Das Wort verstehe ich nicht. Ein Brite kann doch nicht größenwahnsinnig sein? Merke dir, Maurice Briand: Ein Brite *ist* nicht etwas, sondern an einem Briten *mißt* man etwas. Wie oft sollen wir das noch der Welt erklären?«

»Povero Maurice«, sagte Gabriella, stand auf und hauchte ihm einen Kuß auf die Stirn.

»Mutiges Mädchen!« murmelte Leslie, »schmeckt wahrscheinlich nach Gauloise.«

»Nein«, lächelte Gabriella, »nach Lucienne.«
»Was ist das?« fragte Leslie, während Maurice zu Stein wurde.
»So was wie Paris Soir. Jetzt gehe ich, mich umzuziehen.«
Es klingelte in diesem Augenblick, und sie rief noch über die Schulter zurück: »Ich mache auf.«
Man hörte, wie sie die Tür öffnete und einen kleinen Quietscher ausstieß.

*

Es war am nächsten Tage, Sonnabend acht Uhr morgens, als Leslie vor seinem Fenster sitzend und mit der linken Hand frühstückend, folgenden Brief schrieb:

»Lieber Dad!
Ich weiß, daß Du Deine blonden Haare liebst, um so mehr, als es nur noch wenige sind; gestern abend, mein geliebter Dad, schwebtest Du in akuter Gefahr zu ergrauen, zu erbleichen, zu vereisen, ein Greis zu werden, denn Dein Sohn war drauf und dran, den Beruf eines Wasserbohrers zu ergreifen und zu riskieren, sich von den Trebern zu ernähren, die die Säue essen. Siehe Lukasevangelium, wenn ich mich nicht irre. Nicht genug damit: Ich stand bereits mit einem Fuß in Poggibonsi. Kennst Du Poggibonsi? Oh,

Dad, die erste Ansichtskarte, die ich Dir als neuer Wasserbohrer von dort geschrieben hätte, würde Dir den Rest gegeben haben. Hamdillulah, Allah ist groß, aber ich bin es nicht minder und habe alle diese Greuel abgewendet.

Ich hätte nie geglaubt, daß ein Freitag, auch wenn er der dreizehnte ist, derartig heimtückisch sein könnte, ausgenommen, wenn beides auch noch auf Neujahr fällt. Dabei begann er so ruhmvoll, daß mir jetzt noch vor Bescheidenheit die Tränen in die Augen treten. Wir waren – Hans, Maurice und ich – bei Bellinis, und ich degradierte gerade mit einem geschliffenen Vortrag über das englische Pfeifenrauchen diesen Gauloise-Nuckler Maurice, als sich unerwartet, und unangemeldet versteht sich, zwei neue Gäste durch Rütteln an der Tür und ähnliche Einschüchterungsversuche den Eintritt erzwangen. Es waren zwei Männer, genauer gesagt, eindreiviertel. Der eine, ein Vetter dritten Grades von Frau Bellini, war vierzig Jahre alt – ich habe mich erkundigt –, mittelgroß, kahlköpfig, nicht dick, aber mit einem hoffnungsvollen Magenansatz. Das Auffallendste an ihm war sein unauffälliges Gesicht, an das ich nicht mehr die allergeringste Erinnerung habe. Hinter diesem drittgradigen Vetter schob sich sein Sohn ins Zimmer; er war zwanzig Jahre alt – ich habe mich erkundigt –, der Vater muß ihn also, wie Du die Güte haben wirst nachzurechnen, noch im schulpflichtigen Alter, spä-

testens als Kommis gezeugt haben. Auch der Sohn war mittelgroß, seidenhaarig, ohne Magenwulst natürlich, und mit einem Allerweltsgesicht ausgestattet, was durchaus jedermanns gutes Recht ist. Nur schien er sich für schön zu halten, denn sein Seriengesicht hatte einige Extras, wie wir beim Auto zu sagen pflegen: schwarze Augen mit zentimeterlangen dunklen Wimpern und üppigen Lippen, wie sie unsereins nur hat, wenn man beim Wasserball eins draufkriegt. Er hieß Benito. Auch dagegen läßt sich wenig einwenden. Ach ja: Seine Nase hätte entweder um einen Zentimeter kürzer oder länger sein müssen, um entweder vollendet oder originell zu sein. Warum ich ihn so genau beschreibe, weiß ich nicht. Wahrscheinlich hat mich die selbstverständliche Art, mit der er als Vetter nun allmählich vierten Grades Gabriella und ihre Mutter herumkommandierte, geärgert. »Kann ich ein Glas Wasser haben, sei so gut!« »Habt ihr keine Zigaretten im Haus? Solltet ihr immer haben.« »Rauchst du nicht, Gabriella? Recht so; das gefällt mir.«
Hast Du Worte, Dad? Es gefällt diesem apenninischen Bergesel! Jedoch ich ahnte nicht, daß ich meinen Ärger an den Falschen verschwendete. Der Vater war es, der den Freitag den Dreizehnten verkörperte. Thou com'st in such a questionable shape! Shakespeare, Hamlet, wenn ich mich nicht irre. Wie bin ich Dir dankbar, Dad, daß Du mich wenigstens Harrow hast besuchen lassen, wenn schon nicht Eton.

Maurice, dieser Idiot, bot Benito Zigaretten an; das heißt, vielleicht tue ich Maurice Unrecht, vielleicht hoffte er, ihn zu vergiften. Jedoch Benito rauchte, daß ihm der Qualm aus den Ohren kam, und keine der beiden Frauen, weder mein Engel noch ihre Mutter, sagten ein Wort dazu. Im übrigen sprach Benito wenig.

Sein Vater, den ich der Einfachheit halber mit der Vergrößerungsform Benitone nennen will, erkundigte sich auf das lästigste nach unseren »Nationalitäten«, sagte, als ich »Brite« antwortete, zu mir »Good morning, Sir« und zu Hans »Gutt, gutt«. Ein ausgesprochen aufgeräumter Mann, wenn du weißt, was ich meine. Er übernahm auch sofort unseren ursprünglichen Vorschlag, zur Gargotta zum Essen zu fahren. Er hatte einen Wagen zur Stelle, mit dem er die vierzig Kilometer aus Poggibonsi gekommen war, eine Citroen-Schaukel, für deren Füllung er seinen Sohn, sich und die beiden Frauen vorsah.

Ich flüsterte Carlo zu, ob das im Sinne des »Gemeinsamen Europäischen Marktes« sei – er verstand mich nicht. Später verstand er es, denn – denn in den zehn Minuten, die wir noch im Hause blieben, ereignete es sich: Benitone, alias Freitag der Dreizehnte, nahm die Maske ab.

Zuerst ließ er sich von uns – Good morning, Sir – erzählen, wie schön Florenz sei. Dann erkundigte er sich, wie es Carlo in der Bank erginge. Und schließlich fragte

er, ob Gabriella »noch immer« in die Handelsschule ginge. »Was?« empörte er sich, »mit neunzehn Jahren? Wozu?« Als er gehört hatte, wozu, schüttelte er den Kopf und meinte, es werde wenig nützen; heutzutage bekomme man eine anständige Stellung nur durch Protektion oder Verwandtschaft. »Entschuldige«, sagte Carlo, »aber ich werde sie ihr besorgen; schließlich war Papa bei Monte dei Paschi, und ich bin es auch.« »Bank?« jaulte Benitone auf, »um Gottes Willen! Da verschimmelt Gabriella für ein paar Lire in wenigen Jahren!«
Aha, dachte ich, jetzt wird Carlo merken, wie blödsinnig die Autoeinteilung war. Tatsächlich wurde er auch grün im Gesicht und hätte sicher etwas gesagt, wenn Benitone nicht gleich fortgefahren wäre: »Nimm sie raus, Margherita, nimm sie raus! Ich habe eine glänzende Idee, nicht nur glänzend für euch, Margherita, oh nein, ich bin egoistisch, auch glänzend für mein Geschäft; Gabriella kommt zu mir ins Büro, ich brauche sie dringend, ich zahle ihr ein Spitzengehalt, versichere sie, alles in Ordnung, sie macht meine privatissima Korrespondenz und Buchführung, ich habe eine Vertrauensperson, eine Verwandte, mir ist geholfen, ihr ist geholfen, dir ist geholfen, allen ist geholfen.«
Ich glaubte, mich trifft der Schlag.
»In Poggibonsi?« fragte ich. »Hübsche Stadt?« Ich kannte sie natürlich.

»Eine kleine hübsche Stadt«, sagte er, »würde auch Ihnen gefallen, Sir (!), fast etwas englisch.«
Du verstehst, Dad, daß ich mich erst erholen mußte und nicht gleich antworten konnte. Es war auch nicht nötig, denn Gabriella lachte und sagte:
»Ein abscheulicher Ort.«
Auch Carlo erwachte nun und schoß aufs Tor: »Ihr Studium abbrechen? Das kommt nicht in Frage.«
Typisch Carlo; wie bei seinen Wasserballschüssen: in Richtung Tor, aber knapp daneben. Dieser Wahnsinnige! Im Juli wird Gabriella mit der Schule fertig sein! Für August habe ich die Hochzeit vorgesehen!
»Ihr klebt zu sehr am alten«, lächelte Benitone, »ihr müßt progressiver denken. Nach einem Examen mit Zeugnis fragt nur der erste Chef – und ich frage nicht. Der zweite fragt nach dem Zeugnis des ersten, nicht nach irgendeiner Schule. Aber, Kinder, es wird gar keinen zweiten geben, denn –«
»– denn sie wird heiraten«, sagte ich trocken.
Das hörte Benitone ungern.
Hier mischte sich Hans ein, der nun auch begriff, was sich da zusammenbraute:
»Signore, wäre für diese Vertrauensstellung in Poggibonsi nicht Ihr Sohn der allergeeignetste?«
»Mein Sohn? Der hat für derlei Dinge keinen Sinn und auch keine Zeit.«
Benito winkte auch gleich ab. (»Es zieht, Gabriella! Wenn du die Tür schließen könntest?«)

Sein Vater wandte sich Hans zu: »Ich will Ihnen erzählen, was für eine Firma ich habe. Ich bohre Wasser. Verstehen Sie?«

»Nein«, sagte Hans.

»Nicht? Bohrt man in England kein Wasser?«

»Ich bin aus Deutschland, Signore.«

»Gutt, gutt. Ich bin Brunnenbohrer. Früher hatte ich ein einziges Gestänge und trieb es mit meinem Fiat mittels eines ausgewechselten Rades an; heute habe ich sechs Mannschaften, also sechs Gestänge mit Motoren und einem Hebekran. Das *ist* etwas, Sir. Und Wasser wird mehr denn je gebohrt. Die Orte wachsen und brauchen neue Brunnen. Die Leute kaufen alte Bauernhäuser und brauchen neue Brunnen statt Regenzisternen. Alles braucht Wasser, alles braucht mich, alles ruft mich.«

»Und dafür ist Ihr Sohn nicht der richtige?« fragte Hans. »Das kann ich mir nicht denken. Ein so intelligenter –« Gott, dachte ich, das geht schief! Aber nein, Benitone inhalierte diesen plumpen Brocken wie geschmiert. Im Gegenteil, es war ihm zuwenig.

»Intelligent? Das besagt für Benito gar nichts. Er ist begnadet. Ich erkläre es Ihnen gleich. Deshalb schlage ich für das Büro ja gerade meine Nichte vor!«

Hans, wie die Deutschen sind, war kühn wie Blücher: »Dazu scheint mir, offen gestanden, Gabriella nicht intelligent *genug*.« Er sah das Mädchen dabei an und wurde doch tatsächlich rot. Gabriella lachte schallend.

Die Mutter lachte ebenfalls, sogar Carlo lächelte, nur Benitone nicht.
»Na«, sagte er, »ich kann nichts dafür, daß Ihnen Gabriella nicht gefällt.«
Der Vorrat an Munition von Hans schien erschöpft. Benitone fuhr fort: »Ich glaube, da gibt es nicht viel zu überlegen, Margherita. Nicht wahr, Carlo? Du als Capo di famiglia –«
»Ich möchte eigentlich, daß meine Schwester einen ordentlichen Abschluß hat.«
Und jetzt passierte es, Dad. Der Kerl entgegnete: »Gut. Meinethalben. Wann macht sie Examen?«
»Im Juli.«
»Einverstanden. Dann sagen wir Juli.«
Auch Dir, Dad, wird zwischen den Zeilen aufgefallen sein, daß die Frauen in diesem italienischen Familienkonvent offenbar zu schweigen hatten. Mich machte es fast wahnsinnig. Und jetzt noch diese kreuzgefährliche Wendung! Maurice hatte bisher unbeteiligt dagesessen und sich mit keinem Wort an unserem Existenzkampf beteiligt. Ich gab unter dem Tisch seinem Stuhl einen derartigen Tritt, daß Maurice fast dem Benitone auf den Schoß fiel.
Er warf einen wütenden Blick auf mich, was bekanntlich nicht weh tut, raffte sich dann aber doch auf, drehte sich zu Carlo um und sprach das denkwürdige Wort: »Adieu Wasserballmannschaft.«
Weiter nichts. Dad, das war eines Talleyrand würdig.

Genauso überraschend, genauso prägnant und genauso hundsföttisch. Carlo starrte ihn daher auch eine Weile schweigend an, ehe er sich seinem Onkel dritten Grades zuwandte und den Kopf schüttelte.
»Nanu«, sagte Benitone, »was hast du plötzlich?«
»Wir sind eine glückliche Familie, Zio, wir leben wie richtige Italiener gern zusammen, es ist noch nicht die Zeit, auseinanderzulaufen; weder ich noch Gabriella sind verheiratet, wir sind noch die Kinder unserer Mutter. Gabriella kann im Juli zu mir in die Bank kommen, ich schaffe das.«
»Als was? Carlo, bedenke doch! Als was? Und was wird sie bekommen? Sechzigtausend? Achtzigtausend? Hunderttausend? Ich gebe ihr sofort hundertfünfzigtausend!« Carlo lächelte, und der Wasserbohrer steigerte das Gehalt: »Zweihunderttausend!«
Hier, Dad, schaltete ich mich ein mit einem vor kurzem erst erlernten Fachausdruck. Ich sagte mit hochgezogenen Augenbrauen: »Eine Asta?« Frau Bellini lachte.
Benitone war jetzt wirklich wütend: »Margherita, nun will ich dir etwas sagen: Ich gebe Gabriella vom ersten Tag an sofort monatlich zweihundertfünfzigtausend Lire!«
Große Pause, in der ich Blut und Wasser schwitzte. Hans auch. Maurice vielleicht ebenfalls, ich weiß es nicht. Jedenfalls sah man es ihm nicht an. Er drehte sich wieder Carlo zu und sagte, indem er nicht einmal

die stinkende Gauloise aus dem Mund nahm: »Entschuldige, ich wollte dich nicht beeinflussen. Du brauchst wirklich keine Rücksicht auf so etwas Unwichtiges wie unsere Mannschaft zu nehmen.«
Darauf Carlo unwillig: »Bitte, ja! Das ist eine reine Familienangelegenheit!«
»Das sage ich ja die ganze Zeit.«
An diesem Punkte mischte sich wieder Hans ein: »Sie wollten, Signore, von Ihrem Sohn erzählen; von der Begnadung. Ist er nicht Fontaniere?«
Benitone griff das Stichwort tatsächlich auf.
»Er ist es, und er ist es nicht«, sagte er dunkel. Dad, hier war mir klar, daß er ein nutzloser Balg war. Aber ich irrte mich gewaltig. Sohn Benito betrachtete indessen angelegentlich seine Fingernägel, die übrigens nicht ganz sauber waren, ich nehme an, wegen des Wasserbohrens.
»Mein Sohn«, sagte Benitone, »hat die Media mit besten Noten absolviert, wußte aber dann nicht recht, was er tun sollte. Er wäre gern Künstler geworden, zum Beispiel Cantante, Sänger, aber er hat leider keine Stimme. Fußballstar wäre er auch gern geworden, aber das wünschte *ich* nicht. Natürlich wird er einmal meine Firma übernehmen, aber bis dahin hat es Zeit; unser gutes Auskommen haben wir – also. Und nun, Sir, stellen Sie sich vor: Eines Tages, vor zwei Jahren genau, nicht wahr, Margherita? Du erinnerst dich? Da begleitete er einen Rhabdomanten,

probierte es selbst und entdeckte, daß er diese Begnadung auch hatte.«

Hans fragte, was ein Rhabdomante sei; ich wußte es auch nicht. Das heißt, ich konnte es mir übersetzen, aber ich hielt diese Wünschelrutengänger bisher immer für ausgemachten Schwindel. Dad, korrigiere Deine Ansicht; es ist im Gegenteil eine unheimliche Sache! Ich erzähle es Dir:

Der Kerl, dieser Benito, schneidet sich von einem Baum einen armlangen Trieb ab, biegt ihn, indem er die Fäuste dicht vor seinen Körper hält, zu einer länglichen Schlaufe zusammen, die nach vorn zeigt, und geht so über das Gelände. Plötzlich beginnt die Schlaufe sich zu bewegen und über einem bestimmten Punkt heftig gegen seine Brust zu schlagen. Mit seiner Brust ist es übrigens nicht weit her. Wovon sprach ich? Ja, an diesem Punkt bleibt er stehen, präzisiert ihn genau und versucht, die Kraft und Art der Ausschläge zu erfühlen. Eventuell pendelt er auch mit seiner Uhr hin und her. Und dann sagt er voraus, wo eine Wasserader läuft, in welcher Tiefe – er spürt sie bis zu dreißig und vierzig Meter tief –, und in welcher Menge. Diese Rhabdomanten sind zuverlässiger als elektrische Geräte, die hier in der Toskana kein Mensch benutzt. Benito, so sagt sein Alter, kann im Winter sogar genau voraussagen, wieviel Liter in der Minute die Quelle im trockenen August geben wird.

Dad, was sagst Du dazu? Und das kann dieser Hornochse! There are more things in heaven and earth, Horatio, than are dreamt of in our philosophy! Entschuldige, Dad, daß es wieder Hamlet ist; aber er ist so ergiebig, Du solltest ihn mal lesen.
Indessen blickte Benito, der begnadete, unter langen Greta-Garbo-Wimpern immer noch auf die Fingernägel, unter denen er dezent zu kratzen begann. Aber sonst – wirklich – nichts gegen ihn. Er war mir sogar fast sympathisch in seiner konsequenten Faulheit.
Benitone lud uns alle ein, einer Wassersuche einmal beizuwohnen, und Hans, der Poggibonsi nicht kennt, sagte begeistert zu. Dann, bevor wir zur Fahrt nach der Gargotta aufbrachen, stellte Benitone an Carlo noch einmal die Gretchenfrage wegen Gabriella, und Carlo sagte klipp und klar »Nein«. Ich hätte ihn umarmen mögen, aber Du weißt ja, wie man das bei einem Engländer auslegt!
Die Gargotta, lieber Dad, ist ein entzückendes ländliches Lokal mit einer rosenbewachsenen Terrasse, einem schwarzen Schäferhund, der die tückischsten Augen hat, die ich je gesehen habe, und dabei ein kindliches Gemüt. Maurice findet auch das Wirtstöchterchen (1,75 m, schlank, mit einem Gesichtchen, dem man am liebsten noch einen Schnuller hineinstecken möchte), Maurice findet es »entzückend«; ich möchte wissen, bei welchem Typ er einmal landen wird. Ich will Dir mal etwas sagen, Dad: Alle Natio-

nen, die des morgens aus Neugierde vier Zeitungen am Kiosk kaufen, eine Weile in der Jackentasche tragen und dann auf die Straße schmeißen, sind wie Maurice: Frauen haben wollen, anlesen, keine Lust, wegwerfen.

Wir saßen bei hellem Halbmond auf der Terrasse zu acht an einem langen Tisch, und Benitone bestellte, ohne Widerrede zu dulden, acht Bistecche fiorentine, die mindestens zwanzigtausend Lire gekostet haben. In fünf Minuten hatten er und Benito den Tisch mit Weinflecken und Brotkrumen derart versaut, daß es wie an der Mensa eines Altmännerheims aussah. Aber wem erzähle ich das! Du warst in Italien. Dann kamen die Bistecche vom Kohlenrost. Dad! Es müssen mehrere Präriebüffel gewesen sein, die man hier zersägt hatte. Aber es duftete wundervoll und schmeckte einzigartig. Acht Mann zückten die Messer und säbelten drauflos. Ich kam mir vor wie bei einem Eingeborenen-Stammesfest, bei dem soeben ein Missionar verspeist wurde. Auch mein Engel verdrückte ihren Teil – weiß Gott, wohin, sie blieb schlank wie eine junge Birke.

Geliebter Dad, das wäre es! Und nun ist Sonnabend, und Benitone nebst begnadetem Sohn haben in einer Pensione übernachtet, weil sie auf die fürchterliche Idee gekommen sind, heute alle zusammen mit uns als »Fachleuten« die Uffiziengalerie zu besuchen. In einer Stunde muß ich dort sein.

Ich werde hingehen, Dad, denn ein Engländer hält pro forma sein Wort. Aber dann; dann, Dad, werde ich mit der Faust durch die erste Leinwand hauen und mich verhaften lassen.

Grüße meine Mütter –
herzlich Dein Leslie.«

*

Rivoire kochte seinen berühmten Wasserkakao, und die ganze Piazza Signoria duftete nach Schokolade. Vor dem Café, weit auf den Platz hinausgreifend, standen Blumenkrippen, die die zwei Dutzend Tischchen einrahmten. Die Fremden saßen an ihnen wie ein Orchester vor den Notenpulten bei einer hemdsärmeligen Probe. Der kleine Signor Rivoire, mit dem Rücken zum Palazzo Vecchio, dirigierte die Kellner.

Im Hof der Uffizien mischte sich der Schokoladenduft mit dem Schlickgeruch des Arno. Keine üble Mischung; sie roch für die Fremden nach Süden und Urlaub.

Maurice, Hans und Leslie waren die letzten, die einzeln eintrafen – beflügelten Schrittes bis zum Giambologna-Brunnen und dann, bei Sichtung des Wasserbohrer-Duos, erheblich langsamer. Vater und Sohn waren, wie man jetzt im Sonnenlicht besser sehen konnte als abends, tadellos gekleidet, Benitos Fingernägel manikürt. Er rauchte.

Gabriella war ein Hokku.

Tritt zur Seite und atme nicht!
Was für eine lichte Welt
dieses Kirschblütenblatt.

Ihre Mutter sah fast schön aus und wirkte seifenfrisch; dabei war es gar nicht Sonntag, sondern Sonnabend, wo man keineswegs so auszusehen braucht.

Sie waren Besucher Nummer 1805 bis 1812. Schon die Eingangshalle glich einem Jahrmarkt. Die beiden Fahrstühle waren überfüllt und belagert. Nur die geschlossenen Touristengruppen, ihren Führer an der Spitze, stiegen die langen Treppen hinauf. Gabriella hielt sich ungeniert die Nase zu, als sie an den Aufzügen vorbeiging, und verlangte die Erklimmung der Uffizien zu Fuß. Vater und Sohn Benito und Frau Bellini griffen nach der ersten Kehre tüchtig ins Geländer und hangelten sich hoch; sie sahen aus wie eine Seilmannschaft. Die Uffizien befinden sich leider unter dem Dach.

Am Drehkreuz hing die nächste Menschentraube. Italienische Kleinkinder schlüpften den Wärtern zwischen den Beinen durch, während ihre Mütter ihnen nachkreischten; Amerikaner käuten in Geduld Gummi wieder, deutsche Familien tauschten untereinander die schon gekauften Kartenstöße aus. Engländer lasen im Florence-guide. Benitone merkte man an, daß er gern umgekehrt wäre.

Das Oktett steuerte dem ersten Saal zu. Salvini hat

ihn vor einigen Jahren, als er noch Direktor der Uffizien war, umgebaut von einem Renaissance-Salon zu einer kahlen romanischen Zelle, denn er beherbergt Giotto und Cimabue, die Erzväter der Florentiner Malerei. Die beiden riesigen starren Madonnentafeln, das Entzücken der Kenner, sind das Luminal aller anderen, die sich nur durch strengste Blicke der Reiseführer einschüchtern und in ihrer Flucht nach vorn bremsen lassen.
Auch Benitone und Benito kurvten hindurch und zogen ihr Gefolge hinter sich her. »Tut mir leid«, sagte der Wasserbohrer, »kann nichts damit anfangen. Bin wohl zu dumm dazu. Diese Alten konnten nicht malen. Oder? Keine Perspektive. Das ist doch alles falsch. Bin ich blind? Der Stuhl, der Thron, fällt nach vorn. Und überhaupt, wie das alles aussieht. Konnten sie nun malen oder konnten sie nicht? Tut mir leid. Wo geht's zu Raffael?«
Gabriella hielt Hans am Ärmel fest und blieb vor dem Giotto stehen: »Warte! Laß sie gehen.«
Sie betrachtete lange das Bild. Dann sagte sie:
»Ans! Ich frage dasselbe wie mein Onkel, der Dummkopf: Konnten sie nun oder konnten sie nicht? Kannst du mir helfen?«
»Möchtest du denn? Warum? Wozu?«
»Vielleicht entgeht mir etwas Schönes? Vielleicht brauche ich nur ein paar Worte?«
»Ich werde es nicht können, Gabriella.«

»Versuch's.«
»Es wird dich langweilen.«
»Du bist wohl verrückt?«
»Also. Dein Onkel fragt, ob Giotto überhaupt richtig malen konnte. Nein, Gabriella, er konnte es nicht. Giotto hat das Bild kurz nach 1300 gemalt. Ach, wir müssen einmal alle zusammen ins Mugello-Tal fahren, wo er geboren ist; in Colle di Vespignano stehen noch Reste seines Hauses!«
»Lenk jetzt nicht ab!«
»Ich muß überlegen, Gabriella. Ich habe gesagt, Giotto konnte nicht richtig, in unserem Sinne richtig, malen. Wenn dir ein Geheimniskrämer einmal etwas anderes sagt, glaub ihm nicht. Er dunstet dir nur was vor. Giotto konnte keine Atmosphäre malen, er beachtete die Gesetze der Perspektive nicht, er malte in Lokalfarben, das heißt, er nahm alle Farben wörtlich, ohne sie durch Luft, durch Sonne und Schatten oder durch die Entfernung vom Betrachter zu verändern. Rot war rot, und blau war blau; nicht mehr ganz so naiv, wie dort rechts auf dem Bild von Cimabue, aber beinahe. Seine Größenverhältnisse stimmen nicht immer und manchmal nicht einmal die Umrisse. Wenn dein Onkel das alles nicht vertragen kann, ist er nicht zu widerlegen. Dann muß er weitergehen.«
»Also. Kommt es jetzt?«
»Ja, jetzt kommt es: Giotto und Cimabue haben von Perspektive kaum etwas gewußt, aber nicht, weil sie

sie nicht begriffen hätten, sondern weil sie sie nicht interessierte. Und sie interessierte sie nicht, weil sie sie nicht brauchten. Denn ein Maler sollte nicht fotografieren; er sollte etwas ganz anderes. Verstehst du es bis dahin?«

»Natürlich. Weiter. Spannend.«

»Die Maler damals erfüllten einen Auftrag. Ich meine nicht, daß sie von der Kirche beauftragt waren, sondern daß sie einen inneren Auftrag erfüllten, den Auftrag als Christen, den einzigen Auftrag, den sie sich für einen Maler oder Bildhauer überhaupt vorstellen konnten. Wie weit ihnen die Idee, etwa ein privates Porträt zu malen, fernlag, siehst du ja schon daran, daß wir nicht ein einziges aus jener Zeit kennen; kein Bildnis, keine Landschaft, keinen Blumenstrauß, kein Stilleben, kein Genrebild aus dem Alltag. Nichts. Nur Lobgesänge.«

»Schön sagst du das. Weiter.«

»Und nun stell dir vor, was sie dazu brauchten. Perspektive? Licht und Schatten?«

»Sie brauchten es nicht, aber es hätte nicht geschadet.«

»Siehst du, Gabriella! Das ist eben die große Frage. Das ist eben das Geheimnis jener Zeit. Wenn du heute ein Plakat an der Wand siehst, sagen wir ein Plakat für eine Kaffeesorte mit einem stilisierten Kaffeepflücker drauf, sagst du dann auch, warum sind die Haare nicht eingezeichnet, warum sind die Sträucher nur grüne Kleckse, ohne daß man ein Blatt erkennt, und warum ist die eine Kaffeebohne, die er uns zeigt, viel zu groß? Sagst du dann auch, es könnte nicht schaden? Nein. Denn du weißt, daß das alles unwichtig ist im Hinblick auf den Auftrag, den der Plakatmaler hatte, nämlich deinen Blick festzunageln, dich auf das Wichtigste zu konzentrieren. Natürlich gibt es heute auch Plakate, die fotografisch genau sind, aber für den echten Kaffee-Süchtigen – entschuldige den Ausdruck im Zusammenhang mit dem Christentum – für den echten Glaubenssüchtigen ist das nicht nötig. Ihm genügen Symbole, feierliche Plakate, du weißt, was ich meine; ja sogar: je biblischer und archaischer das Angedeutete ist, desto wuchtiger erschien es ihm. Ach, ich erkläre das wohl miserabel . . .«

»Weiter.«

»Das ist eigentlich alles, Gabriella. Die Schwierigkeit, solche Bilder zu genießen und zu verehren, liegt darin, die damalige Seelenhaltung, die Inbrunst nachzufühlen, verstehst du? Es kommt natürlich hinzu, daß Giotto und Cimabue am Anfang der ganzen abendländischen Malerei stehen, daß sie also geschichtlich verehrungswürdig sind, und daß diese Bilder ganz, ganz seltene, wertvolle Zeugnisse jener Zeit sind. Es ist also auch eine Sache des Verstandes, des Wissens. Es ist ja keine Schande, das zuzugeben. Nur Heuchler tun wunder was.«

»Du bist lieb, du großer Kerl, du.«
Hans lachte und legte für einen kurzen Augenblick vergnügt den Arm um ihre Schulter:
»Schade, daß du nicht mein Ordinarius bist; mir wäre bedeutend wohler.«
Sie lächelte auch. »So wie jetzt ist es mir lieber.«
»Möchtest du dir das Bild noch etwas ansehen?«
»Im Gegenteil. Ich möchte nach Hause gehen, Ans.«
»Das kannst du nicht!!«
»Nein, obwohl ich es gern täte. Ich muß jetzt nachdenken und bei mir tief innen mal nach Wasser bohren. Ich setze mich zu Rivoire, trinke eine Schokolade und warte auf euch. Du gehst den anderen nach und hältst keine Vorträge mehr, verstanden?«
»Sehr gut verstanden«, antwortete er fröhlich.
Sie ging tatsächlich.
Hans drängte sich durch die Menge vorwärts in Richtung Raffael. Alle Säle waren voll von Menschen; in allen ballten sich Gruppen um ihre Führer, aus allen Knäueln dröhnte es italienisch, französisch und amerikanisch; kleine japanische Pärchen standen stets etwas abseits und hörten aufmerksam zu.
Hans fand seine Gruppe erst im Westflügel; sie hatte Raffael längst hinter sich, stand bereits im 17. Jahrhundert und betrachtete gerade die Landschaft von Hercules Seghers.
Als Hans hinzustieß, erregte seine Nachricht, Gabriella sitze bei Rivoire, mehr Neid als Verwunde-

rung. Nur Carlo schüttelte sein Haupt, weil er die Zeitdifferenz nicht ganz unterbringen konnte.
Leslie wechselte schon seit langem ständig von einem Bein auf das andere; Maurice hatte seine Hand unter den Arm von Frau Bellini geschoben, zweifellos fürchtete er, Gabriellas Mutter könne verlorengehen. Benito betastete mit den Fingerspitzen die pastose Oberfläche des Bildes, wohl in der Hoffnung, der Alarm würde losbrechen. Es ging keiner los, und Maurice gab daraufhin Frau Bellini ins Ohr die Geschichte von dem Unbekannten zum besten, der vor Jahren ein Dutzend Bilder verstümmelt hatte, ohne je erwischt worden zu sein.
Benitone gefiel der Seghers.
»Das ist was«, sagte er, »das ist was. Der Mann kann was. Das ist alles so natürlich. Warum nicht gleich? Die Landschaft ist ja nicht gerade angenehm, nicht? Rauh. Wenn ich sie so ansehe und meinen Gedanken freien Lauf lasse, könnte ich beinahe selbst lachen, denn ich denke sofort: Könnte man hier Wasser finden? Hinten im Tal natürlich; kein Problem, in zehn Meter Tiefe bin ich dran. Aber hier oben in dem Felsengeröll! Diamine! Sehen Sie, Sir, das ist eben unser Risiko, wir berechnen pro Meter, gleichgültig ob leichter Boden oder Fels. Sie müssen sich das hier auf dem Gemälde nur mal ansehen! Der Eindruck ist wirklich wunderbar. Siehst du, Benito, so ein Bild verstehe ich; die alten Giotto und wie sie alle heißen,

nicht. Das hier kann man lange ansehen. Hier kann man direkt Erinnerungen an die Wirklichkeit haben. Das ist der Unterschied.«

»Nein«, sagte Benito, und in diesem Augenblick bekam sein Gesicht den Ausdruck eines erwachsenen Mannes, »nein, das ist nicht der Unterschied, Babbo. Wie soll ich mich ausdrücken, ich habe nicht studiert, leider. Kunst hätte ich ganz gern studiert. Ich meine, Babbo: Vor der alten Madonna mußt du beten, nicht? Kannst du vor diesem hier beten? Brauchst du nicht. Das ist es. Denke ich jedenfalls.«

Benitone ließ den Blick von Seghers zu seinem Sohn und von seinem Sohn zu Seghers wandern, als wüßte er nicht, wen er verraten sollte. Dann sagte er kurz entschlossen:

»Richtig.«

Sie verließen den Saal, der so viele Erkenntnisse gebracht hatte.

»Wohin führt diese Treppe?«, fragte Benitone auf dem Flur.

»Hier geht es raus«, flötete Leslie.

Dieses Wort wirkte auf Benitone wie die Trompete von Mars-la-Tour. Die ganze Schwadron folgte ihm zum Ausgang.

VIII

Am Sonntag stieg das Wasserballspiel in Livorno. Maurice fuhr mit Hans, Leslie und Carlo in seinem Wagen etwas früher ab als Rossi, der mit den anderen per Bahn nachkam. Laura wäre für ihr Leben gern mitgefahren, aber Benitone und Sohn waren noch bis zum Mittagessen Gäste der Bellinis, und ohne Gabriella wäre Laura aus Angst vor so vielen fast nackten Stalloni vergangen.

Leslie wollte das Meer sehen. »Livorno«, erklärte Carlo, »ist das römische Portus ad Herculem. Ganz hübsch alt, wie? Warum es übrigens ›ad Herculem‹ hieß, weiß ich nicht. Herkuleshafen, merkwürdig.«

»Ich vermute«, sagte Hans, »daß man von hier nach Gibraltar, der ›Säule des Herkules‹ fuhr.

»Was diese Deutschen alles wissen!«

»Ich weiß es nicht, ich vermute es nur.«

Leslie betrachtete den Hafen. »Das Wasser stinkt etwas weniger als in Liverpool, aber es enthält mehr Apfelsinen. Meint ihr, daß sie auch im Schwimmbecken sein werden?«

Carlo lachte. »Ja, ab fünf Toren aufwärts.«

Der »Telégrafo« von Livorno hatte einen zweistelli-

gen Sieg der Florentiner vorausgesagt. Aber das Spiel war wie verhext, es endete 0 : 0.
Rossi und seine Leute wurden sehr gefeiert. Die Livornesen ließen sie um keinen Preis gleich wieder ziehen, sondern luden sie, obwohl es erst fünf Uhr war, zu einem in Windeseile bestellten kalten Büffet in der »Lanterna« ein. »Acquaviva la Serra sul Mare«, entschuldigte sich der Präsident der Livorneser Wasserballkünstler, »ist leider im Mai noch geschlossen. Da wäre es *noch* teurer.« Er überreichte ihnen auch eine Plakette, die immer vorrätig war und die ein sehr weiser Mann entworfen hatte; sie trug die Inschrift: Zur Erinnerung an ein denkwürdiges Spiel.

*

Leslie, Hans und Carlo fuhren wieder mit Maurice zurück. Niemand hatte es eilig. Ein 0:0 gegen Livorno ist imstande, die Geschwindigkeit einer Heimfahrt erstaunlich zu drosseln. Auch der Läufer von Marathon, 490 vor Christus, würde sich mehr Zeit gelassen haben, wenn Miltiades nicht gesiegt hätte.
Dazu kam, daß allen der Magen drückte, denn in der »Lanterna« waren sie die besten gewesen.
Carlo, auf dem Vordersitz, lehnte sich behaglich zurück und streckte die Beine aus, soweit man das in einem Volkswagen kann.
»Schöner Tag«, sagte er, »Sonntag, Sonne, ge-

schwommen, gegessen, Auto. Ihr kommt natürlich mit nach Hause; ich habe keine Lust, mich von Gabriellas Fragen löchern zu lassen.«

»Ein saudummes Spiel!« schimpfte Hans, »Wenn Maurice so schlecht gewesen wäre wie der Sturm, dann hätten wir noch verloren.«

»Wir sind nicht in Ordnung. Abgelenkt oder was weiß ich«, erklärte Carlo. Es schien ihn jedoch heute nicht aufzuregen.

»Ich«, protestierte Maurice, »bin durchaus in Ordnung.«

»Ja, jetzt wieder. Aber auch mit dir war etwas los.«

»Und was soll *ich* haben?« fragte Hans.

»Du?« Carlo zögerte. »Vor kurzem habe ich geglaubt, ich wüßte es. Frag nicht, es ist erledigt. Ich weiß nicht, warum du keine Tore mehr schießt, Ans. Auch Leslie ist schlecht.«

»Na«, sagte Leslie, »nun fehlt nur noch einer: du.«

»Stimmt.«

»Und du selbst wirst deinen Grund ja wohl wissen?«

»Ja.«

Aber Carlo gab keine weiteren Weisheiten von sich. Er fing von etwas anderem an:

»Warum habt ihr übrigens vorgestern abend gesagt, unsere Mannschaft ginge kaputt, wenn meine Schwester nach Poggibonsi und so weiter?«

»Was heißt: und so weiter?« fragte Hans betroffen, dem sich sofort schreckliche Bilder vorspiegelten.

»Was soll es denn heißen? Bei ihrem Onkel eine Stellung annehmen und hinziehen. Du erinnerst dich?«

»Jaja.«

»Und? Warum?«

Hans suchte nach einer Antwort: »Gefühlsmäßig, dachte ich.«

Leslie und Maurice nickten.

Carlo sah Maurice an: »Du warst es doch überhaupt, der . . .«

»Ja, natürlich«, erwiderte Maurice, »eben gefühlsmäßig.«

»Hm«, brummte Carlo. »Reichlich viel Gefühle.«

Dann schwieg er wieder. Aber irgend etwas schien ihm keine Ruhe zu lassen.

»Sagt mal«, fing er wieder an, »spielt Gabriella eigentlich eine Rolle, daß ihr so gern zu mir ins Haus kommt?«

»Klar!« antwortete Leslie sofort.

»Klar? Ich finde das durchaus nicht klar, Leslie.«

»Na, auf jeden Fall ist sie ein erfreulicherer Anblick als eure Stoppelbärte.«

»Also besucht ihr gar nicht mich?«

»Natürlich besuchen wir dich«, antwortete Leslie, »aber du wirst ja wohl nicht aus allen Wolken fallen, wenn ich dir sage: ohne deine Schwester und ohne deine nette Mutter würde ich öfter ins Kino gehen, obwohl die italienischen Filme zum Heulen sind.«

»Aha.«

»Jetzt bist du gekränkt, wie?«
»Nein.«
»Warum kommst du überhaupt auf so eine Frage? Bist du schon wieder besorgt, Gabriella könnte einem von uns um den Hals fallen?«
»Meine Schwester fällt keinem um den Hals.«
»Na, warum tötest du uns eigentlich den Nerv? Willst du sie in Spiritus einwecken?«
»Ach, du weißt ganz gut, was ich meine. Ich will die Gewißheit haben, daß ihr als meine Freunde zu mir kommt – als meine!«
»Klar, Carlo. Aber das ändert doch nichts daran, daß Gabriella eine reine Freude ist, rundrum.«
»Na, ich danke«, sagte Carlo.
Maurice schaltete sich ein: »Weißt du, Carlo – natürlich hält Gabriella nicht unseren Verein zusammen, aber es ist ein Unterschied, ob man bloß in einem Club ist, oder ob man sich in einer Familie . . . nein, wie soll ich es ausdrücken . . . ob man ein Zuhause hat . . . auch schlecht gesagt . . . wenn man eine Familie wie deine gefunden hat, kommt man natürlich nicht nur allein zu dir als Kameraden. Verstehst du? Französisch könnte ich es besser ausdrücken.«
»Ich hätte es gern besser italienisch gehört. Ihr stottert ganz schön herum. Laßt bloß Gabriella in Ruhe!«
»Ich werde sie schon nicht beißen«, sagte Maurice und konnte sich nicht verkneifen, noch hinzuzufügen: »obwohl sie gut schmecken muß.«

»Siehst du!« fuhr Carlo auf. »Da hast du es!«
Maurice war jetzt ernstlich ärgerlich. »Na, und? Du lieber Himmel! Andere Brüder wären stolz auf eine Frau wie Gabriella!«
»Frau?« Carlo schien ehrlich erstaunt. »Gabriella ist keine Frau, Gabriella ist ein Frosch.«
»Froschschenkel –« wollte Maurice loslegen, aber Leslie fuhr ihm dazwischen:
»Shut up, halt doch dein loses Maul, Mensch, fahr lieber mehr rechts, damit die Radfahrer uns überholen können! Von dir, Carlo, möchte ich gern wissen, worin der Unterschied zwischen einer Frau und einem Frosch besteht.«
»Wenn uns ein Fremder hörte«, lachte Maurice, »hielte er uns für verrückt.«
Leslie winkte ab: »Los, Carlo: den Unterschied zwischen einer Frau und einem Frosch!«
»Wenn du blind bist, kann ich es dir nicht erklären. Ein Frosch ist eben ein Frosch. Er springt herum, hat Schulbücher unter dem Arm, verliert Schuhsohlen und ist eben ein Frosch. Laura –«
Leslie unterbrach ihn: »Wie kommst du auf Laura?«
»Ich komme gar nicht auf Laura. Ich wollte etwas ganz anderes sagen.«
»Aber du bist doch gerade auf Laura gekommen!« bohrte Leslie.
»Ja, zum Donnerwetter, ich bin auf Laura gekommen! Ich wollte euch lediglich sagen, warum ich da-

gegen war, daß Gabriella nach Poggibonsi geht –«
»Kein Mensch sprach von Poggibonsi«, sagte Leslie verwundert. »Du bist ein bißchen nervös, Carlo. Die ganze Fahrt über schon.«
»Ich? Überhaupt nicht. *Ihr* macht mich nervös.«
»Also, was ist mit Laura?«
»Laura wäre unglücklich gewesen, wenn sie von meiner Schwester getrennt worden wäre. Das ist der Grund. Ecco.«
»Und?« fragte Leslie.
»Was: und?«
»Entschuldige, was geht dich der Frosch Laura an?«
Carlo fuhr wie von der Tarantel gestochen zu ihm herum: »Du bist wohl verrückt? Laura – ich finde keine Worte! Laura ist eine Frau! Nimm's bitte zur Kenntnis! Ihr könnt es alle drei zur Kenntnis nehmen, ihr Eunuchen!«
»Va bene«, sagte Leslie.
Darauf herrschte ein fünf Kilometer langes Schweigen. Eine Autobahn-Raststätte kam in Sicht.
»Wollen wir einen Kaffee trinken?« fragte Carlo.
Maurice bog ein. »Probieren wir, ob er noch reingeht.«
»Wir könnten«, sagte Leslie, »dabei mal unsere Beine entknoten.«
Sie schlossen das Verdeck und stellten den Wagen unter dem Wellblechdach ab.
Die Bar war voll von Ausflüglern. Männer, sonntäglich verkleidet, standen mit ihren dämonisch bemal-

ten Gattinnen an der Theke und hatten noch die Schwindligkeit ihres Alfa Romeo in den Augen. Scharen von Kindern rannten umher, tuteten in Blechtrompeten oder schrien. Der Barmann, der die Espressomaschine bediente, drehte von Zeit zu Zeit an einem Transistor, um auf irgendeiner Welle Massimo Ranieri zu finden. Der Cameriere servierte die Tassen, ohne sich wesentlich von seinem Platz zu begeben; er ließ sie auf dem suppigen Bartisch wie einen Eisstock schliddern. Auf der Treppe zum Oberstock, wo die Toiletten lagen, herrschte ein dreispuriger Verkehr; beständig rauschten die Wasser, und wenn es für einen Augenblick ruhiger war, konnte man das Klimpern und Klirren der Münzen auf dem Teller der Klofrau hören. Ihr »Kabine 3 frei« oder »alles besetzt« klang dazu wie »Faites votre jeu« und »rien ne va plus«.

»Na, weißt du!« stöhnte Hans.

Carlo fühlte sich wohl. »Das ist italienisch. Wir sind so. Wir mögen das; Menschen, Trubel. Ein Italiener liebt nicht das Absondern und die Einsamkeit.«

»Nun gibt es ja noch ein Mittelding, nicht?«

»Ja, von Montag bis Freitag«, nickte Carlo. »Cameriere! Vier caffè!« Er warf den Kassenbon hin, und der Kellner warf vier halbgefüllte Täßchen zurück. Sie tranken.

Dann spazierten sie zum Ausgang. Wie bei allen italienischen Raststätten lag er zwar nur drei Schritte von ihnen entfernt, war aber nicht erreichbar, bevor man nicht einen ausgeklügelten Rundgang zwischen langen Reihen von Verkaufstischen hinter sich ge bracht hatte, an denen sich der Menschenstrom noch einmal kräftig staute. Mütter stillten die Wünsche ihrer Kleinsten statt mit der Brust mit Bilderbüchern, Puppen, Hüten, Knattern, Indianerfedern und Bonbonnieren, in denen Blechautos die Pralinés verdrängt hatten; die Heiligen Kühe erstanden Strumpfhosen, weil es die sonst nirgends auf der Welt gab, und die Herren zogen am Horoskop-Automaten, solange das Kleingeld reichte. Und alle Gesichter, mit Ausnahme der Barmänner, bekundeten, wie schön das Leben war. Es war Sonntag und Mai, und morgen streikten die Metallurgici in der ganzen Toskana. Und am Dienstag vielleicht auch noch. Ein wirklich schöner Mai. In zwei Wochen war Pfingsten. Galant pflückten die Ehemänner von den öffentlichen Blumenrabatten noch eine Rose für die Mütter ihrer Kinder und steckten sie in die Plastikvase vor der Windschutzscheibe. Dann wieherten ihre Rosse freudig auf und brausten davon.

Maurice hinter ihnen her. Die Stadt schlürfte wieder ihre Ausreißer ein.

»Welche Stille!« sagte Leslie.

»Ich verstehe nicht!« rief Carlo über die Schulter zurück.

»Ich sagte: welche Stille.«

»Ja. Vor allem, wenn Maurice einmal nicht im dritten Gang fahren würde.«
Leslie zog den Tabaksbeutel heraus und stopfte sich eine Pfeife. Auch Maurice schüttelte eine Gauloise aus der Packung und riß einhändig ein Streichholz an.
»Wo er sie nur immer her hat!« sagte Hans. »Widerlich!«
»Woher hast du sie denn nun wirklich?« fragte Carlo.
»Mein alter Herr schickt sie mir als Drucksache.«
»Aha. Rauch nur, Maurice. Sei nicht so unduldsam, Ans!«
»Ich? Einer setzt beständig seinen Willen durch, und der andere gilt als unduldsam! Ich habe eine Nase im Gesicht, das ist alles!«
»Sei friedlich und laß ihn rauchen; ich drehe das Fenster weiter runter. Ist nicht alles bestens?«
»Ja. Besonders das 0:0.«
»Vergiß es, Ans. Bald sind wir wieder die alten. Ich jedenfalls.«
Nach diesem delphischen Orakel schwieg er weitere drei Kilometer. Das Wageninnere dampfte wie ein Kochtopf, der Motor lärmte, Ketten von Autos zischten an ihnen vorbei.
Leslie beugte sich vor, klopfte seine Pfeife aus dem Fenster aus und stopfte sich eine neue. Dann brachte er seine langen Beine in eine andere Stellung, lehnte sich in die Ecke zurück und entwarf im Geiste einen

Brief an seinen Vater. Lieber Dad, wir sind auf der Heimfahrt, es ist friedlich in unserem motorisierten Stübchen, aber ich kann mich des Gefühls nicht erwehren, daß von Carlo noch etwas anrollt. Meine Pfeife brennt, zur Not kann ich ihm die Haare ansengen.

»Ihr kommt doch mit? Zu mir?« ließ sich Carlo nach einer Weile vernehmen.

Maurice nickte. Carlo sah sich um, ob die anderen auch nickten. Sie taten es.

»Schön. Ich mache dann vorher noch einen Sprung zu Cuddùs.«

»Du Feigling!« schimpfte Leslie, ohne die Pfeife aus dem Munde zu nehmen. »Kommt nicht in Frage!«

Wieder eine Pause.

Dann Carlo:

»Maurice, fahr bitte rechts auf den Streifen und halt an.«

»Ich soll anhalten?«

»Fahr rechts ran und halte. Bitte!«

Maurice hielt.

»Schalte den Motor aus!«

Maurice schaltete den Motor aus.

Carlo sah Leslie, Hans und Maurice der Reihe nach in die Augen.

»Ich muß euch etwas sagen.«

»Ach, du lieber Himmel!« seufzte Maurice. »Angenehm oder unangenehm?«

»*Ihr* müßt es wissen.«
»Fang an, Carlo, coraggio!«
»Ja. Es ist nur *ein* Satz.«
»Los!«
»Ich werde mich mit Laura verloben . . .«
Im nächsten Moment hoben sich drei rechte Hände und klatschten auf Carlos Rücken nieder, und geistreich, wie der Mensch in so erhabenen Augenblicken ist, riefen Leslie, Hans und Maurice wie aus einem Munde: »Mensch, Carlo!«, ein Wort von wahrhafter Größe, wie Carlo sofort spürte. Er lachte befreit und glücklich.
»Das«, rief Leslie, »werden wir mit einem Bacchanal feiern! Was sage ich: mit einer Orgie! Und am nächsten Sonntag gegen Arezzo schießen wir fünfundzwanzig Tore, und Maurice kann inzwischen auf dem Rücken schwimmen und Gauloise rauchen!«
»Nicht wahr?« versicherte sich Carlo eifrig, »es ist doch Unsinn, daß es unsere Freundschaft oder Mannschaft zerstört?«
»Quatsch!« sagte Hans und gab ihm als Unterpfand noch einen Hieb auf die Schulter.
»Du weißt hoffentlich, Carlo, daß ich dich vorhin mit dem Frosch nur ärgern wollte?« fragte Leslie.
»Ich weiß, ich weiß.«
»Auf zum großen Halali«, grinste Maurice, »fahren wir schleunigst los!«
»Madonna!« Carlo hob abwehrend die Hände.

»Nein! Ihr müßt noch schweigen wie ein Grab! Versprecht es! Es weiß noch niemand außer euch; nicht einmal Laura.«

»Was?« schrie Leslie, »sie weiß es nicht? Du hast ein Herz, Mensch! Wenn du dich nun täuschst?«

»O nein«, lächelte Carlo.

»Er täuscht sich nicht«, sagte Hans. Carlo drehte sich um 180 Grad und sah ihn an. Er lächelte immer noch, und fürchterliche Zweifel nagten in Hans, wieviel Laura erzählt haben mochte. Carlo erlöste ihn nicht; er sagte kein Wort, er lächelte.

Maurice ließ den Motor an: »Aber nach Hause fahren müssen wir wohl auf jeden Fall, wie? Ziehen wir los, Carlo!«

»Natürlich, natürlich. Wir fahren zu mir, und ich kann mich auf euch verlassen, ja? Morgen sage ich es Laura, und nächsten Sonntag platzt die Bombe bei Cuddùs. Bis dahin soll es niemand wissen. Eigentlich schön, so ein Geheimnis, nicht?«

»O ja«, sagte Hans und wartete auf einen Blick von Carlo. Aber es kam keiner.

*

Carlo machte also seinen Besuch bei Cuddùs.

Leslie, Maurice und Hans trotteten hinter Frau Bellini ins Wohnzimmer. Gabriella nähte einen Knopf an den Mantel ihrer Mutter. Sie sah auf.

»Hm«, machte Leslie, »einen schönen guten Abend, Miss. 0:0.«

»'sera. Wo ist Carlo?«

»Er wollte noch einen Sprung zu Cuddùs. Ich sagte: 0:0.«

»Ich hab's gehört, Leslie. Ihr seid vielleicht Helden! Wie war denn Carlo?«

»Nett. Er könnte sich wieder mal die Haare schneiden lassen – um das Wichtigste zu berichten.«

»Am jämmerlichsten«, wünschte Maurice richtigzustellen, »warst du selbst, Leslie!«

»Ich? Ich habe ja gar nicht mitgespielt.«

Gabriella sah sie mit finsteren Blicken an:

»Von euch beiden –«

»– dreien.«

»Nein, ich spreche jetzt von dir und Maurice. Von euch beiden verstehe ich es wirklich nicht. Carlo hat wenigstens einen Grund, so zerfahren zu sein.«

»Und Hans?«

Sie überhörte den Einwurf und fuhr fort: »Carlo ist verliebt und wird sich mit Laura verloben.«

»Was?!« schrie Leslie.

»Trompete doch nicht so! Wußtet ihr das nicht? Carlo hält es wohl für ein großes Geheimnis, wie? Mammina, hörst du? Der Herr der Schöpfung hat ein Geheimnis!«

»Er hat es uns vor einer Stunde gesagt«, gestand Maurice.

»Mamma, hörst du? Das müssen wir feiern! Darf ich zwei Flaschen Nobile 67 heraufholen?«

»Aber Kind!« Frau Bellini erschien im Türrahmen mit einer Büchse voll Keksen, »du bist wirklich ein diavoletto.«

Hans sah das Mädchen flehentlich an: »Gabriella, er wird uns für Verräter halten, er wird glauben, wir hätten es erzählt. Das ist mir unangenehm. Nicht einmal die Cuddùs, ja nicht mal Laura weiß es bisher.«

Gabriella prustete vor Lachen; auch ihre Mutter konnte sich nicht halten.

»Ich will dir was sagen, Ans: Alle wissen es; Mamma weiß es, ich weiß es, Frau Cuddù weiß es, und Herr Cuddù weiß es, obwohl er nichts hören kann.«

»Aber ich versichere dir, Gabriella, daß Carlo vor vierundzwanzig Stunden selbst noch nicht –«

»Ans! Du Kindskopf!«

»Na, ich kenne mich nicht mehr aus. Bloß um eines bitte ich dich, Gabriella, und Sie, Signora, sind Zeuge, daß wir drei nichts – lieber Himmel, jetzt klingelt es; das ist er! Signora: daß wir nichts verraten haben! Gabriella, hörst du?«

»Laß, Mamma, ich mache ihm auf.«

Sie ging und kam mit Carlo zurück; er hatte etwas gerötete Wangen. »Ich habe mich beeilt; ich wollte nur dem alten Herrn schnell guten Tag sagen.«

Er ließ sich in den Lehnstuhl fallen und streckte die Beine von sich.

»Puh!« machte er. »Warm wie im Juli.«
»Das kommt von innen«, sagte Gabriella.
»Von wo, innen?«
»Vom wallenden Blut. Bei erhöhter Herztätigkeit kreist das Blut schneller, steigert in der Lunge den Sauerstoffverbrauch und erzeugt dadurch das Gefühl der Hitze. Obwohl du bestimmt fieberfrei bist. Laß dir das erklären, damit es dich nicht beunruhigt.«
»Blödsinn. So ein Unsinn. Wegen eines 200-m-Laufs schlägt mein Herz nicht schneller; laß dir das erklären, damit es dich nicht beunruhigt.«
»Oh, Bruder Carlo! Dein Auge glänzt so, und du trommelst mit den Fingern auf der Stuhllehne! Sag an, was bewegt dich so, wenn es nicht die zweihundert Meter waren? Wir sind gefaßt.«
Carlo sah in die Runde:
»Kann mir einer sagen, was dieses Mädchen zusammenschwatzt?«
Dann wurde sein Blick starr: »Habt ihr etwa –?«
»Nicht ein Wort!« beteuerte Maurice und legte die Hand ans Herz, »Ehrenwort, Carlo!«
Gabriella näherte sich ihrem Bruder, sie mußte sich auf die Lippen beißen.
Plötzlich setzte sie sich auf seinen Schoß und legte einen Arm um seinen Hals. Carlo war so verwirrt, daß er es hinnahm.
»Gabriella, du Biest!« rief Maurice.
Carlo blinzelte.

Frau Bellini trat zu ihm: »Carlo, Liebling, sei nicht böse, sie ist ein Teufelchen, aber sie freut sich so. Gib ihr einen Kuß.«
»Ich bin doch noch normal, Mamma!«
Gabriella riß seinen Kopf herum:
»Los, du Holzbock, gib mir einen Kuß zu deiner Verlobung, sonst hole ich ihn mir von einem der drei dort!«
Die letzten Worte hatte Carlo wahrscheinlich gar nicht mehr gehört, er wollte mit einem Ruck aufstehen – Gabriella saß fest im Sattel.
»Bleib sitzen, Gabriella!« beschwor Leslie sie, »er will uns ermorden!«
»Geh doch weg, zum Kuckuck!« schimpfte Carlo. »Bestimmt hat einer von euch –«
»Nein«, sagte seine Mutter, »wirklich nicht. Wir haben es erraten. Wie man etwas errät, was man sich wünscht. Sei lieb; wir freuen uns so!«
Er ließ sich zurücksinken. Seine Augen schimmerten ein bißchen feucht, als er seine Mutter anschaute und fragte:
»Mammina – ja, wißt ihr denn überhaupt, mit wem?«
»Dieser Idioooooot!« rief Gabriella, gab ihm einen knallenden Kuß und sprang auf.
Frau Bellini seufzte. »Gabriella! Hör nicht hin, Carlo! Sag, hast du schon mit Laura gesprochen?«
»Eben, Mamma. Was hast du bloß für eine Tochter geboren, Mammina, das reinste Belladonna.«

»Ach, Carlo! Ihr zwei! Sag, hast du auch schon mit Tetta und Cuddù gesprochen?«
»Nein. Ich war ein bißchen in Sorge, Mamma, ob –«
»Sollten wir das nicht gemeinsam machen, Carlo?«
»Oh, Signora!« Leslie sprang begeistert auf. »Was für ein genialer Gedanke! Maurice, Hans und ich holen Champagner aus der Bar unten, Maurice hat seinen Wagen vor der Tür, obwohl Carlo es ihm verboten hat; wir holen Lachs und Toast und überrennen das Haus Cuddù. Diesmal kommen wir alle mit rauf.«
»Nein!« entsetzte sich Frau Bellini, »das könnt ihr nicht! Das ist ja fürchterlich.«
»Signora, da hilft kein Jammern; es nützt alles nichts. Die Cuddùs müssen ja doch einmal ihre künftige Verwandtschaft kennenlernen.«
Maurice hakte Frau Bellini unter; Gabriella zog Carlo aus dem Sessel. Hans war schon an der Haustür. »Aber ich gehe zu Fuß«, sagte Frau Bellini, »der Wagen –«
»Ausgeschlossen«, antwortete Maurice, »der Wagen ist ein ausgesprochener Sechssitzer!« Er drängte sie hinaus. Carlo, etwas in Trance, schloß die Tür ab. Als sie alle im Auto verstaut waren, kommandierte Gabriella, wie einst:
»Umkehren, Maurice!«
»Es ist Einbahnstra . . . Ich weiß, ich weiß! Aber wenn unten ein Bulle steht, wer zahlt?«
»Keine Frage«, rief Leslie, »der Deutsche natürlich!«

Sie hielten sozusagen zu sechst um die Hand an. Es wurde ein großer Erfolg. Etwas exotisch in seiner Art. Laura gab mit Erlaubnis Carlos allen einen Kuß. An dem langen Leslie und Hans hing sie, um sie zu küssen, wie ein Flaschenzug, ehe sie sich wieder abseilte. Herr von Cuddù, nachdem er seine Verwunderung über das ihm bislang unbekannte Verlobungszeremoniell überwunden hatte, konnte das Glück seines Kindes nur mit den Augen erraten. Wenn er sich unbeobachtet fühlte, bewegte er die Lippen, als spräche er mit jemand, und hatte die Hände fest gefaltet.

IX

Es gibt Mairegen über Florenz, die sind vom lieben Gott als Scherz angelegt.
Es ist Mittag. Die Luft ist warm und schwer, der Himmel blau. Von der Sandbank des Ruderclubs am Ponte Vecchio legen ein paar Rennboote ab und zischen Arno abwärts davon. Fremde lehnen über die Ufermauer und schauen ihnen nach. In ihrem Rükken, oben im Uffizien-Umgang, stehen die Fenster offen, und auf der Brüstung hocken wie schwarze Tauben die Fotoapparate der Touristen, die eine Pause zwischen Correggio und Michelangelo einle-

gen. Sie halten die Kameras wie auf einem Schießstand »stehend aufgelegt« und zielen mit Blende 8 und 1/200 in Richtung Via dei Bardi und Schloß Belvedere.

Unter den Ufer-Arkaden hocken Maler vor ihren spinnenbeinigen Staffeleien und pinseln die alte Brücke. Am anderen Ufer bimmelt das Glöckchen der evangelischen Kapelle zwölfmal. Bei Alfredo sull'Arno werden die Kellner mobil, ziehen die Sonnenblenden hoch und stellen Blumen auf die weißgedeckten Tische; gleich werden die Amerikaner kommen. Auch die Buca Orafo, der Keller unter dem finsteren Hausbogen der Volta de' Girolami, öffnet die Tür, vor der schon ein Grüppchen von Advokaten und Ärzten, Bankiers und Commendatori wartet. Carpe diem! Einen Monat später werden die Fremden auch diesen Keller entdeckt haben. Ah, wie kühl das Gewölbe nach einem ganzen Vormittag in der Corte d'Appello. Immer noch der Bankraubprozeß, Procuratore? Ja, immer noch, Ingegnere, und wenn er noch lange dauert, hat mich der Verteidiger überzeugt, daß *ich* der Schuldige bin. Bei diesem Maientag! Wie geht es der Signora? Ärger mit dem Ältesten; Sie wissen ja, zerschlagt die Gesellschaft, rettet die Eskimos. Bei diesem Maientag!

Über dem Kastell Torre del Gallo auf den Höhen nach Süden pirscht sich ein dunkles Wölkchen heran. Es ist nicht größer als ein Sonnenschirm. Und tatsächlich verschwindet die Sonne auch hinter ihm. Kaum hat das Wölkchen die Hügel überstiegen, da macht es sich's bequem; es wird wie zwei Sonnenschirme, wie drei, wie vier, und wenn es des Arno ansichtig wird, eilt es freudig herbei, senkt sich ein bißchen tiefer und kippt, während ringsum die Sonne glüht, ein ganzes Staubecken von Wasser auf die Innenstadt aus. Es gießt in Strömen, es sind nicht Tropfen, es sind Schnüre, die herunterkommen. Zwei Vaterunser lang.

Natürlich ist niemand darauf gefaßt. In Sekundenschnelle kleben die dünnen Sommerfähnchen der Mädchen wie Cellophan einer Allsichtpackung an den Körpern. Damen stülpen ihre Krokodiltaschen oder die Tragtüten von Luisa Spagnoli über den Kopf, und die Herren ziehen die Jacketts im Genick hoch; alles preßt sich in die Hauseingänge.

Gabriella erwischte der Guß mitten auf dem kleinen Platz dei Giudici neben den Uffizien. Ehe sie ihn überquert hatte, war sie bereits bis auf die Haut naß; sie kümmerte sich also nicht mehr darum, sondern kurvte um die Ecke, um weiterzugehen.

Noch jemand kurvte um die Ecke, ohne sich um den Wolkenbruch zu scheren; und da er das in entgegengesetzter Richtung tat, prallte er mit dem Mädchen zusammen.

Er erkannte sie viel schneller als sie ihn, er erkannte sie blitzartig und benutzte die Gelegenheit, sie vor einem Wanken zu bewahren, indem er sie fest in die Arme schloß. Gabriella war im Begriff, ihm eine Ohrfeige zu geben, als sie sah, daß es Leslie war.

»Um ein Haar«, sagte sie, wobei sie die Regenrinnsale von ihren Lippen pustete, »hättest du eine eingefangen. Du kannst mich wieder loslassen, ich falle nicht um, du Gelegenheitsdieb!« Aber sie machte keine Anstalten, sich zu befreien.

»How delightful! How refreshing, so eine Wolke! Wie fühlst du dich in meinen Armen, Gabriella? Mitten auf der Straße?«

»Recht gut, und die Straße ist leer; sie würde mich auch sonst nicht stören.«

»Dann wollen wir uns nicht stören lassen.«

»Ich habe gesagt würde! Läßt du mich jetzt los?«

»Ich werde den Deibel!«

»Ich schreie!«

»Warum? Dir geht's doch gut!«

»Ich schreie!«

»Schrei!«

Sie hob den Kopf und stieß einen gellenden Schrei aus. Es war ein wunderschöner, hoher, opernreifer Schrei. Der Regen hörte plötzlich auf, Leslie ließ erschrocken die Arme sinken, Gesichter lugten aus den Hausfluren hervor und spähten nach der Sirene.

Während Leslie sich noch erholte, nahm Gabriella ihre Haare rechts und links in beide Hände und wand sie in aller Ruhe aus.

Die Straße belebte sich wieder. Die humorvolle Wolke segelte Fiesole zu. Am blanken Himmel strahlte die Sonne.

»So!« sagte Gabriella befriedigt. »Und nun wollen wir mal hören, wohin des Wegs, Leslie?«

»Ich hätte dich auch gleich noch küssen sollen. Mitten in dein Kreischen. Es wäre *ein* Aufwaschen gewesen.«

»Was habt ihr nur mit eurem dauernden Küssenwollen? Du hast keine Schwester, du wirst es nicht einmal gut können.«

»Mädchen, ich habe vier Mütter, vergiß es nicht! Die jüngste ist zweiunddreißig.«

»Und was sagt dein armer Vater dazu?«

»Es reicht für alle.«

»Oh, Leslie, was würde mich bei euch erwarten!«

»Damit mußt du rechnen. Wann kommst du denn?«

»Begleite mich nach Hause. Oder hast du etwas Wichtiges vor?«

»Nichts, was wichtiger wäre.«

Sie schlenderten über den Ponte Vecchio.

Auf der Mitte der Brücke wollte sich Leslie auf die Brüstung setzen, aber Gabriella weigerte sich. »Die Steine stinken nach Gammlern.«

Der Asphalt der Straße dampfte in der Sonne. Sie gingen an Lauras Haus vorbei.

»Ich kann mir gar nicht vorstellen«, sagte Leslie, »daß ich Florenz eines Tages verlassen werde. Dabei liebe ich London! Ich liebe meinen Vater, ich hänge an unserem Haus und allen Erinnerungen, die darin sind. Dennoch werde ich furchtbar traurig sein, wenn ich einmal auf den Bahnhof wandern und endgültig wegfahren muß. Ich war bei euch sehr glücklich, und wenn ich nach England zurückkehre, möchte ich das Schönste, was Florenz beherbergt, das Liebste, was ich hier gefunden habe, mitnehmen. Dich.«

Die Schritte klapperten.

»Hast du mir zugehört, Gabriella?«

»Ja.«

»Das war eine Liebeserklärung. Soll ich weitersprechen?«

»Ja.«

»Ich werde dich auf Händen tragen. Alle zu Hause werden dich auf Händen tragen, und es sind eine Menge davon da; denk nur an meine vielen Mütter! Wenn du *mich* nicht heiraten willst, heirate wenigstens meinen Vater. Nur verlaß mich nicht, Gabriella!«

Er legte den Arm um sie und beugte sich vor, um ihr in die Augen zu sehen.

»Du zitterst ja!« sagte er erschrocken.

»Mir ist kalt.«

»Von der Nässe oder von dem, was ich sagte?« Er fragte ganz ernst.

»Von dem nassen Kleid.«

»Du wirst doch nicht krank werden?«

»Nein.«

»Gehen wir rascher!«

»Warte, Leslie!«

Sie trat in den Schatten der Gartenmauer, obwohl sie fröstelte.

»Bleib stehen, Leslie. Nicht wahr: *Du* warst es, der vom Frieren anfing? Ich wollte nicht ablenken, denk das nicht. Ich will dir antworten. Du sagst, du liebst mich – wen liebst du eigentlich? Das, was unter diesem nassen Kleid ist? Nein? Aber *auch*, nicht wahr? Sonst enttäuschst du mich. Und was noch, Leslie? Nicht einmal ich weiß, wie ich bin; und du willst es wissen? Du kommst aus einer ganz anderen Welt als meiner, und deine kenne ich nicht. Du hast Wünsche und Ziele, von denen ich nichts ahne. Vielleicht würden sie mir ewig fremd bleiben. Vielleicht auch nicht; wer weiß. Aber ich frage. Und warum frage ich? Man sagt doch, daß Liebe nicht fragt? Ich will es dir sagen, Leslie: Weil ich nicht weiß, was die große Liebe ist. Was ist das nun, was ich für dich spüre, denn auch mir wird elend, wenn ich daran denke, daß ihr alle einmal weggeht. Ach, wenn ihr drei doch ein einziger wärt!«

»Ich verstehe«, sagte Leslie tonlos. Er nahm sie unterm Arm und führte sie zur Haustür.

»Nein, nein, so nicht! Du irrst dich! Du mußt nicht glauben, daß mein Herz bei allen dreien gleich schnell schlägt!«

Sie zog ihn mit in den Flur und behielt ihn an der

Hand, als sie klingelte.
»Ach, mir ist so traurig«, sagte sie. »Ich weiß jetzt, was unser Monsignore gemeint hat, als er einmal zu meiner Mutter sagte: Liebe – er meinte Gottesliebe, aber wer weiß, ob es nicht jeder so ergeht – Liebe ist unbarmherzig; wenn sie den einen erhört, muß sie den anderen verwerfen. Ich will keinen verwerfen; ich hänge so schrecklich an euch. Umarme mich noch einmal.«
Er preßte das zitternde, triefendnasse Mädchen an sich und gab ihr einen Kuß auf den Mund, einen Hauch auf ihre Augen und ihr Haar. Dann ließ er sie wieder los.
Frau Bellini öffnete. »Wie seht ihr aus!« und »Hat es euch erwischt? Ich habe den Regen gesehen, aber hier im Garten ist kein Tropfen gefallen.«
»Leslie muß sich auch trocknen, Mamma.«
»Versteht sich. Kommen Sie, Leslie. Gabriella nimmt sofort ein warmes Bad, und Sie ziehen sich Hemd und Hose aus und bekommen Carlos Bademantel. Ich stecke das Bügeleisen an und plätte Ihre Sachen. Ungern, denn ich werde den ganzen Staub reinplätten.«
»Die – die Unterhose, Signora, zu dumm, davon zu reden; aber sonst ist Ihr ganzer Samariterdienst vergeblich.«
»Aber ja. Sie bekommen eine von Carlo.«
»Danke, Signora. Wo kann ich mich umziehen?«

»Nanu, Leslie? Hätten Sie nicht sagen müssen: Danke Mamma; ich gehe jetzt ins Bad, mich auszuziehen?«

»Verzeihen Sie, Signora«, murmelte er.

Sie nahm seinen Kopf, zog ihn aus der Höhe herunter und sah ihm in die Augen. Sie lächelte.

»Na, na«, sagte sie, und es klang wie »heile, heile«.

*

Maurice rief am nächsten Morgen Carlo in der Bank an, um zu hören, ob am Abend Training sei oder nicht. Der alte Rossi war verreist, und der Trainer des Schwimmclubs verstand nichts von Wasserball.

»Ja«, sagte Carlo, »es sollte Training sein, aber ich habe ihnen gesagt, daß das sinnlos ist. Wir vier sollen den anderen das kleine Einmaleins beibringen – ich habe einfach keine Lust dazu. Sollen sie allein im Wasser rumpaddeln. Außerdem ist Gabriella krank. Sie hat eine unruhige Nacht hinter sich und liegt im Bett.«

»Was hat sie?« fragte Maurice besorgt.

»Ja, was hat sie! Meine Mutter fürchtet, daß es eine Lungenentzündung wird; Gabriella behauptet, ihr fehle nichts. Sie hatte Fieber und Schmerzen im Leib. Ich wollte gestern abend einen Arzt holen und heute früh auch, aber sie will nicht. Sie sagt, alle italienischen Ärzte seien Quacksalber. Ich kenne ja ihre Ansichten. Was soll ich machen, Maurice? Ich habe doch gar nicht den Kassenarzt gemeint, ich hätte doch privat bezahlt! Also liegt sie da mit Ich-weiß-nicht-was.«

»Kann man auf einen Sprung hinkommen?«

»Ich bin um 1 Uhr zu Hause. Gehst du jetzt ins Kolleg?«

»Ja; ich stehe in der Telefonzelle der Uni. Leslie und Hans sind neben mir. Du meinst, wir können kommen?«

»Ich bin überfragt, Maurice. Vielleicht hat sie inzwischen 45 Grad, vielleicht geht sie auch spazieren.«

»Schöne Nachrichten, mon Dieu. Hoffentlich ist's nichts Schlimmes!«

»Hör bloß auf, Mensch! Mir wird ganz schwach. Wenn sie bloß nicht so eigensinnig wäre! Also um 1 Uhr, Maurice; ich habe jetzt keine Zeit, mir geht's wie Caruso, ich muß singen.« Er hängte ab.

Leslie erzählte von dem gestrigen Wolkenbruch.

»Bei mir hat es nicht geregnet.« Maurice wunderte sich: »Komisch, was du da sagst. Und *du* spürst nichts?«

»Natürlich nicht. Soll ich jedesmal was spüren, wenn ich naß werde? Ich vermute, daß das auch nicht vom Durchregnen kommt. Wer zittert danach schon! Sie hat irgend etwas anderes und will es nicht sagen.«

Nach der Vorlesung, auf dem Gang zum Projektionssaal, verloren sich die drei; Hans konnte Leslie und Maurice nirgends mehr entdecken. Er saß allein in seiner Bankreihe. »Zittern«, dachte er. »Woher weiß er das? Na, es muß nicht unbedingt so gewesen sein, daß er es gefühlt hat. Vielleicht hat sie es ihm gesagt oder er hat es sehen können. Zittern kann man sehen, wenn man nicht blind ist. Wieso soll man übrigens nicht zittern, wenn man durchgeregnet ist?« Dann fiel ihm ein, was Carlo über die Schmerzen gesagt hatte. »Ach Gott«, seufzte er.

*

Wenige Minuten vor 1 Uhr stoppte ein Taxi vor Via dei Bardi Nummer 28 und setzte Leslie und einen älteren Herrn ab.

Frau Bellini hatte beide gerade eingelassen und noch nichts weiter sagen können als »Buon giorno«, da klingelte es abermals und Maurice trat mit einem Begleiter ein; auch er war ein nicht mehr junger Herr, grau in grau, sehr soigniert. Frau Bellini, leicht verwirrt, sagte noch einmal Buon giorno. Der eine Fremde antwortete Bon jour, Madame, der andere How do you do. Sie sahen sich erstaunt an. Dann wechselten ihre Blicke von Leslie zu Maurice und von Maurice zu Leslie.

Ehe einer der beiden etwas sagen konnte, beugte sich der Bon jour-Herr leicht zu dem anderen Herrn vor und fragte, indem er sich des Englischen bediente, mit ahnungsvollem Ausdruck seiner freundlichen Augen:

»Sind Sie etwa auch Arzt, Herr Kollege?«

Der Engländer suchte, ehe er antwortete, des Rätsels Lösung in den Augen Leslies, in denen jedoch eine totale Leere herrschte.

Der How do you do-Herr nickte. Sein Gesicht verfinsterte sich in dem Maße, wie sich das andere erheiterte.

»Sind Sie«, fragte der Franzose wieder auf englisch, »auch von einem tiefbesorgten, verzweifelten jungen Mann geholt worden?«

»Yes. Von dem dort.«

»Auch über den Konsul, Herr Kollege?«

»Was für einen Konsul?«

»Ich bin über den Konsul geholt worden. Von dem dort!«

»Keine Spur!« versicherte der Engländer. Er warf einen vernichtenden Blick auf Leslie und fuhr fort: »Ich verstehe gar nichts mehr. Ich war mit meiner Frau ins Hotel zurückgekehrt, wo wir uns sehr wohl fühlten, da ließ der Portier einen englischen Arzt ausrufen. Und dann beschwor mich dieser – dieser junge Mann, mitzukommen. Natürlich dachte ich keinen Augenblick daran, aber meine Frau schmolz dahin.«

Der Franzose lachte.

»Sie lachen?«

»Ja, ich lache. Ich finde das komisch. Wo ist denn nun das Kind?«

»Kind?« rief der How do you do-Herr. »Ein Kind? Ich bin Gynäkologe! Das ist alles irrsinnig! Ich bin

Chefarzt der Saint Ann-Klinik von London, ich –«
»Oh!« schoß Leslie wie erlöst vor, »mein Vater ist im Kuratorium der Saint Ann-Klinik!«
»Das ändert überhaupt nichts!« fauchte der Professor. Aber dann kam der Engländer in ihm durch: »Wie war der Name?«
»Mein Vater ist Sir William Connor, Sir.«
»Erinnere mich schwach . . .«
»Sehr freundlich, Sir, aber ich glaube kaum, daß Sie eine Gelegenheit hatten, sich zu erinnern. Ich kenne meinen Vater, er geht nie zu einer Sitzung.«
»Und nun? Was soll ich eigentlich hier? Wo ist das englische Kind?«
Der Franzose verbesserte ihn: »Es ist ein französisches Kind, Herr Kollege.«
»Nein«, stöhnte Leslie, »es ist ein italienisches Mädchen. Dort steht seine gramgebeugte Mutter, die –«
(»How do you do.« »Bon jour, Madame.«)
»–die zum Glück kein Wort Englisch versteht. Sir, ich biete Ihnen Genugtuung durch meinen Vater an! Ferner verpflichte ich mich, Ihnen morgen früh die Stiefel zu putzen und Ihrer verehrten Frau einen Blumenstrauß zu bringen, den ich unter den Augen des städtischen Aufsehers im Botanischen Garten pflücken werde.«
»Aber ganz klar im Kopf sind Sie nicht, wie?«
»Nein, Sir. Das werden Sie sofort verstehen, wenn Sie die Kranke gesehen haben.«

Es klingelte.
Maurice öffnete.
Hans trat ein – soweit es der Platz gestattete.
»Noch ein Arzt?« entsetzte sich der Professor.
»Verschwinde!« flüsterte Maurice Hans zu.
»Wieso? Ich denke gar nicht daran. Was ist hier los? Das sieht ja beängstigend aus.«
»Rede bloß kein Wort, Mensch! Hier ist etwas Saudummes passiert.«
»Nein, Sir«, antwortete Leslie, »kein Arzt, gottlob!«
»Wo«, fragte der französische Doktor, »ist denn nun endlich das italienische Kind?«
»Es ist kein Kind, Monsieur, es ist neunzehn Jahre alt.«
»Aber ich bin Kinderarzt! Verstehen Sie? Kinderarzt! Masern! Keuchhusten! Röteln! Mumps!«
Leslie gab Maurice einen Stoß: »Na, vielleicht gibst du jetzt auch einmal eine Erklärung ab? Ich kann nicht Französisch.«
Maurice ließ seinen feuchtesten Blick aufleuchten. Er hob in Demutsgebärde beide Hände und sagte: »Herr Doktor –«
Weiter kam er nicht.
»Ich bin Professor; ich dachte, das wissen Sie? Wie sind Sie bloß auf die Idee verfallen, mich durch den Konsul herbeizulocken? Zu einem Mädchen von achtzehn Jahren! Ich bin Professor für Kinderheilkunde an der Universität Lyon; im Augenblick Gast-

dozent in Florenz, aber doch nicht Wanderdoktor! Ich praktiziere überhaupt nicht!«
»Lyon?« Der englische Arzt hatte Lyon verstanden und wurde lebhaft: »In Lyon habe ich vor fünfundzwanzig Jahren zwei Semester studiert.«
»Quel surprise! Vor fünfundzwanzig Jahren? Etwas zu früh für mich, wir können uns nicht begegnet sein. Dann haben Sie auch den alten Cuvillier –?«
»Natürlich! Der alte Cuvillier! Haben Sie den auch noch erlebt?«
»Mais oui! Je suis – pardon, ich falle ins Französische –«
»Ich kann es schlecht; wenn Sie die Güte hätten –«
»Sprechen wir englisch! Cuvillier war zu meiner Zeit schon fast siebzig; ich verdanke ihm alles. Er war der beste Internist, den ich erlebt habe. Wo wohnten Sie damals? Im Studentenheim?«
»Gab es noch nicht. Es gab nur unsere Hunderte von Studentenbuden. Ich wohnte in der Rue Duquesne –«
»Ah, am Parc de la tête d'or, schöne Gegend. Dann waren Sie schon als Student ein vornehmer Mann.«
»Ich besaß dreihundert Francs im Monat und hatte eine Bude im Souterrain bei einem Concierge-Ehepaar. Wenn ich aus dem niedrigen Fensterchen blickte, sah ich nur Hosenbeine und Damenstrümpfe. Zur Faculté de médicine bin ich mit dem Fahrrad durch ganz Lyon geradelt. Ach, Sie beschwören wieder eine schöne Zeit in meiner Erinnerung herauf.

Jugendzeit! Ich war so alt wie die beiden Piraten hier.« Er wandte sich an Leslie: »Was sind Sie eigentlich?«
»Wir studieren alle drei Kunstgeschichte.«
»Hahaha!« machte der Londoner Professor. »Kunstgeschichte! Der Deutsche Bismarck hat einmal gesagt: Die erste Generation schafft Vermögen, die zweite verwaltet Vermögen, die dritte studiert Kunstgeschichte, und die vierte verkommt vollends!«
Leslie lachte.
»Ich bin erst die dritte, Sir! Außerdem habe ich Sie in dem Verdacht, daß Sie mogeln; Bismarck hat bestimmt statt Kunstgeschichte Journalismus gesagt.«
»Das könnte Ihnen passen! Er hat Kunstgeschichte gesagt!«
»Unsympathischer Bursche, dieser Bismarck.«
Der Bon jour-Herr wollte von Lyon und der goldenen Jugendzeit nicht so schnell lassen und sagte: »Ich freue mich aufrichtig, Herr Kollege, Ihnen begegnet zu sein. Schon deshalb sollten wir Milde walten lassen. Wollen Sie und Ihre Gemahlin nicht heute abend meine Gäste sein?«
»Mit Vergnügen, wenn Sie erlauben, daß wir es von dem Befinden meiner Frau abhängig machen. Haben Sie Familie und –«
»Ich bin Junggeselle.«
»Dann drehen wir den Spieß um! Sie essen heute abend mit uns. Keine Widerrede!«

»Danke, danke. Wo treffen wir uns? Und zu welcher Zeit?«

»Acht Uhr? Sehr gut. Im Hotel Berchielli natürlich.«

»Wieso ist das natürlich?«

»Nun – vielleicht ist es nicht unbedingt natürlich. Aber wir Engländer –«

»Doch, doch«, mischte sich Leslie ein, »mir war auch sofort klar, wo ich suchen mußte. Im Berchielli, Monsieur, hängen schon in der Halle Hirschgeweihe über dem Kamin, und man findet sofort die Atmosphäre des schottischen Hochlandes.«

Frau Bellini, die bis dahin sprachlos dabeigestanden hatte, tippte Leslie diskret an und flüsterte in ziemlich verzweifeltem Ton: »Wer, um der Madonna willen, sind diese Herren?« Sie zeigte heimlich mit dem Finger auf beide. Leslie tuschelte ihr zu: »Zwei berühmte Ärzte, die sich streiten, wer Gabriella untersuchen darf. Gehen Sie, Signora, bereiten Sie sie vor!«

In diesem Augenblick rief Gabriella aus ihrem Zimmer:

»Wer ist denn da draußen, Mammina? Ans?«

»Das«, schrie Leslie zurück, »ist der letzte Name, der dir einfallen dürfte! Hans hat nicht einmal einen schäbigen Assistenzarzt angeschleppt!«

Frau Bellini eilte hinweg, aus der Skylla in die Charybdis. Der How do you do-Herr horchte. »War das die Kranke?«

Leslie nickte.
»Also, Herr Kollege: nach Ihnen. Sie sind Kinderarzt.«
Sie schoben sich, Leslie folgend, gegenseitig vor sich her. Den Schluß bildeten Maurice und Hans. So strömten sie in Gabriellas jungfräuliches Gemach.
In dem weißlackierten Eisenbett, das mit seinen vergoldeten Ornamenten, Kugeln und Schleifen so frisch aussah wie ein Meißner Porzellan-Bettchen mit der Schwertermarke, saß zu einer Salzsäule erstarrt Gabriella. Der Tetanus schien eingesetzt zu haben, als die Mutter ihr ankündigte, was ihr bevorstand. Fünf Personen wünschten freundlich guten Tag, drei davon mit besorgten Gesichtern und zwei mit erstaunten.
»Parbleu!« sagte der Grau-in-Grau-Herr ohne Scheu, »Was für ein entzückendes Mädchen!« Maurice bedachte ihn sofort mit einem feuchten Blick. »Aber ich muß der Wahrheit die Ehre geben: Es ist *Ihr* Fall, Herr Kollege.«
»Es ist bestimmt auch nicht meiner, aber sei es!« Er sah sich im Kreise um: »Sie können nicht zuschauen, meine Herren, falls Sie das vermuteten. Bitte, alle aus dem Zimmer. Für die ersten fünf Minuten brauche ich einen Dolmetscher.«
»Zweifellos mich«, antwortete Leslie, und auf italienisch: »Ihr anderen seid entlassen!«
Der Professor aus Lyon blieb im Zimmer. Frau Bellini auch. Die anderen besetzten die Stühle im Salotto.

Nach einigen Minuten kam Leslie dazu und gab einen kurzen Lagebericht. Gabriella hatte die Schmerzen gestanden. Schmerzen im Unterleib.

Leslie raffte sich auf: »Na – ein Skalpell oder eine Säge haben sie beide nicht bei sich.«

»Dein englisches Gemüt«, murmelte Hans, »das möchte ich haben.«

Es schloß an der Wohnungstür.

»Carlo!« prophezeite Leslie. Maurice sprang auf. »Ich muß ihn abfangen, ehe ihn der Schlag trifft.«

Er zog Carlo ins Zimmer. »Die Ärzte sind drin«, er deutete mit dem Kinn in Richtung Gabriellas Schlafzimmer.

Carlo begriff nichts. »Ärzte?«

Maurice schloß die Tür. »Ja. Zwei.«

»Zwei? Um Himmelswillen, was ist denn passiert?«

»Nichts, nichts«, beschwichtigte Leslie, »vorbeugend, verstehst du?«

Carlo stürzte zur Tür. Aber ehe er sie erreicht hatte, ging sie auf, und es erschienen: der Professor aus London, der Professor aus Lyon, Frau Bellini und Gabriella, im Morgenmantel.

Das Publikum erhob sich wie beim Eintritt der Richter. Frau Bellinis Gesichtsausdruck war eindeutig heiter; Gabriellas war zweideutig heiter.

»Wer ist denn das jetzt schon wieder?« fragte der How do you do-Herr und zeigte auf Carlo.

»Bruder«, antwortete Leslie.

»Von Ihnen?«

»Nein. Leider von ihr.«

»Jetzt sind wir, glaube ich, als Schneewittchen und die sieben Zwerge vollzählig, wie? Also –« er nahm Gabriellas Hand und klatschte sie zwischen seine leberfleckigen Hände; dann sah er Leslie und Maurice an: »Also – ein Glanzstück von Ihnen beiden! Übersetzen Sie das!«

»Ecco«, wiederholte Leslie verdattert, »ecco, abbiamo combinato un capolavoro, dice il professore . . .«

»Fräulein Bellini hat eine Erkältung der Blase.«

»Blase?«

»Ja. Blase. Auch die schönsten jungen Mädchen haben eine Blase. Wußten Sie das nicht?«

»Nein, Sir.«

»Dann übersetzen Sie!«

»La signorina Bellini ha una irritazione della vescica.«

»Das ist alles. Übersetzen Sie Ihre Schande!«

Er tat es.

»Und jetzt notieren Sie: Solange die Schmerzen da sind, soll sie morgens und abends je eine Tablette Furadantin nehmen. Haben Sie: Furadantin?«

»Ich habe. Brauche ich dazu ein Rezept?«

»Keine Ahnung. In England nicht. Und hier in Italien bin ich nicht verschreibungsberechtigt. Lassen Sie doch im Grand Hotel einen Apotheker ausrufen.«

»Jawohl, Sir. Und Ihre Liquidation wird mein Vater . . .«

»Schreiben Sie Sir William, er soll Sie rechtzeitig in ein Heim für mißratene Söhne einkaufen.«
»Jawohl, Sir.«
»Sicherlich ist er in einem Kuratorium.«

X

Hans Keller wohnte vom ersten Tag an in der Piazza San Benedetto Nummer 1, vierter Stock links. Damals, an jenem ersten Tage, war er vom Bahnhof kommend zum Dom gepilgert und hatte mit dem Köfferchen in der Hand den bunten marmornen Koloß rundherum umwandert, bis er wieder an der Ecke des Giotto-Turmes angelangt war. Dort hatte er den Kopf, der vom vielen Hochblicken schon ganz steif war, heruntergenommen, den Koffer abgesetzt und verschnauft, als ihm ein junger Mann, ebenfalls mit Koffer und darüber hinaus mit einer deutschen Zeitung in der Jackentasche, begegnet war, der nicht nur deutlich nach Student, sondern auch noch nach abreisendem Studenten roch. Wie richtig Hans Keller das Odeur diagnostiziert hatte, erwies sich, als er den Odeur-Träger nach dem Wege zur Universität und dem studentischen Zimmernachweis fragte. Der fremde junge Mann offerierte ihm seine soeben verlassene »Bude«, die also sozusagen noch bettwarm war, als Hans sie in Besitz nahm. Piazza San Benedetto Nummer 1 lag nur wenige Schritte entfernt. Man geht vom Domplatz rechts in ein enges Gäßchen hinein, das sich nach zehn Metern vor der Trattoria »Sasso di Dante« gabelt. Abermals rechts gehend stößt man auf einen winzigen Platz, eigentlich nur eine Ausbuchtung der alten, schrumpeligen Häuser. Das ist San Benedetto. Nummer 1 hat drei Stockwerke; lediglich in Richtung auf den Dom noch ein viertes. Dort, hinter dem spiegelblanken Messingschild mit dem Namen Medici wohnten Herr und Frau Medici, und nun auch Hans Keller. Das Zimmer war groß und mit seinen drei Sofas nicht ungemütlich und besaß als überraschendste Attraktion den Ausblick aus dem Fenster: In einer Entfernung von nicht mehr als siebzig, achtzig Metern stand das wahre Ungetüm von Domkuppel und Apsis vor einem, die Sicht verstellend wie eine himmelhohe Felswand. Eine romantische Lage; Touristen träumen davon, in solchem Stübchen einmal zu wohnen. Herr Medici träumte davon, eines Morgens aufzuwachen und festzustellen, daß der Dom weg war.

Das Einwohnen bei Herrn und Frau Medici hatte noch zwei weitere Annehmlichkeiten. Herr Medici, der genau so aussah wie der berühmte Cosimo de' Medici im vorgeschrittenen Alter, war von Beruf Küchenhilfe im »Sasso di Dante«, wodurch sich mit

diesem kleinen, netten Restaurant auch für Hans eine Art familiäres Verhältnis auf der Basis des Hintereingangs herausgebildet hatte.
Die zweite Annehmlichkeit lag auf innerem Gebiet. Frau Medici hatte nach dem zweiten Weltkrieg – sie war damals jung und ziemlich schlank – die Deutschen nicht ausstehen können, weil ein einquartierter deutscher Unteroffizier vom Typ Leslies beim Rückzug ihren schönsten Besitz, ein echt ledernes Kastensofa, voll alter Polenta-Portionen von mindestens einem Monat hinterlassen hatte; einen ganzen Hungermonat hindurch hatte Frau Medici diesen uniformierten deutschen Kuckuck mit der herrlichen Maisspeise gemästet, und dies war dann der Dank. Die Sache kam auf, als die nächste Einquartierung, ein ebenholzschwarzer Gefreiter aus South Carolina das Kastensofa zum Verstecken seiner aus dem US-Verpflegungslager organisierten Lucky Strike-Stangen benutzen wollte. Er hob den Sitz hoch und sah sich einem Backtrog voll weißlich-gelber Masse gegenüber, die erhärtet war und nur an der Oberfläche einen dichten schwarzen Haarflaum trug, der den Amerikaner sofort an die Oberlippen älterer Neapolitanerinnen erinnerte. Er schrie in den Flur »Come in and look it, granny!«, was Frau Medici zwar nicht verstand, aber bis auf das Wort granny richtig erriet. Eine Minute später war sie mit der deutschen Nation fertig.

Eines Tages verabschiedete sich auch dieser Untermieter; er tat es mit einer famous party, die bis zum Morgengrauen währte und mit einem Preisschießen in die Decke endete. Frau Medici begann, auch Amerika zu hassen.
Das heißt, hassen konnte sie gar nicht. Sie war gutmütig und leicht zu versöhnen, was – viele Jahre waren vergangen – ihre Begegnung mit dem Odeur-Träger bewies. Vater Medici, inzwischen ein Sechzigjähriger, hatte ihn beobachtet, als sich der Student im »Sasso di Dante« zum Schrecken des Kellners nichts weiter als zwei Portionen Polenta bestellte. Daß er ein Deutscher war, machte den Bericht, den Herr Medici am Abend seiner Frau über dieses Ereignis erstattete, zu einer Sondermeldung ersten Grades. Und als der Deutsche nach zwei Tagen wieder erschien und Polenta aß, war es um die Standhaftigkeit von Frau Medici geschehen: Sie lud ihn zu sich ein und erzählte ihm die Sofa-Saga. Von da bis zum Einzug in das berühmte Zimmer war nur noch ein Schritt. Frau Medici weinte, als der Odeur-Träger Florenz verließ und hielt die deutsche Nation für die beste nach der toskanischen. Für Hans genügte ein Polenta-Tag pro Woche, um den gefestigten Ruhm seines Vaterlandes zu erhalten.

*

Leslies erstes Wort, als er mit Maurice eintrat, war: »Ist heute etwa dein Polenta-Tag?« Frau Medici hatte mitgehört und kam aus der Küche: »Ach, Herr Leslie, leider nein. Ich habe nicht das kleinste Stückchen vorrätig. Das tut mir wirklich leid. Aber ich mache Ihnen allen jetzt gleich einen schönen Espresso!« »Wir haben noch nicht zu Abend gegessen, Signora –« »Dann hole ich Ihnen was aus der Trattoria; befehlen Sie nur.« »Ja, was essen wir?« »Was wir essen? Ja, was essen wir?« »Wir sollten uns heute mal was Anständiges leisten. Und Sie, Signora, steigen unsertwegen nicht vier Treppen rauf und runter, sondern –«

»Ohne Zweifel tue ich das; ohne Zweifel. Es tut mir gut, ich schwitze dann und nehme ab. Und Sie haben sicherlich zu arbeiten?« »Ja, wir müssen heute abend arbeiten. Also, ich bin für Straccotto. Und ihr?« »Drei Portionen, Signora, und Salat.« »Ich eile. Und dann mache ich Ihnen den Espresso. Und dann wird gearbeitet; die Zähne zusammengebissen, wie mein Mann immer sagt, und gearbeitet.«

Als Frau Medici mit dem Essen angekeucht kam, ging das Geschnatter noch ein Weilchen weiter, denn sie wollte sehen, wie Leslie den Salat mit Pfeffer und Hans ihn mit Zucker bestreute. Es war nicht das erste Mal, daß sie dem Schauspiel zusah, aber es faszinierte sie immer wieder. Dann stellte sie den Kaffee auf den Tisch und wünschte allen ein alttoskanisches »felice notte«. Die drei schwenkten die Beine hoch und legten sich lang. Leslie stopfte sich eine Pfeife, und Maurice klopfte eine Zigarette aus der Packung. (Lucienne ist in Rom; die beiden hätten diesmal auch zu mir kommen können, schade, daß ich die Gelegenheit verpaßt habe.)

»Du willst doch nicht wirklich arbeiten, Ans?« fragte er besorgt.

»Doch. Ich habe noch nicht zehn Zeilen von der Seminararbeit.«

»Ich auch nicht. Das beunruhigt mich nicht; mein Vater hat mir telegrafiert, daß eine alte Dissertation in Fotokopie an mich unterwegs ist.«

»Über südfranzösische ottonische Plastik?«

»Genau. Von 1928. Die schreibe ich wörtlich ab, wenn's sein muß.«

»Bestimmt überholt. 1928! Mensch, da hat man ja ottonisch noch nicht von romanisch unterscheiden können.«

»Kann ich heute noch nicht. Ist auch bestimmt Blödsinn. Ich möchte überhaupt wissen, warum wir über dieses Thema arbeiten müssen. Aber das ist es ja: möglichst ausgefallen muß es sein. Ich bin doch nicht nach Florenz gekommen, damit mich wieder der französische Kram verfolgt. Wo soll ich denn hingehen, um über Piero della Francesca zu hören? Ach, da fällt mir was ein, worüber ich neulich nachgedacht habe; vielleicht ist der Gedanke neu: Ob der

Stammvater Pieros wohl ein uneheliches Kind gewesen ist? Wie kommt die Familie sonst zu dem Nachnamen della Francesca? Piero von der Francesca! Bei Pferden würde man sagen: Piero aus der Francesca –«

»Du Ferkel!«

»Della Francesca! Wo gibt's denn so was! Das ist doch ein einwandfreier Hinweis. Oder? Ich muß es mal Salvini unterbreiten.«

»Unterbreite es lieber nicht«, sagte Leslie.

»Warum nicht? Vielleicht ist es etwas so Tolles, daß er mir seinen Lehrstuhl abtritt.«

»Ausgerechnet einem Franzosen! Ich habe noch keinen französischen Experten für alte Malerei gesehen, der wirklich etwas kann.«

»Hier sitzt einer; das beweise ich dir doch gerade.«

»Hör zu, Maurice: Der Vater von Piero, der in der Stadtverwaltung von Borgo San Sepolcro mehr als einmal erwähnt ist, schrieb sich noch Benedetto de' Franceschi! Capito?«

»Wieso?« fragte Maurice verblüfft.

»Er wird so geheißen haben.«

»Und woher kommt della Francesca?«

»Piero ist in Dokumenten anfangs nie anders als Piero di Benedetto dal Borgo genannt worden. Erst als er an den Fresken in Arezzo arbeitete – so um 1460 – taucht zum ersten Mal der veränderte Name auf. Vielleicht haben ihn die Mönche aufgebracht, um

auszudrücken: Piero della chiesa francescana. Chiesa, verstehst du? Weiblich.«
»Quatsch.«
»Na, jedenfalls hieß sein Vater noch Franceschi. Ich weiß es auch nicht. Mensch, rutsch mir doch den Buckel runter!«
»Schade«, sagte Maurice enttäuscht, »ihr könnt einem aber auch jede Freude verderben.«
»Take it easy! Du wirst Kunstkritiker, da braucht man nichts zu wissen, und heiratest die Tochter eines Industriellen.«
»Ich heirate Gabriella.«
Leslie und Hans richteten sich gleichzeitig auf. Maurice lachte laut. Ohne die Zigarette aus dem Munde zu nehmen, gluckerte er:
»Zu komisch! Als wenn ihr an Schnüren hochgezogen wärt!«
Hans würgte den Kloß in seinem Halse hinunter und sagte so beiläufig wie möglich:
»Ich dachte, wir wollten arbeiten?«
»Arbeiten?« rief Leslie und schwenkte seine langen Beine vom Sofa, »wer kann denn bei diesem verdammten Bombenleger arbeiten?«
»Was hast du bloß?« fragte Maurice freundlich.
»Das fragst du? Warum knallst du uns plötzlich so einen albernen Ball vor die Nase?«
»Er ist nicht albern, und ich knalle nicht. Ich dachte, ihr wüßtet das schon längst.«

»Was?«
»Daß ich Gabriella heiraten werde.«
»Du bist wohl irre?«
Diese Vermutung störte Maurice nicht; er paffte vor sich hin und schwieg.
»Antworte, Mensch!«
»Was soll ich denn darauf antworten? Schön, vielleicht bin ich irre, vielleicht ist es falsch, daß ich Gabriella heirate, vielleicht –«
»Hör bloß auf! Hans, pack ihn und häng ihn aus dem Fenster, du bist stärker als ich.«
Hans winkte ab: »Warum nimmst du ihn ernst?«
»Weil *er* es offenbar ernst nimmt.«
»Und warum würde es dich aufregen, wenn er recht hätte?« Leslie schaute von einem zum anderen, sprachlos, ein halbes Dutzend Mal, wobei er den Kopf hin und her drehen mußte wie auf einer Tennistribüne.
»Sag nicht«, fuhr Hans ruhig fort, »daß du an unsere Mannschaft denkst; führe bloß nicht diese olle Kamelle ins Feld.«
Leslie schwieg noch immer.
»Eben!« sagte Maurice und zündete sich eine neue Gauloise an. »Bitte, Leslie, wirf doch mal den Stummel in den Aschenbecher, du stehst gerade.«
Leslie tat es wirklich.
»Danke. Weißt du, Leslie: Unter Freunden darf man bestimmte Dinge nicht verschweigen; man muß sie

sagen können. Wir sind – du hast es übrigens sehr gemütlich hier, Ans, man kann sich pudelwohl fühlen auf dieser Kollektion von Sofas, mit den Beinen oben, mit der Zigarette im Munde, dem Straccotto im Bauch, der Dissertation im Anschwimmen – ich wollte sagen, wir sind immer zusammen gewesen, wir kennen Gabriella gleich lange, wir finden sie alle im gleichen Maße liebenswert, aber wir sind gegenseitig über uns im unklaren; wir haben eigentlich, wenn ich es mir recht überlege, Versteck gespielt – der eine vielleicht, weil er nichts zu offenbaren hatte, der andere vielleicht, weil er sich selbst nicht klar war, und der dritte, weil er glaubte, es für sich behalten zu müssen. Ich weiß natürlich genau, daß du, Leslie, und du, Ans, daß ihr beide das Mädchen sehr gern habt, eventuell mehr als das. Und deshalb, gerade deshalb ›knalle‹ ich, wie Leslie sagt, mit der Nachricht heraus, daß ich Gabriella heiraten werde. Das ist eben mehr; das ist ganz einfach der entscheidende Schritt weiter, als ihr wahrscheinlich bisher in Gedanken gekommen seid.«

Leslie war immer noch stumm.

»Aha!« sagte Hans, »ich verstehe. Ein langes Plädoyer. Wen verteidigst du eigentlich?«

»Komische Frage, Ans. Aber wenn du es so nennen willst: das fait accompli.«

»Du hast Gabriellas Ja-Wort?« (Er fühlte sich sehr ruhig).

»Nein. Aber das kostet bekanntlich ein Wort, Ans.«
»Natürlich. Aber mit Carlo bist du im reinen?«
»Mit Carlo? Ihn will ich nicht heiraten. Ihr mißversteht Carlo, er hat nichts gegen eine Heirat Gabriellas, er hat nur etwas gegen eine Liebschaft mit einem von uns. Überflüssige Sorge! Gabriella würde einem Verführer nie verzeihen; sie würde ihn nachher ermorden.«
»Quatsch!«
»Sei doch nicht so halsstarrig, Ans! Es sind genau ihre eigenen Worte! Wir haben oft darüber gesprochen.«
»Darüber?«
»Ich erinnere mich: Wir standen in der Bar San Marco –«
»In der Bar?«
»Ja. Ich hatte Gabriella von der Handelsschule abgeholt und –«
»Du hast sie von der Schule abgeholt? Es ist unmöglich!« stotterte Hans. Er war jetzt erschrocken.
»Oft. Wir gingen dann –«
»Oft?«
»Ich weiß nicht, was du ›oft‹ nennst; in der letzten Woche jedenfalls täglich.«
»Täglich? Täglich?«
»Nimm's wörtlich, Mann!«
Hans atmete einmal tief ein. (Ja, ich nehme es wörtlich. Armer Maurice! Am Donnerstag, den 12. Mai,

nachmittags 18 Uhr 20 habe ich Gabriella geküßt.)
»Rauchst du nicht mehr, Maurice?« fragte er aufgeräumt, »Kinder, raucht doch noch! Leslie, eine neue Pfeife?« Er klopfte eigenhändig die Dunhill aus, die noch halbvoll im Aschenbecher lag, und drückte sie ihm in die Hand. Leslie zupfte mechanisch Tabak aus dem Beutel. Er sprach immer noch kein Wort. Hans warf Maurice die Streichhölzer zu.
»Ja, Maurice – und nun steht dir der Augenblick bevor, Gabriella zu fragen.«
»Dich scheint der Rauch heute gar nicht zu stören, Ans?«
»Nein, merkwürdigerweise nicht. Und nun steht dir –«
»Ja, er steht mir. Du hast es schon gesagt«, lachte Maurice. »Aber«, fuhr er fort, »es muß ja nicht gleich morgen sein, nicht wahr?«
»Hast du es nicht eilig damit?«
»Eilig? Nein. Nur eins scheint mir eilig: Ich hätte Gabriella gern die weitere Unsicherheit euch gegenüber erspart. Verstehst du?«
»Nein.«
»Nun«, erklärte Maurice, »ich möchte ihr gern sagen können, daß sie sich über eure Gefühle nicht mehr den Kopf zu zerbrechen braucht.«
Hans betrachtete ihn mit gerunzelter Stirn; er begann, es nicht mehr erträglich zu finden. Aber ehe er etwas entgegnen konnte, machte Leslie den Mund auf.

»Was willst du eigentlich?« fragte er und legte den Kopf schief. »Ich habe zugehört und beginne nur langsam zu verstehen. Was redest du da eigentlich, Maurice? Warum breitest du das alles vor uns aus? Wieso hast du nötig, daß wir dir etwas versprechen?«

»Versprechen! Ich will unnütze Unruhe vermeiden, unnütze Ungewißheit. Das ist alles.«

»Deine oder Gabriellas? Geh hin zu ihr, Maurice, und heirate sie! Geh hin und frage sie! Vorwärts! Heute noch! Dann ist alles klar. Was habe *ich*, was hat Hans damit zu schaffen? Vorwärts! Geh zu ihr! Und kümmere dich nicht um meine Gefühle, hörst du?«

»Mon Dieu, Leslie! Es hätte mich beruhigt zu hören, daß du –«

»Ich denke gar nicht daran!« brauste Leslie auf. »Was für ein Gespräch ist das eigentlich! Ich weigere mich, weiter darüber zu reden. Es ist mir gleichgültig, wie du zu Gabriella stehst, es ist mir gleichgültig, was du tun oder lassen wirst. Nur: Einen Freifahrtschein bekommst du von mir nicht. Du würdest ihn nicht einmal bekommen, wenn ich Gabriella abscheulich fände. Vielleicht ist sie mir wirklich egal –, wenn du das glaubst, dann weiß ich nicht, warum du mich mit dem Gerede nicht verschonst. Wenn du aber geglaubt hast, daß sie mir nicht gleichgültig ist, dann müßtest du wissen, daß ich unansprechbar bin. Aber ich weigere mich, das eine oder das andere zuzugeben. Hast du mich verstanden? Und nun geh hin und hol sie dir – – wenn du kannst.«

Maurice war erstaunlich friedlich, als er antwortete: »Sei doch nicht so sackgrob, Leslie.«

»Wie soll ich denn sonst sein? Nimm doch mal deinen Verstand zusammen!«

»Ich denke, ihr Engländer seid fair?«

»Selten. Aber diesmal, gerade diesmal war ich es, du Idiot!« Hans ging in diesem Moment zur Tür.

»Was ist los?« fragte Leslie.

»Es hat geklingelt. Es wird Carlo sein, ich gehe hinunter.«

Frau Medici hüpfte schon aus der Küche herbei: »Nein, Signor Ans, lassen Sie nur. Es tut mir gut; ich schwitze dann und nehme ein bißchen ab. Wird es Ihr Freund sein? Dann mache ich gleich noch einen neuen Kaffee.«

»Laß sie gehen«, sagte Maurice, und dann lauter: »Sehr freundlich, Signora, gehen Sie nur!« Er erhob sich und drückte die Stubentür zu: »Ehe Carlo kommt, falls er es ist –«

Hans: »Er wollte noch kommen, sobald die Poggibonser heimge –«

Leslie: »Waren die schon wieder da?«

Hans: »Anscheinend.«

Maurice: »Ich wollte sagen: Ehe Carlo kommt, möchte ich euch um etwas bitten; sprecht zu ihm nicht über mich und Gabriella, bitte, ja?«

Leslie sah ihn eine Weile unschlüssig an.
»Natürlich nicht«, sagte Hans ruhig. »Leslie ist meiner Meinung.«
»Woher weißt du das?« fragte Leslie.
»Weil Engländer erst ab fünfzig vertrotteln. Wir wollen – aber auch du, Maurice! – vergessen, was sich heute abend hier getan hat. Es ist besser. Wir wollen nichts aufkommen lassen, was unsere Freundschaft zerstören könnte. Ist das richtig?«
»Meinst du?« fragte Leslie.
»Ja, ich meine. Es soll sein, wie es früher war.«
»Dann muß Maurice mir aber erlauben, daß ich ihn wenigstens *einmal* ein Arschloch nenne!«
»Bitte schön«, sagte Maurice, »bedien dich.«

*

Es war Carlo. Er sah frisch aus wie das blühende Leben.
»Na?« begann er vergnügt. »Habt ihr gearbeitet?«
Hans wackelte zweifelnd mit dem Kopf.
»Ich komme ein bißchen spät, ich war noch einen Sprung bei Laura. Schönen Gruß an alle.«
»Hervorragenden Dank! Was wollte denn dein Onkel bei euch?«
»Nichts Besonderes. Er hatte, glaube ich, in der Stadt zu tun. Ach ja! Er sucht ein Büro mit kleiner Wohnung oder zumindest Absteige.«
»Hier?«

»In Florenz, ja. Um dann nicht nach Poggibonsi heimfahren zu müssen, falls es hier einmal spät wird, sollte ein Zimmer mit Sofa dabei sein. Oder eben eine kleine Wohnung.«

»Wieso das neuerdings?« fragte Leslie. »Er kann doch nicht auf der Piazza Repubblica Wasser bohren?«

»An den Hügeln! E come!«

»Und Poggibonsi? Er ist doch kein Vogel, daß er an zwei Orten zugleich sein kann.«

»Vielleicht soll mein Vetter hier die Stellung halten. Er braucht ja nur das Telefon abzunehmen.«

»Kann er das?«

»Das hätte ich mich bis vor kurzem auch noch gefragt. Weißt du, was er innerhalb einer Stunde fertiggebracht hat? Meine Schwester hat ihm erzählt, daß wir seit dem Sommer vorigen Jahres vergeblich ein Telefon beantragt haben. Benito ging weg, kam nach einer Stunde wieder und meldete, daß wir noch vor Pfingsten einen Anschluß bekommen würden. Ich fand es ziemlich eindrucksvoll.«

»Hexerei ist es nicht, Carlo.«

»Nein, es ist nur eine Kleinigkeit, das weiß ich auch; aber ich oder meine Mutter oder Gabriella oder ihr, wir haben es nicht gekonnt.«

»In London mache ich dir das in zehn Minuten.«

»Das glaube ich dir. Aber es ist kein Trost für meine Mutter, Gabriella und mich. Du darfst nicht denken, daß Benito dumm ist. Er ist nur faul, und natürlich

ist er mit seinen zwanzig Jahren noch sehr jung. Ich habe immer den Verdacht, daß er, anstatt bei uns im Salotto zu sitzen, viel lieber auf der Straße Fußball spielen würde. Aber das ist eigentlich typisch italienischer Mann. Du wirst dich wundern, wenn ich sage, er ist in Wahrheit viel mehr italienischer Mann als ich. Mich habt ihr drei schon – wie soll ich sagen –«
»Versaut«, schlug Leslie vor.
Carlo lachte. »Wie wirkt Benito denn auf dich, Ans?«
»Oooach – durchschnittlich.«
»Offen gestanden, auf mich auch.«
»Und wie wirkt er auf Gabriella, Carlo?«
»Na, wie soll er schon wirken! Er ist ihr Vetter. Vettern kommen und gehen.«
Er trat zum Fenster.
»Ein phantastischer Blick!« sagte er bewundernd. »Ich war ja schon mehr als einmal hier, aber ich bin immer wieder fasziniert. Abends sieht es besonders romantisch aus, nicht? Die schmale Häuserschlucht, die so gelblich von unten beleuchtet ist wie auf der Bühne, und dahinter der angestrahlte Dom – schön! Da sitzen einige tausend Kilowatt drauf. Wirklich schön.«
»Wer zahlt das eigentlich? Die Kirche?«
»Ja, was! Die Kirche! Ein Verkehr ist das auf dem Platz! Wann flaut das ab, Ans?«
»Gegen Mitternacht.«
»Eigentlich merkwürdig: Florenz hat kein Nacht-

leben. Wir sind im Grunde noch so brav wie vor fünfzig Jahren. Ich war in meinem ganzen Leben in keinem Nachtclub. Irgendwo gibt es auch hier Striptease. Ich habe es nie gesehen.«

»Würdest du gern?«

»Mit sechzehn hätte ich es, jetzt nicht mehr. Das ist etwas für die Zukurzgekommenen.«

»Das stimmt nicht«, widersprach Maurice, »eine nackte Frau ist immer ein hübscher Anblick. Und das Entkleiden erregt mich.«

Carlo sah ihn erstaunt an. »Und das wünschst du herbeizuführen? Vor einem Glas Sekt? Am Tisch neben anderen? Na ja, wie du meinst. Auf jeden Fall könnte ich es jetzt nicht mehr. Ich fände es genant im Gedanken an Laura. Wenn du ein Mädchen lieben würdest, dächtest du bestimmt genauso. Wie kamen wir überhaupt darauf?«

»Florentiner Nachtleben!« sagte Hans, denn Maurice schwieg.

»Ach ja. Aber etwas anderes sollten wir einmal tun, und zwar bald, solange das Wetter so herrlich ist: mittags ins Grüne fahren und uns auf eine Wiese legen. Ich habe große Sehnsucht nach Sonne. Ich sehe schon ganz grün aus.«

»Wir sollten«, nickte Hans, »ins Mugello-Tal fahren, nach Vespignano, ich würde so gern Giottos Heimat sehen.«

»Wenn es sein muß? Wiesen gibt es ja auch in Vespignano. Ihr vergeßt, liebe Leute, daß ich in Wahrheit nicht viel Bildung habe. Du brauchst nicht zu protestieren, Ans, es ist doch so. Wir – ich meine unsere Familie – sind vielleicht ganz nett, und wir haben auch einen gewissen Lebensstil, aber so ganz haargenau und präzise, mein Lieber, passen unsere Familien nicht zusammen, nicht? Das würdet ihr sofort merken, wenn ich nicht Wasserball spielen könnte und Gabriella eine Schreckschraube wäre.« Er war nicht befangen, er lachte.

»Ich möchte«, fuhr er fort, »nur ein bißchen mit dem Gesicht in der Sonne liegen. Wir könnten uns auch Badezeug mitnehmen. Eine Wiese am Incontro.«

»Sehr gut; das würde mir gefallen. Maurice? Leslie?«

»D'accordo.«

»Geht es schon morgen?« fragte Carlo direkt begierig.

»Klar.«

»Wenn uns Maurice mit dem Wagen abholen wollte, könnten wir halb eins vor meiner Bank ausmachen. Ihr drei trefft euch, wo ihr wollt, und nehmt dann mich, Laura und Gabriella auf.«

»Besser«, sagte Maurice, »ihr geht bis zum Baptisterium vor; dort kann ich ungestört halten.«

»Werden wir. Schaut mal aus dem Fenster: Dieses nächtliche Panorama, ist es nicht schön? Wißt ihr, manchmal gehen mir ganz alltägliche Dinge neu auf; das habe ich früher nie gehabt. Mitunter scheint mir, als würde ich überhaupt jetzt erst zu leben beginnen. Daß man so spät sein Gehirn bekommt und die vielen Jahre vorher schon auf der Erde herumgelaufen ist, macht mich neuerdings direkt mißtrauisch, ob die Alten uns nicht doch überlegen sind? Rede ich Unsinn?«

»Nein. Mir geht es genauso«, sagte Hans.

»Na ja. Wenn es so ist, muß es wohl so sein, obwohl wir Jungen dann schön beschissen sind. Romantisch, dieser Blick hier. Aber morgen sehen wir uns mal stundenlang die Kehrseite an, die Sonne. Ja, ja, unbedingt, das machen wir! Mit Laura.«

»Und Badeanzügen«, fügte Maurice hinzu, »sag's ihnen.«

XI

Die Maisonne kann schon sehr heiß sein. Dann dampft, wie im Hochsommer, die Toskana im schweren Licht. Die Äcker haben eine grauviolette Farbe und bereiten sich auf das Ausruhen vor, auf den Sommerschlaf. Um die Gehöfte herum warten noch die Weizenfelder. Bald gehen die Mäher darüber hinweg. Auch das Gras ist schon müde.

Die bizarren Ölbäume nehmen das Silberflimmern

von Weiden an, und die niedrigen Weinstöcke mit ihren langen Armen, die wie Schnüre über den Chianti-Hügeln liegen, zeichnen dicke Schatten auf die Erde.

Gehe, Fremder, wenn du Pan besuchen willst, zu den Hügeln hinauf, wo die Olivenhaine in verfallenden, träumenden Terrassen von Mauer zu Mauer steigen; wo die letzten Bauern hinter weißen Rindern pflügen; wo die Wiesen voller wilder Gladiolen, Schwertlilien und Rosmarin stehen und man nichts mehr vom Lärm der Stadt hört. Sie liegt wie ein ausgeglühter Ziegelstein im Tal, wie ein Fleck, wo in einem silbergrünen Garten der blanke Stein herauswächst. Florenz ist eine steinerne Stadt, man sieht es von hier oben deutlich; der Arno ist ein dünnes Bändchen, kaum mehr als ein Schleifchen, das man mit zwei Fingern aufziehen könnte.

Hunderte von grünen Eidechsen bevölkern die Bäume, und manchmal surren Schwärme von grüngoldenen Rosenkäfern vorüber, auf der Wanderschaft; denn Rosen wachsen überall, es ist das Land der Rosen, Lilien und Oliven.

Zu Mittag, nach dem Läuten der Dorfglocken, wenn Stadt und Land für kurze Zeit in Schlaf verfallen und auch die Tiere im Schatten liegen und die Augen schließen, dann ist die Stunde des Pan. Dann stelzt er auf seinen Bocksfüßen über die Hügel, tritt hinter einem Feigenbaum hervor, aus einem Ginsterbusch heraus oder liegt hinter einem Felsblock und bläst auf der Flöte monoton die Melodie, die Debussy ihm gestohlen hat, c – b – a – as – g – ges – g – a – c – d – g. Auch schnarchen kann man ihn hören, wenn er unter einem Olivenbaum liegt. Mitunter ist er ganz nahe. Das merkt man daran, daß man die Welt vergißt und wunschlos wird.

*

Sie lagen ausgestreckt im Grase nebeneinander, und wenn sie über ihre Zehen schauten, sahen sie das Nadelöhr des Palazzo Vecchio-Turmes.
Gabriella hatte nur einen Augenblick lang, nachdem sie das Kleid abgestreift und die Schuhe von den Füßen geschossen hatte, aufrecht vor allen Blicken gestanden, mit einem Körper fast wie ein Knabe, aber mit starker, gewölbter Scham unter dem schwarzen Bikini; dann ließ sie sich zur Erde fallen, deckte das Handtuch über den Schoß und öffnete die Beine.
Laura ließ sich bedächtig an ihrer Seite nieder. Sie konnte offensichtlich kein Auge von Gabriella wenden, während sie an ihrem Badeanzug herumzupfte; er war einteilig und fleischfarben und in aller Unschuld bei Standa K.G. in der Via de' Panzani erworben. Carlo schien sie zum erstenmal so zu sehen; er tat es bewundernd, aber sehr beunruhigt.
Alle waren beunruhigt.

»Legt euch endlich hin«, sagte Gabriella ärgerlich, »vor allem Maurice! Er nimmt mir die Sonne weg.« Um nicht aufzufallen (aus keinem anderen Grunde natürlich) gehorchten sie sofort. Da lagen sie nun; wie etruskische Statuetten, die man nach der Ausgrabung säuberlich neben der Fundstelle aufgereiht hatte.

Sie lagen im Grase, hatten sich Blätter auf die Augenlider geklebt und schwiegen. Die Luft war erfüllt von einem dünnen Summen, und die Erde duftete nach trockenem Brot. Fasanen flogen auf; aus dem fernen Wald rief ein Kuckuck. Pan trat aus dem Gebüsch, nahm ein Steinchen und warf es Gabriella auf den Bauch.

»Was ist das, Laura? Ein Käfer?«

»Wo?«

»Hier.«

»Es gibt«, sagte Maurice, ohne hochzublicken, »Skorpione hier.«

»Ja, ja, ich weiß. Drei Stück. Ich paß schon auf.« Sie griff nach dem Steinchen, steckte es zwischen die Zehen und spielte damit.

»Wer hat denn geworfen?« fragte sie nach einer Weile.

»Auf den Bauch?« fragte Maurice. »Schlechter Wurf. Kann nur Leslie gewesen sein.«

»Seid jetzt still«, sagte Carlo, »ich will dösen. Geht es dir gut, Laura?«

»O ja, sehr gut.«
»Gib mir deine Hand!«
Sie tastete hinüber, verfehlte aber aus mangelndem anatomischem Orientierungssinn die Richtung und zuckte erschrocken zurück. Carlo hob den Kopf und blickte schnell nach rechts und links. Als er sah, daß alle die Augen geschlossen hatten, beugte er sich über Laura und küßte sie hastig.
Von einem Bauernhaus drang schwach Musik herüber. Es klingt wie Harfe, dachte Hans. Dann fiel ihm ein, daß es das Intervallo vor den Mittagsnachrichten im Fernsehen war. Die Bauern hatten die Apparate eingeschaltet. Eine Weile lang brabbelte eine Stimme vor sich hin, weit weg, wie wenn in großer Ferne ein Fuhrwerk über Holzbohlen rollte.
Darauf wurde es wieder still.
Hans schlief ein.
Leslie und Maurice schwammen ihm schon voraus. Gabriella warf sich auf die andere Seite und vergrub das Gesicht in ihren Armen. Ihr Atem ging schläfrig und schwer. Als eine Eidechse über ihre Wade lief, merkte sie es schon nicht mehr.
Carlo richtete sich auf. Er nahm Laura die Blättchen von den Augen, legte den Finger an die Lippen und deutete auf die Schläfer. Dann ergriff er ihre Hände und schlich mit ihr lautlos fort.
Gabriella hörte sie nach langer Zeit wiederkommen. Sie öffnete ein halbes Auge.

Na schön, dachte sie, klappte das Lid zu und schlief noch einmal ein.

*

Maurice setzte die beiden Mädchen am Ponte delle Grazie ab. Sie gingen am Ufer entlang, auf dessen Brüstung die Angler saßen mit langen Ruten, die kaum die trüben Fluten des Flusses erreichten. Die Straße stand voller Autos, und in der Luft hing Benzin.

Beide waren in Gedanken noch im Olivenhain. Sie hörten noch das Surren der Rosenkäferschwärme und das Läuten der Glocken aus den Dörfern.

Hoffentlich, dachte Gabriella, erzählt sie mir nichts. Es ist etwas zu Ende zwischen uns.

Hoffentlich, dachte Laura, fragt sie mich nichts. Liebe, kleine Gabriella!

*

Da das Mittagessen ausgefallen war, hatte Carlo zum Abendbrot eingeladen. (Ohne Spaghetti, ohne Polenta, Ehrenwort.)

Der erste, der klingelte, war Leslie. Frau Bellini stand am Bügelbrett, während es auf dem Herd schon in den Töpfen brodelte. Nach dem »Buonä serä« machte Leslie seinen Kratzfuß, den Frau Bellini kannte und merkwürdigerweise trotz seines Unernstes immer wieder sehen wollte. »Was für ein Vergnügen, Signora, mal hier zu sein.«

»Aber Leslie! Ihr seid doch dauernd hier! Ihr wohnt doch hier!«

»Wo waren wir gestern, Signora?«

»Na gut, gestern nicht.«

»Und das sagen Sie so dahin, als sei es selbstverständlich? Das ist es nicht! Wir haben schon mehr als elf Tage dieser Art gut.«

»Wollen Sie die hier abwohnen, Leslie?«

»Ach, wäre das schön. Wenn Sie bloß nicht immer bügeln würden! Ich kann kommen, wann ich will – und ich komme doch wirklich unpünktlich – Sie bügeln.«

»Das ist das Schicksal der italienischen Frauen, Leslie. Setzen Sie sich zu mir in die Küche?«

»Natürlich. Auf die Herdplatte, wenn es sein muß.«

»Sehen Sie: Carlo zieht jeden Tag neue Wäsche an von oben bis unten, Gabriella auch und ich auch. Manchmal bügelt die Kleine, manchmal ich.«

»Entschuldigen Sie: welche Kleine? Wollen Sie meine zukünftige Frau kränken, Mammina?«

»Sie sollen mich nicht Mamma nennen, ich sage es bald zum letztenmal!«

»Das freut mich; ich kann Ihre Ermahnungen auch kaum noch hören.«

»Und im Sommer wechselt Carlo zweimal das Oberhemd. Das ist so in Italien. Außerdem bin ich von Natur fleißig, ich arbeite gern. Gabriella übrigens auch, ich muß sie zu nichts anhalten.«

»Sie brauchen sie mir nicht anzupreisen, ich –« Frau Bellini fuhr empört zu ihm herum:
»Anpreisen? Madonna, sind Sie frech, Leslie!«
»Wirklich? Glauben Sie das im Ernst?«
Er schien ihr traurig trotz seines Lächelns. Sie trat vor ihn hin und sah ihn aus der Höhe herab an.
»Wenn ich nur schlau aus Ihnen würde, Leslie! Nicht wahr, Sie sind nicht dreist?«
»Ich bin sogar ziemlich hilflos, Mammina.«
»Ich glaube es beinahe.«
»Sie haben vergessen, sich das Mammina zu verbitten, Mammina.«
»Nein, nein, ich weiß schon, wann ich es muß.«
»Signora –« Er stand auf und nun dicht vor ihr.
»Ja?«
»Ich möchte Ihnen ein einziges Mal einen Kuß geben. Darf ich das?«
»Welcher Art, Leslie – halt, halt – antworten Sie! Wie wird der Kuß aussehen?« Sie hatte sich einen Schritt zurückgezogen, erschreckt, wie eine langentwöhnte Frau.
»Ich weiß es noch nicht, Signora. Zaghaft, wahrscheinlich.«
»Auf den Mund etwa?«
»Ja, so stellte ich mir das vor.«
»Nun gut, Leslie.« Sie trat tapfer auf ihn zu.
(Wahrhaftig, dachte er, sie hat Angst, ich hätte es nicht sagen sollen, aber ich habe sie so gern.)

Plötzlich jedoch machte sie kehrt und wich abermals zurück. Sie strich sich mit beiden Händen nicht existierende Haarsträhnen aus dem geröteten Gesicht und sagte:

»Verzeihen Sie, Leslie. Ich darf es nicht, und ich kann es auch nicht, ich bin auch nur eine Frau. Wenn ich zwanzig Jahre jünger wäre, würde ich wünschen, daß Sie mich heiraten.«

Ihre Röte verstärkte sich, und sie fühlte es.

»Setzen Sie sich! Los!« fuhr sie ihn wütend an. Sie runzelte die Stirn, so furchtbar sie konnte, trat zum Herd und begann wild in einem Topf zu rühren. »Sie müssen mit Gabriella vorliebnehmen«, warf sie über die Schulter zurück.

»Signora –«

»Ja, Leslie?«

»Sie sollten wenigstens meinen Vater heiraten.«

»Ich denke, er ist verheiratet?«

»Das macht nichts. Er hat sich von Mal zu Mal verbessert.«

»Ach, Leslie!«

»Sie sagen es genau wie Gabriella! Es ist zum Verrücktwerden.«

»Sie ist mir sehr ähnlich, nicht?«

»Ja.«

»Gott sei Dank.«

»Signora, ich muß Ihnen, bevor die anderen kommen, etwas gestehen.«

»Ja?«
»Ich möchte Gabriella heiraten.«
Frau Bellini rührte schneller. Dann sagte sie:
»Ich dachte es mir.«
»Und?«
»Was kann ich noch hinzufügen nach dem, was ich Ihnen eben von mir gesagt habe?«
Er legte die Hand auf ihre Schulter.
»Können Sie es verstehen?«
»Ja.«
»Können Sie mir helfen?«
»Nein.«
»Signora, bitte, antworten Sie doch! Bitte!«
»Ich habe doch geantwortet.«
»Wissen Sie nicht, wie es um Gabriella steht?«
»Nein, ich weiß nichts.«
»Aber Sie würden es auch wünschen? Sprechen Sie doch! Sprechen Sie doch! Sagen Sie es mir!«
Frau Bellini antwortete nicht.
»Mammina –«
»Ich kann das Wort von Ihnen nicht mehr hören! Schluß, Schluß, ich will es nicht mehr hören!«
»Mein Gott, was haben Sie? Signora – es geht um mich und Gabriella und –«
»Ich habe es begriffen, Leslie.«
»Signora – – damned, wo sind wir mit diesem Gespräch gelandet! Signora, ich bitte Sie, sagen Sie mir dies eine: darf ich Gabriella heiraten, wenn sie ja sagt?«

»Natürlich«, antwortete Frau Bellini brüsk, »was sollte Sie hindern?«
»Helfen Sie mir doch«, bettelte Leslie.
Frau Bellini hob die linke Hand heimlich in Stirnhöhe und schlug das Kreuz.
»Ich kann nichts tun«, sagte sie matt.
Leslie stützte den Kopf in die Hände. »Wenn ich mich doch erinnern könnte, was Gabriella gesagt hat . . .«
»Wann?«
»Ach, Signora, wann! Wann! In einer Minute, von der ich nicht weiß, ob sie glücklich oder unglücklich war. Sie sagte: Wenn ihr drei doch ein einziger wärt. Und dann sagte sie – sie hat noch etwas gesagt.«
»Sie wird gesagt haben: Ich bin traurig.«
Leslie blickte auf. »Wirklich! Woher wissen Sie das?«
»Kommen Sie her!« befahl Frau Bellini.
Leslie erhob sich und ging zu ihr.
»Hier!« Sie gab ihm den Löffel in die Hand. »Rühren Sie, bis ich wiederkomme; ich gehe mich umziehen.«

*

»Du kochst wohl schon in aller Stille dein Süppchen hier, wie?« fragte Maurice, als ihm Frau Bellini öffnete und er Leslie am Herd sah. Mit Maurice kamen Hans und Carlo.
»Muß ich jetzt Kartoffeln schälen? Reizend sehen Sie aus, Signora!«

»Ja, ein nettes Kleid. Ich habe nur wenige.«
»Sie brauchen überhaupt kein Kleid, Signora! Im Paradies wären Sie die bestangezogene Frau der Welt. Neben Gabriella.«
Frau Bellini stutzte, beschloß dann aber, einfach nicht nachzudenken.
»Sie sind sehr freundlich, Maurice. Danke, Leslie. Geht alle ins Zimmer; Gabriella muß jeden Augenblick da sein, dann essen wir sofort.«
Gabriella kam etwas später, stürmte, als wollte sie die Verspätung aufholen, ins Bad, riß sich das Kleid herunter, veranstaltete ein großes Geplansche, zog sich wieder an, fegte ins Zimmer und begann, den Tisch zu richten.
»Warum kommst du eigentlich so spät?« fragte Carlo.
»Weil ich nicht wie du mit dem Auto abgeholt werde.«
»Unsinn. Du bist doch sonst früher da.«
»Sie war noch irgendwo«, sagte Maurice.
»Jawohl. Ich war noch in der Stadt.«
»Wozu? Wenn du weißt, daß wir hier warten?«
»Na, wozu wohl, Maurice? Hilf mir die Tischdecke geradeziehen! Ich habe mir etwas gekauft.«
»Was?«
»Das geht dich nichts an.«
»Dann stimmt es nicht.«
»Selbstverständlich stimmt es. Etwas für mich.«
»Was?«

»Ja, zum Kuckuck noch einmal! Einen Büstenhalter! Nun weißt du es!«
»Welche Größe?«
Carlo machte dem ein Ende: »Genug, Maurice!«
»Noch *eine* Frage. Hat sie ihn an?«
Gabriella warf ihm einen vernichtenden Blick zu. »Nein, ich habe überhaupt keinen an, stell dir das vor!» Alle Augen richteten sich sofort auf ihren Busen.
»Hach!« sagte sie. Sie stellte sich hin und stierte zurück. Dann drehte sie sich um und ging in die Küche, um ihrer Mutter zu helfen.
Das Essen war »toscanissimo«, wie Benitone gesagt haben würde. Es mußte viel Arbeit gemacht haben. Es gab zuerst Crostini.
Crostini sind Scheiben von langem, weißem Stangenbrot mit warmem Leber-Haschee bestrichen.
Dann folgten Tortellini in brodo. Kleine zu Schnecken gedrehte und mit würziger Fleischpaste gefüllte Teigfleckchen in Brühe. Der Hauptgang waren Petti di pollo. Es sind vom Knochen gelöste Hühnerbrüste, mit Rosmarin in Vergine-Olivenöl auf der Pfanne gebraten.
Dazu gab es Fiori di zucche. Zehn Zentimeter lange zarte Zucchiniblüten, in Eierkuchenteig umgedreht und in Öl herausgebacken. Und Insalata mista. Ein bunter Salattopf mit Olivenöl, Weinessig und etwas Salz, aus Kopfsalat, Radieschen, Tomaten, Paprika-

schoten, Artischocken, Fenchel, Stangensellerie und Gurken.

Der Nachtisch bestand aus einem Zuccotto. Er sieht, solange er noch nicht angeschnitten ist, wie ein Glatzkopf aus. Eine glatte Halbkugel aus Biskuitteig, gefüllt mit Schokoladeneis, Vanilleeis, schwach getränkt mit Likör.

Ein Espresso beschloß die »wunderbare« Cena.

»Wunderbar«, sagte Carlo. »Was bist du für eine gute Hausfrau, Mamma! Wehe, wehe, Laura! Sie wird es schwer haben.«

»Das mag ich nicht hören, Carlo«, sagte Frau Bellini etwas unwillig, »ich will nicht, daß du mich mit hinüberschleppst in dein neues Leben.«

»Na, das wird mir schwerfallen.«

»Wann«, fragte Hans, »beginnt denn nun dein neues Leben; wann heiratest du?«

»Heiraten? Mir geht's doch gut so«, lachte er.

»Wissen Sie, Ans«, erklärte Frau Bellini, »in Italien verlobt man sich, wie man einen Tisch bei Sabatini vorbestellt. Er ist reserviert, man kommt, wann man will.«

»Acciderba, Mamma, das ist aber böse ausgedrückt!«

»Stimmt es nicht, Carlo?«

Er wand sich, etwas verlegen.

»Doch nicht bei mir, Mammina! Ich bin nicht achtzehn, wie üblich. Mein Gehalt muß auch noch ein bißchen steigen. Das ist ein Grund, nicht? In ein oder

zwei Jahren werde ich so weit sein und heiraten.«
»Aber wenn sich«, fragte Maurice, »in den langen Jahren des Wartens ein Mädchen anders besinnt – ich meine natürlich nicht Laura – was dann?«
»Ich habe von solchem Fall noch nicht gehört, Maurice. Ausgenommen immer Rom, Mailand und ein paar andere Großstädte.«
»Und wenn der Mann sein Versprechen bricht?«
»Ja – wenn der Mann es bricht! Ich weiß nicht, was heute wäre. Die Zeit ändert sich rasend. Sogar ich laufe ihr mit hängender Zunge hinterher. Früher, Maurice, noch vor wenigen Jahren, wäre der Mann geschnitten worden. Heute ist er vielleicht interessant; ich weiß es nicht.«
»Wenn«, bohrte Maurice weiter, »– entschuldige das persönliche Beispiel – wenn jemand Gabriella sitzenlassen würde: Was tätest du?«
»Antworte ihm nicht!« rief das Mädchen.
»Warum nicht, wenn er es wissen will?«
»Sei still, Carlo! Ich will nicht, daß ihr über so etwas sprecht. Kläre lieber unsere Pfingstreise.«
»O ja!« sagte Carlo. »Gut, daß du mich daran erinnerst. Wir haben die Absicht, Laura meiner Großmutter und den anderen Verwandten in Vinci vorzustellen. Es soll eine Art Verlobungsfeier werden. Wir wollen am Pfingstsonnabend, also morgen in einer Woche, nach dem Mittagessen hinfahren, dort übernachten und am Sonntagabend zurückkehren. Ich

möchte, daß ihr mitkommt.«

»Wer: Ihr?« fragte Leslie überrascht.

»Du, Ans und Maurice.«

»Aber es ist doch eine reine Familien –«

»Ja, es ist eine Familienfeier, aber sie betrifft mich und Laura, und wir beide wünschen es uns!«

»Carlo, geht das? Ich habe, ehrlich gesagt, Hemmungen«, sagte Hans.

»Unsinn! Es sei denn, du magst nicht. Es werden ziemlich viel Leute da sein, ich fürchte, so fünfzehn oder zwanzig –«

»Barmherziger!« stöhnte Leslie.

»Aber Aussätzige, Leslie, sind nicht darunter.«

»Pfui, Carlo!«

»Na ja, entschuldige. Andererseits muß ich euch ein bißchen vorbereiten, daß die Frauen nicht alle wie Laura und die Männer nicht alle wie Herr Cuddù aussehen.«

»Kommt er auch?«

»Nein. Von Cuddùs kommt nur Laura. Aber eure geliebte und verehrte Gabriella kommt!« Er lachte.

»Du Knallkopp«, sagte Leslie. »Ohne Gabriella könntest du sowieso keinen Hund hinterm Ofen vorlokken. Also, wir kommen. Muß ich im Heu schlafen?«

»Beinahe, Leslie. Das Unterbringen ist bei unseren vielen Bekannten in Vinci kein Problem. Der eine hier, der andere dort, bescheiden allerdings, vielleicht wirklich auf einem Strohsack.«

»Keine Spur«, unterbrach ihn seine Mutter. »Vinci ist doch kein afrikanischer Kral. Maurice hat einen Wagen: Wir können ihn also sogar im Bett von Leonardo da Vinci unterbringen. Na, sagen wir: beinahe in seinem Bett. Das erzählen wir Ihnen alles, wenn wir oben sind. Morgen müssen wir – Carlo, Gabriella und ich – noch nach Poggibonsi fahren, um meinen Vetter einzuladen –«

»Den Wasserbohrer?«

Frau Bellini lächelte nachsichtig. »Ja, den Wasserbohrer.«

»Ich?« fragte Carlo entsetzt, »ich soll auch mitfahren?«

»Aber ja! Wir müssen sowieso nach Jahr und Tag mal einen Gegenbesuch machen, Carlo.«

Er wand sich.

»Das gefällt mir gar nicht. Ich weiß mir mit ihnen wirklich nichts zu erzählen. Morgen ist Sonnabend, ich habe keinen Dienst und wollte –«

»Eben deshalb!«

»Mein einziger freier Tag! Am Sonntag spielen wir in Arezzo. Nein, ehrlich, Mamma, ich –«

»Carlo!«

»Ich wollte mich ausruhen, spazierengehen, Laura besuchen –«

Gabriella stieß ihre Mutter unter dem Tisch an.

»Mammina, wir sollten allein fahren. Carlo hat recht.«

»Er hat recht?«

»Ja, er hat recht. Nicht wahr, so machen wir das? Nun«, fuhr sie schnell fort, »muß Carlo noch genau wissen, wann wir zurückkommen. Wir werden spät kommen. Was meinst du, Mamma, mit dem Mitternachtszug?«

Frau Bellini war ganz verdattert. Sie empfing einen weiteren Kniestoß.

»Ja, ja . . .«, sagte sie und senkte den Kopf.

»Der Zug, Carlo, kommt um 23 Uhr 50 an.«

»Ihr nehmt aber ein Taxi vom Bahnhof!« verlangte Carlo, und seine Augen glänzten.

»Tun wir. Und was macht ihr, Ans? Wollt ihr mit?«

»Gott schütze mich«, entfuhr es Leslie, »Poggibonsi!«

»Wir müssen«, sagte Hans, »endlich arbeiten.«

»Ihr kommt zu mir«, schlug Maurice vor. (Letzte Gelegenheit für lange; Lucienne kehrt am Montag zurück.) »Ihr wart eine Ewigkeit nicht mehr bei mir.«

»Ich denke«, wunderte sich Hans, »deine neue Putzfrau ist immer abends da?«

»Morgen soll sie der Teufel holen!«

»Halte sie dir nur warm, solange du keine andere hast!«

»Sei sicher, Mann!«

XII

Indes Leslie und Hans die abgewetzten Stufen in dem kühlen hallenden Treppenhaus Via Pietra Piana Nummer 18 emporstiegen, legte Maurice letzte Hand an das Zimmer. Das Kabinett war poliert, alle Spuren Luciennes beseitigt, das zweite Bettzeug in den Schrank gestopft, die Wäschekommode abgeschlossen. Er gab noch einen Spray-Spritzer über alles und zündete sich dann eine Zigarette an.

Wenn man zu Maurice emporkletterte, nahmen die Stufen schier kein Ende. Die vier Stockwerke von Hans und die fünf von Leslie in der Via della Stufa waren schon nicht übel, aber die letzte enge, gewundene Steintreppe zum sechsten von Maurice war wirklich nur etwas für Kaltblüter.

»Hat Vorteile und hat Nachteile«, pustete Leslie.

»Was?«

»Hier oben wie Maurice zu wohnen. Er ist allein und ungestört, aber es kümmert sich auch niemand um ihn.«

»Meinst du?«

»Ob ich *was* meine?«

»Daß sich niemand um ihn kümmert.«

Leslie sah ihn von der Seite an.

»Ich werde dir mal etwas sagen, Hans: Ich will es gar nicht wissen.«

»Richtig. Aber würdest du mit deinem Zimmer tauschen wollen?«

»Ich glaube nicht. So verlockend es ist, hier auf dem Dach wie in einer eigenen Wohnung zu hausen.«

»Ich auch nicht. Es würde sich für die kurze Zeit auch nicht mehr lohnen.«

Leslie blieb betroffen stehen. »Kurze Zeit? Du bleibst doch noch ein Jahr hier?«

»Wer weiß«, murmelte Hans.

»Was heißt: Wer weiß?«

»Wer weiß, was mich hält oder was mich forttreibt, Leslie. In ein paar Wochen ist Vorlesungsschluß. Vielleicht fahre ich nach Hause.«

»Weißt du, was du da sagst? Das würde bedeuten, daß wir in wenigen Wochen auseinandergehen! Verdammt, daran habe ich ja überhaupt noch nicht gedacht! Ich merke jetzt erst, wie ich an euch Idioten hänge. Nein, Hans, ausgeschlossen! Das müssen wir sofort mit Maurice besprechen. Sag, daß wir noch zusammenbleiben! Noch ein Jahr, Hans, ein kurzes Jahr!«

»Ich weiß es nicht, Leslie, wahrhaftig, ich weiß es nicht. Wünschen würde ich es. Unter allen Engländern, die ich getroffen habe, bist du immer noch der erträglichste.«

»Laß bloß alle Witze, Mensch!«

»Du sagst, du hättest überhaupt noch nicht daran gedacht. Was *hast* du dir denn gedacht? Wie soll das weitergehen?«

Leslie schwieg. Nach einer Weile sagte er:

»Merkwürdig, Hans ... Wie nüchtern ihr romantischen Deutschen sein könnt. Mir kommt es vor, als hättest du dich mit dem Gedanken schon ganz vertraut gemacht.«

»Nein; gewiß nicht.«

»Und ich Esel denke bei allen Plänen und Projekten, bei allem, immer noch in der Mehrzahl!«

»Auch bei Gabriella?«

»Hol dich der Teufel!«

»Wen?« schrie Maurice von oben. »Beeilt euch, ihr Schnecken!«

»Wir müssen sofort etwas besprechen!« rief Leslie hinauf und legte den vierten Gang ein.

»Nein, ich will arbeiten, Leslie! Wir können morgen auf der Fahrt nach Arezzo darüber reden. Wir müssen die Arbeit abliefern, nehmt doch Vernunft an! Die Dissertation ist da! Es kann losgehen.«

*

Sie hatten zwei oder drei Stunden gearbeitet, als die Überraschung kam. Sie polterte die Treppe herauf und dann an die Tür. Nachdem Maurice »Merde« ge-

sagt hatte, stand er auf (Lucienne hat einen Schlüssel und ist in Rom) und öffnete.
Auch ohne das »Papa« hätten Leslie und Hans sofort gewußt, daß der Herr, der da in Hemdsärmeln an der Tür stand und, einen Finger im Aufhänger, mit dem Pepita-Jackett baumelte, Monsieur Briand senior war. Er trug eine helle Hose, geflochtene weiße Schuhe, einen Panama im Nacken, war so groß wie Maurice, sah so aus wie Maurice und hatte dieselben feuchten Augen. Er konnte kein Wort Italienisch, aber er sprach sein Pariserisch so deutlich, daß ihn sogar Hans und Leslie teilweise errieten.
Er trat ein, klopfte seinem Sohn auf die Schultern, schüttelte den beiden anderen die Hände und erklärte vergnügt, wie er nach Florenz gekommen sei. Mit der Bahn – er legte die Ellbogen an, und es fehlte nicht viel, so hätte er »sch-sch-sch« gemacht –, zu Fuß hierher – er krabbelte mit Zeige- und Mittelfinger vorwärts. Morgen – er schlug mit der Rechten einen kurzen 24-Stunden-Bogen – fahre er weiter nach Rom – obwohl das Wort schwer mißzuverstehen war, deutete er auch noch in die Richtung, in der er es fälschlicherweise vermutete – zu einem Kongreß. Hier erreichte seine Darstellungskunst den Höhepunkt, indem er die Fäuste auf ein imaginäres Rednerpult stützte und lautlos mit den Lippen ein Maschinengewehr nachahmte.
Dann setzte er sich und verlangte Cognac.

Es war keiner da.
»Was? Du hast keinen Cognac, du Unglückswurm?« rief er. »Hole welchen!«
»Hab Erbarmen, Mann!« stöhnte Maurice, »woher denn? Und sechs Treppen rauf und runter!«
»Ich bin am Ende!« versicherte Monsieur Briand und deutete es durch Niederfallenlassen der Arme an.
»Dann gib mir meinethalben dieses Gift, das ich im Zug getrunken habe.«
»Was war das?«
»Ich weiß nicht mehr, wie es hieß, denn mir schwanden sofort die Sinne. Ich glaube »Strychnin royal«.
»Du bringst mich an den Rand der Verzweiflung, alter Herr. Du wirst mich doch nicht noch wirklich hinunterjagen?«
»Das werden wir aber heute abend nachholen, Bursche.« Er hob den Kopf und schnupperte: »Wo hast du sie versteckt?«
»Wen?«
»Das Mädchen.«
»Mädchen?«
»Hier riecht es nach Mädchen!«
»Ausgesprochene nasale Fehlleistung, alter Herr!« Der »alte Herr« (48) lachte. »Unmöglich. Es liegt ein Girl in der Luft, der Geruch von Schenkeln.«
Maurice begann zu schwitzen. »Er will wissen«, sagte er schwach zu Hans und Leslie, »wo wir unsere Freundinnen haben.«

»Amica? Amica, amore etcetera, was redest du da verräterisch zu deinen Freunden?«

»Er ist sonst ganz normal«, stöhnte Maurice, »aber vor euch scheint er den Bilderbuch-Pariser mimen zu wollen.«

Leslie erbot sich, hinunterzugehen und Cognac zu holen. Maurice übersetzte; aber Monsieur Briand hatte jetzt die Idee, alles auf den Abend zu verschieben.

»Morgen muß ich weiter nach Rom«, sagte er und deutete wieder in Richtung Bozen, »heute abend aber will ich Florentiner Nächte erleben ...«

»Ausgerechnet!« warf Maurice dazwischen, »In Paris spielt er abends Billard!«

»... Florentiner Nächte, Musik, Striptease und Strychnin! Ihr bringt eure Kinderchen mit«, er spreizte die Hände an den Hüften, offenbar als Miniröckchen, »und ich miete mir ein Taxi.«

»Erzeuger!« seufzte Maurice, »wir sind ehrbares Volk, nimm's wörtlich. Freundinnen! Geliebte! In Florenz! Mann, du hast Vorstellungen!«

»Und was ist mit dieser Kleinen, von der du mir ein paarmal geschrieben hast? Ich dachte, die betest du an? Wie hieß sie doch gleich?«

»Egal«, sagte Maurice, »laß diese Geschichte, Papa, das brauchen die anderen nicht zu wissen; nenne bloß keinen Namen.«

»Ist sie nicht deine Geliebte?«

»Keine Spur.«

»Du wirst doch nicht aus der Art schlagen, mein Sohn? Das sieht ja alles ganz finster aus! Ihr muffelt! Ihr seid ja drauf und dran, euch einzuspinnen! Alle drei, wie? Keller? Connor? Wie?«

»Was ist los?« fragte Leslie.

»Er fragt, warum wir keinen Harem haben.«

»Weiß er kein anderes Thema?«

»Ich werde ihn fragen. Weißt du, Papa, kein anderes Thema?«

»Connor, Menschenskind! Ich bin von Berufs wegen als Chefredakteur verpflichtet, mich täglich mit anderen Themen zu befassen«, er begann, theoretisch Schreibmaschine zu tippen, »jetzt will ich mich mal erholen. Im Ernst, Maurice, ihr verbauert, ihr hängt irgendwelchen Dornröschenträumen nach; ich muß euch da mal rausreißen, aber kräftig. Connor, Keller, Maurice! Es gibt nur *einen* Frühling in eurem Leben, nur *einmal* blüht der Mai etcetera, etcetera, übrigens haben wir gerade Mai, symbolisch geradezu! Genießt ihn, nehmt mit, was ihr bekommen könnt! Seid ihr vierzehn Jahre alt oder vierundzwanzig? Laßt den Traum von der Einzigen sausen, Kinder! Es gibt rundgerechnet zehntausend Einzige auf der Welt! Mein Himmel, wenn ich noch einmal so jung wäre wie ihr!«

»Was sagt er?«

Maurice übersetzte, und Leslie resignierte.

»Weißt du«, sagte Hans, »ich möchte nicht unhöflich gegen deinen Vater sein, aber man könnte ihn sehr leicht fragen, warum seine Ehe dann gescheitert ist, wenn er alles so genau weiß.«

»Ich werde den Deibel ihn fragen. Er warnt uns ja gerade davor!«

»Ach, das ist langweilig, Maurice. Geht mal allein in den Striptease!«

Maurice wiederholte es französisch. Sein Vater war empört.

»Ausgeschlossen! Sie alle sind meine Gäste! Maurice, wohin gehen wir?«

Maurice kannte erstaunlicherweise mehrere Clubs. Dem Namen nach. Er empfahl den Coccodrillo blu, das Blaue Krokodil.

»Müssen wir uns da umziehen, Monsieur Briand?«

Jetzt begann auch Leslie schon, sich pantomimisch an- und auszuziehen.

Herr Briand musterte ihn kurz. Dann entschied er: »Krawatte!« und machte eine Geste, als wollte er sich strangulieren.

*

Das letzte, was Hans noch von Monsieur Briand im Ohr hatte, als er gegen zwei Uhr nachts allein in Richtung Via dei Bardi marschierte, war: »Hebt euch weg von mir, ihr blonden Nymphen! Maurice, übersetze es diesen Wasserstoffkälbern. Das habe ich in

Paris an jedem Finger! Maurice, übersetze es ihnen. Ich will eine Pechschwarze, eine Sizilianerin, die schwarz schwitzt und behaart ist wie ein Affe!«
Na, nun hatte er seine Schwarze und transportierte sie ins Hotel. Vorher noch Leslie und Maurice absetzen; zu fünft in der Taxe, mit der schwarz Schwitzenden zwischen den Schenkeln.
Der Mond stand über Belvedere und belächelte die paar Funzeln, die der Magistrat in den Straßen brennen ließ. Es war hell wie in den Minuten vor Sonnenaufgang, auch genauso still, so einsam und so fahlblau.
Er ging an der delle Grazie-Seite die Bardi hinauf, und je näher er dem Hause Gabriellas kam, desto leiser trat er unwillkürlich auf. Trotzdem klang in der nächtlichen Ruhe jeder Schritt wie das Zündplättchen eines Kindergewehrs; so intensiv dünn und störend.
Hier war der kleine Gemüseladen. Immer standen leere Steigen vor dem Eingang; und gekehrt war auch nicht. Hier war Santa Maria dei Magnoli. Man roch es, wenn man an dem Portal vorbeiging.
Und jetzt trat er unter Gabriellas Fenster.
Es war Licht im Zimmer . . .
Er war erschrocken, und obwohl er im gleichen Augenblick wußte, daß es gar nichts zu bedeuten brauchte, krampfte sich sein Herz zusammen und vergaß, daß es sportgestählt und kardiogramm-fest

zu sein hatte. (Oh, ihr Doktoren alle, mit eurer Wissenschaft!)

Er wartete, bis sein Pulsschlag ruhiger wurde; dann kratzte er, wie einst, am Fensterkreuz.

Das Licht ging aus.

Nackte Füße tappten über den Marmorboden, Gabriellas Kopf tauchte an der Scheibe auf; sie spähte hinaus, erkannte Hans und öffnete hastig das Fenster. Es erging ihr, wie vorher ihm. Das Herz schlug ihr bis zum Halse herauf.

Sie streckten sich durch das Gitter die Hände entgegen, er sagte ängstlich. »Ist etwas geschehen, Gabriella?« und sie sagte ängstlich. »Ist etwas geschehen, Ans?«, und beide wollten sich mit ihren Worten umarmen.

»Nein, nein«, flüsterte Hans, »ich habe nur dein Haus – ich weiß nicht mehr – warum hattest du Licht? Bist du krank, Gabriella?«

»Nein. Ich konnte nicht schlafen, Ans.«

»Seid ihr gut aus Poggibonsi zurückgekommen?«

»Gut, ja, ja. Um Mitternacht.«

»Und jetzt wachst du immer noch? Es ist doch etwas geschehen, Gabriella?«

»Wirklich nicht, Ans.«

»Aber du konntest nicht einschlafen!«

»Nein, ich konnte nicht einschlafen. Ist das so schlimm?«

»Gedanken?«

Sie lächelte, beugte sich vor und streichelte sein Haar mit der Linken, während sie mit der anderen Hand eine Brust, die aus dem Hemdchen herausgesprungen war, wieder zurückstopfte. Hans sah es wie ein Blitzlicht, aber sie tat es so unbefangen und ordnungsliebend, daß er nichts zu sagen wagte.

»Gedanken? Ja, Ans. Die wenigen, die ich habe. Ausgerechnet zu so falscher Zeit. Aber warum bist du mitten in der Nacht hier? Warum bist du überhaupt noch auf?«

»Ich wollte noch nicht nach Hause gehen.«

»Was war denn? Sag doch!«

»Ach«, lachte er und fühlte sich plötzlich sehr froh, »ein verrückter Abend!«

»Sprich leise, Ans! Wo kommst du denn her? Erst hast du dich gesorgt, und jetzt bist du vergnügt?«

»Eben deshalb. Und weil der Abend so komisch war.«

»Woher kommst du denn?«

»Aus einem Nachtclub. Verrückt, wie?«

Das Mädchen schwieg. Sie schien das erst verarbeiten zu müssen.

»Ich komme vom Striptease! Willst du's hören?«

Sie nickte.

»Der Vater von Maurice ist am Nachmittag überraschend gekommen. Heute früh fährt er weiter nach Rom. Er wollte unbedingt in einen Nachtclub und lud uns alle ein. Wir waren gerade bei Maurice gewesen; zum Arbeiten. Das weißt du doch?«

»Ja«, sagte sie, »ich habe an euch gedacht.«
»Nun – er kam und machte einen großen Wirbel. Er ist ein Mann, der sozusagen immer mit wehendem Mantel eintritt, verstehst du?«
Keine Antwort.
»Ein seltsamer Kerl. Er liegt mir eigentlich nicht, aber er ist irgendwie imponierend. Weißt du: keine Zweifel, keine Bedenken; von oben bis unten Selbstvertrauen und Erfahrung, verstehst du?«
Keine Antwort.
»Besitzer der Welt. Irgendwie zu beneiden. Du siehst mich gar nicht an, Gabriella; wohin schaust du?«
»In den Mond, Ans. Sprich weiter.«
Er lachte. »Kennst du das Coccodrillo blu?«
Kopfschütteln.
»Maurice schlug es vor, und wir zogen also hin.« Er lachte wieder in Gedanken an das Blaue Krokodil. »Wenn du eintrittst, möchtest du am liebsten dein Geld im Schuh verstecken. Alles Aufmachung, alles falsch, nur die Preise sind echt. Willst du's genau hören?«
Nicken.
»Stell dir einen kleinen Saal vor, ein Sälchen mit lauter Tischen und Sesseln und einer Tanzfläche und –«
»Tanz –?«
»Ja, ganz winzig. Und mit einem Podium, mit Mikrophon und Kapelle. Willst du's so genau wissen?«
Nicken.

»Alles im Halbdunkel. Wir belegten einen Tisch, Herr Briand bestellte einen Spumante, kostete ihn und goß ihn sofort auf die Zimmerpalme. Dann ließ er französischen Sekt kommen –«

»Warte, mich friert ein bißchen. Ich muß mir eine Jacke holen.«

»Hole!« sagte er vergnügt.

Dann fuhr er fort:

»Zwei Flaschen im ganzen; mittlere Qualität. Preis vierzigtausend Lire. Hübsch, nicht? Und so geht der Abend bis Mitternacht hin; die meisten tanzen zwischendurch, es sind Barmädchen da, Angestellte oder ich weiß nicht, bis der Striptease beginnt. Bis dahin ist es Herrn Briand ziemlich langweilig gewesen, er schickte einen Geldschein zur Kapelle rüber – stelle dir vor! Und dann ging er selbst zum Klavier und spielte. Schlager und französische Chansons – ich war ziemlich sprachlos. Aber es kommt noch besser, Gabriella: Maurice nahm das Mikrophon und sang ›L'abeille et le papillon‹; weißt du, was sie alle gesungen haben von Maurice Chevalier bis zur Piaf. Gabriella – er sang es wunderbar, die Leute waren ganz weg. Ich glaube, sie haben bedauert, daß der Striptease begann. Willst du das auch wissen?«

Nicken.

»Schau mich doch an, Gabriella! Gib mir deine Hand!«

Sie gab ihm die Hand.

»Ich denke«, sagte er, »immer noch an die Stimme von Maurice! Wer hätte das geglaubt! Überhaupt die ganze Atmosphäre – sein Vater hat recht, wir sind wirklich ein ganz klein bißchen Provinz. Die Mädchen selbst waren ziemlich nett; was soll man sagen. Sie sind übrigens nicht ganz nackt. Eigentlich inkonsequent. Woran denkst du, Gabriella?«
Da sie nicht gleich antwortete, fuhr er fort:
»Ich bin ein bißchen durcheinander, scheint mir. Ich glaube, ich habe alles sehr schlecht erzählt. Woran denkst du? Du bist doch nicht enttäuscht?«
Sie schwieg; offenbar, weil sie ratlos vor dem Gefühl war, das sie überkam.
»Gabriella! Doch nicht, weil ich mitgegangen bin?«
Sie schüttelte den Kopf.
»Sondern? Sage es doch!«
»Ich weiß es beinahe selbst nicht. Das ist alles so fremd, weißt du!«
»Mir doch auch, Gabriella!«
»Aber du fühlst dich nicht beklommen, nicht? Du spürst nicht, daß das alles nicht zu uns gehört? Hast du keine Herzensfurcht?«
»Furcht? Nein«, antwortete er, ohne recht zu wissen, was sie meinte. »Beklommen?« fragte er noch einmal ratlos.
»Ja. Komisch, nicht, daß ich solch ein Wort gebrauche? Ich kann dir nicht genau sagen, wie mir ist. Ach, wenn ich dich doch in deiner Stube gewußt

hätte oder hier bei mir! Ich mag diese andere Welt nicht.«
»Mir ist sie doch auch gleichgültig, Gabriella –«
»Sie ist mir nicht gleichgültig. Ach, Ans! Ich bin nicht so stark und mutig, wie ich scheine.«
»Ich verstehe nicht –«, stotterte er, »die fröhliche Gabriella!«
»Vielleicht sind es nur Nachtgedanken. Du mußt jetzt gehen, Ans; sei nicht böse. Morgen fahren wir nach Arezzo. Du mußt ausgeschlafen haben.«
»O nein!« Er versuchte ein Lächeln.
Plötzlich kam ihm die Erinnerung an jene andere Mondnacht.
Er ging zur Gartenmauer und brach einen Goldregenzweig ab; den letzten, der noch blühte. Er küßte ihn und reichte ihn ihr.
Auch Gabriella küßte die Blüten – wie einst. Dann strich sie Hans noch einmal über das Gesicht und sagte:
»Felice notte . . .«
Diesmal klang es nicht so sehr alttoskanisch, als vielmehr traurig. Weiß Gott, warum.

*

Am hellen Tage, im hellen Sonnenschein, im kleinen Omnibus, der sie über die Autostrada del Sole nach Arezzo fuhr, waren alle vergnügt; nur Laura saß wie auf Kohlen.

Sie hatte wieder ein Gedicht verfaßt, und es war in der Nummer der »Nazione« abgedruckt, die in Carlos Tasche noch ungelesen steckte. Die gravierende Sache war die, daß es nicht von der Autostrada handelte, die Herrn von Cuddù mitten durchs Herz schnitt, sondern vom Wasserball, und daß es ein Scherz war. Es trug den Titel »Die Wasserball-Expertin«, den der Redakteur ihm gegeben hatte, und lautete (im Italienischen reimten sich alle Zeilen auf das beste):

Vorher stehn sie, vierzehn Vasen,
Henkel seitlich eingestemmt,
wie Ginori-Porzellan
(kleiner Zierrat Mitte vorne)
längs dem Rand des Schwimmbassins.

Schriller Pfiff wirft sie ins Wasser
und verwandelt sie in Bälle,
sieben schwarze, sieben helle.
Und den fünfzehnten probieren
dauernd sie zu schikanieren.

Lange geht es hin und her.
Alle Mädchenköpfe drehen
sich bald rechts und sich bald links
immer nach dem armen Dings,
dann ein Pfiff, und es ist aus.

Alle Vasen stehn nun wieder
ehrenhalber an dem Becken,
scheinen angeschlagen. Lecken.
Und der Sinn? Ach, einerlei!
Wunderbar war Nummer drei!

Kurz vor Arezzo passierte es: Carlo zog die Zeitung hervor und begann, was er vor seiner Verlobung an der Seite Lauras nie getan hätte, zu lesen. »Entschuldige«, sagte er, »ich will nur den Sportteil überfliegen.« Er überflog, bis Leslie, der ihm über die Schulter blickte, einen freudigen Schrei ausstieß und auf das Gedicht deutete.

»Ich flehe dich an«, zischte Carlo, »sei still!«

»Lies es laut vor, Carlo!«

»Du bist wohl verrückt! Vor diesen Wasserbüffeln!« Er faltete die Seite zu einem kleinen Viereck zusammen und las die Zeilen unter der Jacke verborgen. Er bekam einen roten Kopf und reichte es schweigend weiter.

»Laura!« trompetete Leslie, »das ist entzückend!

»Ach, halt doch den Mund, Mensch!« fauchte Carlo.

»Ich denke gar nicht daran! Reich die Zeitung weiter, Gabriella! Ich kann verstehen, Laura, daß der Redakteur es sofort genommen hat. Das ist eine ganz neue Art, Sport zu betrachten. Von wem stammt die Überschrift?«

»Von dem Herrn«, sagte Laura schüchtern.

»Stolz den Kopf in die Höhe, Mädchen!«
»Ich schmeiße dich gleich durchs Fenster«, sagte Carlo wütend, »ich kann es nicht vertragen, daß ihr Laura verspottet!«
»Was hat er eigentlich«, wunderte sich Hans. »Kein Mensch spottet.«
Carlo riß ihm das Blatt aus der Hand.
Er las die Verse noch einmal. Laura schwitzte bereits auf der Oberlippe.
Carlo blickte unsicher auf. »Meinst du? Ehrlich?«
»Gott, ist der schwachsinnig!« rief Leslie.
»Siehst du«, sagte Carlo, »das kann ich vertragen. Schön: ich bin schwachsinnig. Aber Laura –«
Gabriella, die vor ihnen saß, bog sich zurück, zog Lauras Kopf schwesterlich an sich: »Du darfst nicht immer so ängstlich sein. Mach, was dir Freude bereitet! Es bereitet dir doch Freude?«
»Viel Freude, Gabriella. Ich habe hinterher nur immer Furcht, daß –«
»Furcht? So etwas Dummes! Man hat keine Furcht!«
»Carlo –?« Laura wandte sich schüchtern zu ihm.
»Ja?«
Sie gab ihm wortlos ihre kleine dralle Hand hinüber. Er streichelte sie und sagte: »Nein, ich war im Unrecht, cara. Dichte nur.«
Es richtete sie sichtlich auf. »Der Redakteur hat gesagt, er kann jeden Sonntag von mir so ein Gedicht über alle Sportarten brauchen.«

»Zahlt der Kerl?«, wollte Maurice wissen.
»Dreitausend Lire, stellt euch vor!«
»Laura!« begeisterte sich Leslie und fuhr so auf, daß er mit dem Kopf an die Decke krachte, »Laura! Sie haben eine Ölquelle angebohrt! Sofort nach dem Spiel, noch auf der Rückfahrt, und sei es beim Scheine einer alten Bosch-Kerze, werden wir alle zu dichten anfangen. Nichts wird vor uns sicher sein, kein Fechten, kein Hürdenlaufen, Eishockey, Segelfliegen, Rugby; alles, wovon wir keine Ahnung haben, werden wir besingen. Wir liefern Ihnen das Rohmaterial, aus dem Sie dann die Kunstwerke meißeln.«
Laura schielte mißtrauisch zu ihm hoch.
»Fürchten Sie sich nicht, o Laura! Kinder, was für ein prächtiger Tag nach einer idiotischen Nacht! Es ist eine Lust zu leben, wie schon Ihr Kollege Hutten gesagt hat, Laura. Wie schön ist es, in der Welt der Dichter zu verkehren!«
»Hör nicht hin, Laura!« sagte Gabriella. »Kein Mensch wird auf der Rückfahrt dichten; Niederlagen sind dem nicht förderlich. Ich glaube nicht, daß er nach einer Striptease-Nacht mehr als ein halbes Tor meißeln wird.«
»Ich werde heute vier bis fünf Tore schießen. Britannia rule the waves! Ihr anderen könnt, um nicht zu stören, inzwischen alle in die Bar gehen. Ausgenommen Gabriella; die bleibt bei mir.«
»Ach, Leslie!« lächelte Gabriella, »bei dir Scheusal?«

XIII

Als Gabriella gegen neun Uhr (Dienstag) vom Einkaufen zurückkam, sah sie schon von weitem den SIP-Wagen vor der Haustür stehen. Sie faßte mit der einen Hand das Netz kürzer, preßte mit der anderen die große Tüte an die Brust und begann zu rennen. Natürlich (»natürlich« – ihre Ansicht) fand sie alles so vor, wie sie es erwartet hatte: Zwei junge Leute der SIP in Monteuranzügen, mit Drähten, Leitern und Werkzeugkästen; aufgerollte Teppiche in den weitgeöffneten Zimmern, Mörtelberge im Flur, Zigarettenstummel auf der Heizung, Bierflaschen auf der Konsole; und in einer Ecke ihre Mutter, die Hände ergeben über einem Besen gefaltet.

Gabriella stellte sofort das Fell auf.

Um das Maß voll zu machen, hörten bei ihrem Eintritt auch noch die beiden Monteure (einer am Werkzeugkasten, der andere auf der Leiter) vor Überraschung auf zu arbeiten und blieben mit runden Augen andächtig an ihrer Gestalt hängen – etwas, was Gabriella in den Tod nicht leiden konnte. Leider pflegte fast niemand sie ernst zu nehmen, wenn sie wütend war. Es ärgerte sie rasend, daß alles an ihr sie Lügen strafte, vor allem ihre fröhlichen Räuberbraut-Augen. Sie kam aus der Küche zurück; die beiden Arbeiter hatten durchgehalten und nahmen sie wieder mit Starren in Empfang. »Mamma, wer sind diese zwei Herren?« (»Signori« – fast kränkend!)

»Aber Kind! Sie legen unser neues Telefon, stell dir vor!«

»Ach, ich dachte, sie wollen das Haus abreißen.« (Hähähä lachte der eine Monteur; Gabriella beachtete ihn gar nicht.)

»Bist du sicher, Mamma? Warum sieht es dann hier so mörderisch aus? Warum bist du so verschüchtert? Warum sind alle Türen auf, und warum waren die fremden Männer in meinem und in deinem Schlafzimmer?«

»Sie waren nicht direkt drin, Gabriella. Sie sahen sich bloß alles an, weil sie sich noch nicht schlüssig sind, wohin der Apparat kommen muß.«

»Haben sie nicht eine Telefonzelle im Salotto vorgeschlagen?«

(Hähähä von der Leiter)

»Kind, warum bist du so wütend? Das ist nun mal so bei Ämtern und bei der Technik.«

»Nein. Ich will dir etwas sagen, Mamma: Das Telefon bezahlen nicht die beiden dort, sondern wir. Wenn wir das Telefon auf dem Klo haben wollen, werden sie die Güte haben, es aufs Klo zu legen.«

(Hähähä von der Leiter)

Sie drehte sich zu dem Lacher um: »Wenn Sie sich genügend sattgesehen haben, können Sie weitermachen. Den Draht ganz unter die Decke, damit man ihn möglichst nicht sieht. Mamma: Carlo wollte das Telefon gern im Wohnzimmer haben.«

»Natürlich; ich habe keinen Wunsch.«

»Mit einer Glocke im Flur.«

»O ja, das ist ein guter Gedanke.«

Jetzt räusperte sich der Hähähä-Monteur und unterbreitete auch noch eine Idee:

»Im Schlafzimmer des Signore sollte auch ein Läutwerk sein! Für die Nacht.«

»Nein. Mein Bruder ist nicht bei der Feuerwehr.«

Sie nahm ihrer Mutter den Besen aus der Hand und drückte ihn dem Hilfsarbeiter an die Brust. Der junge Mann griff verdattert zu.

Sie stellte die Bierflaschen auf den Werkzeugkasten, nahm die Zigarette, drückte sie im Aschbecher aus, hakte ihre Mutter unter und ging mit ihr in die Küche.

Nach zwei Stunden näherte sich die Arbeit dem Ende. Der Hähähä-Monteur klammerte schon den Apparat im Wohnzimmer an, während der Hilfsarbeiter den Flur säuberte. Gabriella kam aus der Küche, brachte einen Hocker mit, setzte sich und sah dem jungen Menschen zu.

»Wie heißen Sie?« fragte sie nach einer Weile.

»Franco.« Franco nahm jetzt den Lappen und polierte den Boden.

»Sind Sie verheiratet?« (21 Jahre alt.)
»Ja. Seit drei Jahren.« (Er sprach schwerfällig und scheu, und alle c zwischen Vokalen wie h. La hoha hola statt Coca Cola.)
»Haben Sie schon ein Kind?«
»Zwei. Das ist es ja, warum ich die Bierflaschen immer hochstelle. Sonst haben sie sofort die Bälger. Capisce?«
»Ach so.«
»Und dann die Zigarette. Wenn ich die Zigarette in den Aschbecher lege, ist es nicht recht. In unserem Zimmer, meine ich. Der Aschbecher ist von unserer Hochzeit und aus echtem Muranoglas.«
»Ah – so war das also.«
Er nickte, ohne aufzublicken.
»Aber Ihre Frau ist doch nett?«
Keine Antwort.
»Na, sie wird doch wohl nett sein, sonst hätten Sie sie nicht geheiratet!«
Wieder keine Antwort.
»Mögen Sie nicht sprechen? Soll ich wieder in die Küche gehen?«
»Ach, Fräulein ...«
(Er preßte die Worte so schwer heraus wie ein Fleischwolf.)
»Ja –?«
»Wenn man Sie sieht, möchte man ein anderer Mensch sein ...«

»Warum, Franco? Ich bin ein Mädchen wie jedes andere.«
»Das glaube ich nicht. Sind Sie verlobt, Fräulein?«
»Nein.«
»Ja, das dachte ich mir. Den würde ich gern sehen. Ja, würde ich den jetzt gleich mal gern sehen, der Sie kriegt!«
»Na, was wird schon Sehenswertes an ihm dran sein!«
»Das reden Sie jetzt für mich. Ich denke aber, der muß von woanders herkommen.«
Gabriella fühlte, wie sie errötete. Der Junge blickte sie aber nicht an.
Sie stand auf und nahm den Hocker unter den Arm. Der Junge sah es und nickte ein paarmal vor sich hin.
»Ist der Flur sauber genug, Fräulein? Ich muß jetzt zusammenpacken; der Kollege ist schon eine Weile fertig.«
»Ja«, sagte sie, »danke, Franco.«
Sie ging in die Küche.
»Mammina, ich denke, wir müssen jedem fünfhundert Lire geben.«
»Dem Kleinen auch?«
»Natürlich. Ich will mich nicht mehr blicken lassen. Er hat mich geärgert.«

*

Als die Männer die Wohnung verlassen hatten, machte Gabriella einen Luftsprung, daß ihr die Hakken an den Po schlugen, umarmte ihre Mutter kurz und stürzte zum Telefon.
Sie schlug das neue Telefonbuch auf, schrieb sich Nummern heraus und ließ dann die Wählscheibe surren. Sie wartete gespannt.
«Pronto! Bon giorno, Monsignore! Hier ist Gabriella Bellini. Habe ich Sie gestört? Ich wollte Ihnen nur sagen, daß wir jetzt Telefon haben. Falls mal etwas ist –«
»Ja, wie schön, Gabriella! Aber wir wollen doch nicht hoffen, daß mal etwas ist, nicht?«
»Jetzt müssen Sie sich die Nummer notieren, Monsignore, denn wir stehen noch nicht im Telefonbuch. Haben Sie einen Bleistift zur Hand?«
»Nein, nicht zur Hand. Aber da wir schon telefonieren, will ich sie mir notieren. Warte ein bißchen, mein Kind.«
»Pronto! Sind Sie wieder da, Monsignore? Ich höre Sie so deutlich, als wären Sie im Zimmer.«
»Ja, ein sehr guter Apparat. Nun sage mir die Nummer!« Sie gab die Zahlen durch.
»Grüße«, schloß der Pfarrer, »deine Mutter recht herzlich.«
»Wollen Sie schon Schluß machen, Priore? Möchten Sie nicht noch meine Mutter sprechen? Soll ich sie rufen?«

»Aber nein. Sie wird in der Küche sein.«
»Wir waren beide gerade beim Kochen.«
»Was kocht ihr denn Schönes? Meine alte gute Tersilia macht mir heute Wachteln. Ein Delikateßchen!«
»Monsignore! Sie sollten keine Vögel essen! Wirklich! Waren Sie etwa Jäger, als Sie als Pfarrer noch auf dem Lande lebten?«
»Doch, ja, ich gestehe. Auf dem Lande ist es im Winter sehr langweilig, Kind, und man ist jung. Auch Pfarrer sind jung.«
»Leider, Monsignore.«
»Aber Gabriella! Wieso leider?«
»Es wäre sonst vieles einfacher, nicht? Pfarrer sollten nicht jung sein, und auf keinen Fall sollten sie schießen. Auf Singvögel! Monsignore, wenn Sie bei mir beichten müßten, würde ich Ihnen eine gepfefferte Buße auferlegen.«
(Am anderen Ende der Leitung lachte es.)
»Gabriella«, sagte der Geistliche etwas strenger, »du mußt doch unterscheiden zwischen Cristiani und Noncristiani! Die Tiere sind nicht teilhaftig der Taufe, und die Bibel sagt: Alles, was auf Erden kreucht und fleucht, sei dem Menschen untertan.«
»Aber wer tötet denn sinnlos seine Untertanen, Monsignore!«
»Kind! Zum Kuckuck! Wirst du mich wohl meine Wachteln essen lassen!«

»Natürlich. Verzeihen Sie, Priore. Weil wir jetzt Telefon haben, wollte ich –«

»Schon gut, ich danke dir für den Anruf. Und nun grüße deine liebe –«

»Darf ich in einer Viertelstunde schnell zu Ihnen kommen und Ihnen etwas bringen? Dann ist unser Paglia e fieno con salza aurora fertig. (»Stroh und Heu« mit Sauce Aurora.)

»Was ist das?«

»Grüne und gelbe Fadennudeln –«

»Das weiß ich. Und Aurora?«

»Eben Monsignore! Ein Geheimnis des Restaurants Rosetta in Perugia. Maurice hat es aber herausgekriegt!«

»Maurice? Der Wasserschwimmer, nehme ich an.«

»Ja. Das heißt, wir alle haben sie gegessen, als wir vor drei Wochen in Perugia spielten. 4:1, und das Gegentor auch noch durch Schiebung. Maurice hat die Aurora sofort herausbekommen: Die Sauce ist aus Champignons und Rahm und Käse. Heute machen wir sie, und ich bringe Ihnen eine Kostprobe.«

»Danke, Kind. Das ist sehr nett. Und nun grüße deine liebe –«

»– Mutter. Ja, ich sehe ein, daß wir Schluß machen müssen. A dopo, Monsignore. Danke schön.«

Sie hängte ein.

Dann wählte sie 26 12 55.

»Pronto? Carlo? Weißt du, von wo ich spreche?«

»Was ist passiert?«

»Nichts. Wir haben das Telefon!«

»Fein. Das ist schnell gegangen. Rufe Benito an und bedanke dich.«

»Jajaja. Carlo, nun wir Telefon haben, und pro Tag drei Gespräche sowieso kostenlos sind –«

»Faß dich kurz und quatsche nicht.«

»Du bist ein Widerling.«

»Ich bin im Dienst! Häng ein, du Frosch!«

Sie knallte den Hörer hin.

Dann wählte sie 28 21 13.

»Pronto! Pronto! Ist dort Dante? Ah, Signor Medici? Ja? Gabriella Bellini. Ich bitte Sie um einen kleinen Gefallen, Signor Medici. Wenn Ans kommt, sagen Sie ihm doch bitte, er möge mich anrufen. Bei mir zu Hause; wir haben Telefon. Ich gebe Ihnen – was sagen Sie? Er ist da? Könnten Sie ihn – oh, bitte ja, ich warte!«

Es verging ein Weilchen, denn Herr Medici mußte auf den Platz hinausgehen und auf seiner Trillerpfeife pfeifen, worauf Frau Medici am Fenster erschien. Sie hatte schon die lange Leine mit dem Korb im Arm, um sie herunterzulassen, aber Herr Medici winkte ab. »Nein, cara, ich habe nichts. Bitte, sag Ans, er wird am Telefon verlangt. Seine Liebste.«

»Pronto!«

»Pronto! Ans? Guten Tag! Ich wollte dir nur sagen, daß wir Telefon haben. Wie geht es dir denn?«

»Gut, wenn du da bist. Daß du mich als ersten anrufst –«
»Bilde dir bloß nichts darauf ein. Leslie und Maurice haben kein Telefon; das ist der ganze Grund.«
»Hinter dir raucht es ja!«
»Raucht? Was raucht?«
»Es. Wenn man lügt, raucht es hinter einem. Wußtest du das nicht?«
»Nein. Das ist hübsch. Aber es raucht nicht, ich habe mich eben umgedreht.«
»Das sieht nur der andere.«
»Du?«
»Natürlich.«
»Durchs Telefon?«
»Natürlich.«
»Du bist heute ja wieder hübsch frech.«
»Gib mir sofort die Telefonnummer!«
»Das weiß ich noch nicht. Wozu?«
»Ich bin so froh, Gabriella, daß du wieder vergnügt bist.«
»Wieder? Ach so – ja. Das hast du aber schon am Sonntag gewußt, nicht, Ans?«
»Ich weiß nie etwas genau bei dir, Gabriella – ich muß leiser sprechen, ein Kellner ist in der Nähe. Kannst du mich hören?«
»Ja.«
»Ich bin immer in Angst, daß ich dich verliere, Gabriella.«

Als keine Antwort kam, fuhr er fort:
»Kannst du mich hören, ich muß flüstern – Gabriella, wir haben uns umarmt und geküßt!«
»Ja. Ich habe es inzwischen mehrmals geträumt. Siehst du, ich sage die Wahrheit.«
»Mir ist in diesem Augenblick, als fühlte ich dich wieder. Bitte, sag mir –«
»Still! Ach Gott«, sie seufzte, und es klang rührend, »ich wollte doch bloß ein bißchen telefonieren.«
»Schon vorbei. Jetzt gib mir die Telefonnummer!«
Sie diktierte sie ihm und schloß ziemlich fröhlich: »Heute abend kommt ihr doch? Es gibt Polenta. (Keine Spur.) Arrivederci, du dummer Kerl, du.«
Sie legte auf.
»Mamma« – Frau Bellini erschien aus der Küche, einen sanften Paglia-e-fieno-Geruch verbreitend – »Mamma, du möchtest bitte, sagt Carlo, Benito anrufen und dich bedanken. Ich bin mit dem Telefonieren durch. Du glaubst nicht, wie wenig Bekannte mit Telefon wir haben.«
»Bleib in der Nähe, Kind, falls Benito dich noch sprechen will.«
»Auf keinen Fall, Mamma. Sag ihm, ich sei im Bad. Nein, nicht Bad; Bad ist nackt, das will ich nicht. Sage ihm, ich sei nicht da. Ich bin es auch gleich nicht mehr, Mammina, ich habe dem Monsignore eine Kostprobe versprochen.

*

Auf dem gleichen harten Stuhl sitzend, vor demselben Tisch und dem Fenster, durch das der verrostete Wetterhahn und die gläsernen Hüte der Lichtschächte hereinschauten, hatte vor genau anderthalb Jahren Leslie den ersten Brief nach London geschrieben. Unnumeriert; aber es mußten an die hundert sein. Er sprach gern mit seinem Vater; und es war immer ein Sprechen. Er konnte gar nicht anders schreiben.
Er sah ihn vor sich: ein schmales Gesicht, in dem die Haut mit der Zeit etwas zu weit geworden war; blasse Augen mit tiefen Falten in den Winkeln; einen saloppen, schon abgeschabten Hundert-Pfund-Anzug, aus dem auf halber Höhe zwei langfingrige Hände herausragten und unten zwei große Füße in spiegelnden, aber alten Schuhen. Ein Ohr schien stets ein wenig nach hinten gestellt, um zu hören, ob Lady Connor IV sich heranschleiche, um ihn von rückwärts anzuspringen, denn sie wog nur 86 Pfund und hatte die Vergnügtheit eines Eichhörnchens.

»Lieber Dad,
vielen Dank für den Zwischendurch-Scheck. Ich kann ihn gerade im Augenblick gut brauchen. Wenn ich auch mit meinem Wasserball keiner sehr kostspieligen Passion fröne, so wollen doch auch Badehosen bezahlt sein. Ich trage bereits die elfte; nicht, weil ich aus ihnen herauswachsen würde, sondern weil ich sie fortlaufend verliere.

Ich werde den Scheck auch dazu verwenden, Rossi zu helfen, der seinen toten Onkel immer noch nicht abbezahlt hat. Der Dicke braucht auch dringend ein paar Zähne. Nicht zum Essen, wofür man sie hierzulande herausnimmt, sondern für das Lächeln bei der Siegerehrung; und wir siegen so viel! Natürlich ist er in der Krankenkasse, aber die Versicherung, sagt er, zahlt pro Zahn und Leben nur einmal 700 Lire. Sein toter Onkel hatte das Problem gelöst, indem er auf dem Flohmarkt ein Gebiß kaufte und es sich zurechtbog.

Dem Club könnte ich ebenfalls ein bißchen unter die Arme greifen, findest Du nicht? Immerhin hat er mir ermöglicht, mein wöchentliches Bad zu nehmen. Er stellt auch die Seife. »For men«. Kannte ich noch gar nicht. Zuerst hielt ich sie für einen Schmirgelstein. Ferner will ich meine eigenen Dinge in Ordnung und zum Abschluß bringen. Ich möchte auch noch mal nach Neapel und Paestum fahren, und was ich sonst noch zu guter Letzt tun sollte.

Mir ist so abschiedlich zumute, Dad. Ich weiß selbst nicht, warum mir diese Gedanken kommen. Als ich heute durch Florenz ging, schienen mir alle meine vertrauten Straßen good bye zu sagen. Wollen die mich nicht mehr, oder wissen sie, daß ich sie vielleicht bald nicht mehr mag? Seit heute beschleicht mich die Ahnung, daß ich verlieren werde.

In drei Tagen ist Pfingsten. Am Sonnabend fahren

wir alle – ich schrieb es Dir ja schon – nach Vinci. Anderthalb Tage von morgens bis abends mit meinem Engel. Je mehr ich daran denke, desto schwächer wird mir um den Magen. Ach, Dad, ich bin doch verdammt jung: so jung warst Du nie! Ich habe mir das teuerste Beruhigungsmittel gekauft, das es hier gibt; es ist mit einem Los verbunden, mit dem man einen seidenen Hosenträger gewinnen kann.
Nicht wahr, Dad, in Vinci muß sie sich doch klarwerden? Sie wird es einem, dem einen, sagen, nicht? Mir, nicht, Dad? Sie wird mir plötzlich, vielleicht wenn wir in einem Kuhstall stehen oder wenn ich als Laokoon mit den Spaghetti ringe und keine Hand frei habe, sagen, daß sie mich liebt, nicht wahr, Dad? Dad?

Dein Leslie.«

*

Am Freitagabend rief Hans seine Eltern an.
Dr. Johannes Keller und seine Frau hatten in der Bauernecke des Wohnzimmers ihr Abendbrot gegessen und saßen jetzt im Erker vor einer Tasse Kaffee. Dr. Keller war ein sechsundfünfzigjähriger Mann, groß, etwas schwer, mit buschigen Augenbrauen und starkem, wildem Haar. Ein schweigsamer Mann. Seine Frau war blond und ebenfalls ziemlich groß.
Er liebte die Stunde am Abend, wenn sie erzählte und er stumm zuhören konnte. Er bedauerte stets, nicht

zu rauchen und keinen Wein zu trinken; beides schmeckte ihm nicht (und kostete Geld), aber es tat ihm leid, denn er sah oft genug, wieviel diese beiden Dinge zur Gemütlichkeit beitrugen. Weniger leid tat es seiner Frau, die bei dem Gedanken, in den übervollen Zimmern würde auch noch gequalmt werden, Alpdrücken bekam.

Die Zimmer waren sehr voll, das stimmt. Die Kellers bewohnten in der alten Liebigstraße in dem ebenso alten Hause Nr. 3 eine Fünf-Zimmer-Wohnung. Das Treppenhaus hatte jene blanken, gewachsten Holzstufen, die von Millionen Schritten schon ganz konkav geworden sind. Herr Keller hatte sie vom ersten Tag an geliebt.

Eine große Wohnung für zwei bescheidene Personen. Tatsächlich benötigten auch gar nicht sie, sondern die etwa fünfzehntausend Bücher so viel Raum. Bücher und Zeitschriften hatten sich bis zur vergitterten Entree-Tür vorgewuchert. Der an sich schon nicht breite Korridor war an seinen beiden Längsseiten, die nur die Türen aussparten, mit Regalen verstellt, die den Zeitschriften reserviert waren, Kunstzeitschriften aus mindestens dreißig Jahren. Nie wurde eine weggeworfen, es mußten an die fünftausend sein. Schlapp, wie solche Hefte sind, mußten sie liegend aufbewahrt werden; manche ragten etwas heraus, so daß die Regale aussahen wie die Aktenwände eines Notars mit unerledigten Fällen. Es waren auch in der

Tat für Keller lauter unerledigte Fälle; da war zum Beispiel die noch nicht gelöste Frage, ob der »Hausbuchmeister« Erhard Reuwich geheißen hat oder nicht. Auch die Untersuchung, wie weit Sisley in seinen Marlotte-Bildern von Courbet beherrscht war, sah Keller noch nicht für abgeschlossen an.
Alle Räume, auch die beiden Schlafzimmer, standen voller Bücher. Der Weg zum Bett erforderte ebenso wie der Gang zum Schreibtisch einen erfahrenen Slalomläufer, denn auch auf dem Fußboden lagen Stöße.
Herr Keller war ein Nachtmensch. Wach machte ihn morgens stets erst der Verkehrstrubel der Großstadt, in dem er auf einem alten Fahrrad zur Pinakothek fuhr. Chancen, jemals Generaldirektor zu werden, hatte er nicht. Kein unpolitischer Einsiedler hat sie. Aber er war korrespondierendes Mitglied der königlichen Akademien von London und Stockholm.

*

Als das Telefon klingelte, machte sich Frau Keller auf den Marsch zum Apparat. Sie trank noch schnell ein Schlückchen, überstieg dann verschiedene Pässe, gelangte unversehrt zum Schreibtisch und hob ab.
»Mein Junge!« rief sie glücklich und besonders laut, damit ihr Mann es hören konnte.
Sie fragte, ob ihr Sohn aus Florenz anrufe, ob er gesund sei, ob es etwas Unangenehmes gäbe, ob er in

Nöten sei, kurz, sie säuberte ihr mütterliches Herz vor allem erst einmal von allen Sorgen.

Als Hans sie beruhigte (er nannte sie »Mutter«), kamen ihr neue Bedenken:

»Aber, Junge, verheimlichst du mir auch nichts? Warum rufst du so plötzlich an? Das Telefonat muß doch teuer sein? Ist etwas mit dem Examen?«

»In der Tasche, Mutter.«

»Ja, dann weiß ich nicht.«

»Übermorgen ist Pfingsten; ich wollte euch schöne Feiertage wünschen.«

»Das ist lieb von dir. Und? Und?«

»Ein kleines ›und‹ noch, das wird dir Vater erzählen.«

»Willst du Vater noch sprechen?«

»Ja.«

»Warte.«

Er wartete für etwa 120 Lire, dann hörte er die vertraute rauhe Baßstimme.

»Vater« (er nannte ihn »Vater«), »ich rufe an, weil ich dir etwas sagen möchte, was man schlecht schreiben kann. Ich muß dazu deine Stimme hören, wenn ich schon nicht bei euch sein kann.«

»Sag es.«

»Morgen fahre ich mit meinen Freunden und einer italienischen Familie, deren Tochter ich liebe, zu einem kleinen Fest für zwei Tage nach Vinci. Hörst du mich, Vater?«

»Sehr klar.«
»Ich glaube, Vater, daß wir uns morgen verloben werden – könnten. Ich liebe das Mädchen seit langem und möchte sie heiraten. Sagtest du was?«
»Nein.«
»Ich habe vielleicht nicht recht getan, daß ich nie ein Wort davon erwähnte. Ich wollte es mit mir allein ausmachen und warten. Du mußt natürlich jetzt alles über sie wissen. Soll ich dir berichten, Vater?«
»Nein. Ich vertraue dir. Bring sie uns.«

XIV

In der Vorstellung sah Leslie eine Schlange von Autos, die sich, mit Verwandten beladen und mit Blumen auf dem Kühler, gen Vinci bewegte. Er war entschlossen, sich mitzubewegen.
Natürlich stimmte nichts. Vor der Tür standen der Citroen von Benitone und der Volkswagen von Maurice. Die Aufteilung war schon vorher beschlossen; neben Benitone saß Benito, der keine Sekunde in Versuchung kam, seinen bequemen Platz zu räumen, und im Fond zu dritt Carlo, Laura und Frau Bellini. Maurice fuhr seinen eigenen Wagen, offen, neben

ihm saß Gabriella; hinten ringelten sich Leslie und Hans.

Benitone rollte los, Maurice folgte. »Nachher«, sagte er, »hinter Empoli, wenn es in die Hügel hinein geht, müssen wir ihn überholen, sonst ersticken wir im Staub.«

Auf der Fernstraße war es eine angenehme Fahrt; der Wind strich über ihre Köpfe weg, und die Nachmittagssonne wärmte in dem Wagen wie ein milder Kachelofen. Frau Bellini drehte sich oft um; und wenn sie glaubte, daß jemand nach vorn blickte, zum Beispiel Leslie, winkte sie schüchtern zurück. Man sah nur ihre behandschuhte Hand und ihr liebes Gesicht.

Als die Wagen Empoli durchfuhren, sagte Gabriella: »Hier wohnen mehrere Verwandte von uns; sie werden auch in Vinci sein. Der eine, ein angeheirateter Onkel, ist Zahnarzt. Er ist so groß wie du, Leslie, und hat fünf Töchter, die ganz klein und dünn sind. Ein anderer Onkel ist Lagermeister der landwirtschaftlichen Genossenschaft. Er hat nur einen Arm; den anderen hat er im Kriege verloren. Und dann gibt es noch eine Cousine. Vielleicht kommt sie heute auch. Sie ist Nonne. Eine sehr hübsche Nonne. Das sage ich für dich, Maurice!«

»Sehr freundlich! Ich kannte in Paris mal eine Nonne; sie kam immer zu meiner Großmutter, um sich zusammen mit ihr aufs Himmelreich zu freuen.

Mann, das waren harte Zeiten für mich! Und jetzt laßt mich mal in Ruhe, ich muß diesen Citroen-Dampfer überholen; haltet euch fest!«

Er brauste an Benitone vorüber.

»Wozu das?« fragte Gabriella, »es ist doch gar keine Staubstraße!«

»Na, nun ist es eben geschehen. Ich hatte die Straße als ungepflastert in Erinnerung. Ist das dort hinten etwa schon Vinci? Beim ersten Besuch schien mir alles viel weiter.«

Leslie und Hans beugten sich vor.

»Wo?«

Maurice deutete mit dem Kinn auf die winzige Ortschaft, die einen sanften Hügel bekrönte.

»Sieht nicht so düster aus wie sonst die alten Kleinstädte«, stellte Hans befriedigt fest.

»Dachtest du«, fragte Gabriella, »wir wohnten in feuchten Verliesen? Vinci ist überhaupt nicht düster. Um den Hügel laufen unten zwei Landstraßen herum mit ein paar häßlichen neuen Häusern, einer Bar, einer Tankstelle und was sonst noch so dazu gehört, und oben liegt das alte Vinci mit vielen kleinen verschachtelten Häusern und krummen Gassen. Wir fahren mit dem Wagen bis zum Turm. Es gibt davor eine große Aussichtsterrasse, wo wir ihn stehenlassen können.«

»Was für ein Turm?«

»Er stammt, glaube ich, aus dem 12. Jahrhundert;

aber ich kann mich auch irren. Du müßtest das doch wissen, Ans.«

»Ich? Keine Ahnung. Fahr doch langsamer, Maurice, man versteht ja sein eigenes Wort nicht! War es ein Festungsturm?«

»Ja.«

»Saß da der alte Piero drin?«

»Wieso?« wunderte sich Gabriella.

»Leonardos Vater war doch Regent. Im Auftrag von Florenz.«

»Ja.«

»Das weißt du?«

»Natürlich. Vinci gehörte den Florentinern.«

»Eben. Saß er im Turm?«

»Wieso soll er im Turm gesessen haben? Vinci war doch ganz friedlich. Er wohnte in einem Hause, das wahrscheinlich an der Stelle stand, wo du nachher ein langgestrecktes Gebäude mit verwahrlostem Garten, eine Art Herrenhaus, sehen wirst. Man weiß, daß dieser Teil früher mit dem Turm durch einen gedeckten Gang verbunden war. Heute liegt eine Gasse dazwischen. Wir gehen dort entlang zum Haus meiner Großmutter.«

»Wohnt sie in dem Herrenhaus? Gehört es euch?« Gabriella drehte sich um und lachte ihn an.

»Nein, Ans. Du hättest es gern, nicht? Aber tröste dich. Das sogenannte Herrenhaus war weiter nichts als ein landwirtschaftliches Gebäude. Erst seit dem vorigen Jahrhundert oder noch kürzer wohnen Familien drin. Viele. Lauter Leute wie wir.«

»Ich habe nichts dergleichen gedacht, Gabriella –«

»Aber hübsch wäre es doch gewesen? Mein Großvater war Gutsverwalter, mein Vater Bankbeamter, und ich habe nur die halbe höhere Schule gemacht; du mußt dich damit abfinden, Ans.«

»Warum sagst du eigentlich so häßliche Sachen, Gabriella? Entschuldige, falls ich –«

Maurice schnitt ihm das Wort ab:

»Mann! Sieh mal her! *So* macht man das bei Gabriella!« Er fuhr dem Mädchen mit allen Fingern seiner Rechten wild durch das Haar.

Gabriella lachte, und es gab Hans einen Stich.

Aber dann reichte sie einen Kamm nach hinten und sagte: »Kämm mich, Ans.«

Er tat es, vorsichtig, als sei der Kamm ein Rasiermesser.

»Faß doch zu, Ans!« Sie bog den Kopf weiter zurück. »Du mußt mit der anderen Hand das Haar halten. Faß mich fest an!«

Plötzlich schrie sie auf:

»Halt!« Hans zuckte wie von der Tarantel gestochen zurück. Aber er war nicht gemeint.

»Halt, Maurice! Du hast die Straße nach oben überfahren! Zurück und rechts hinauf!«

»Mein Gott!« stöhnte Maurice, »um ein Haar hätte ich einen Herzinfarkt bekommen. Du kannst viel-

leicht eine Fabriksirene anstimmen! Wenn wir erst verheiratet sind, werde ich dir sofort eine – wie heißt das Ding bei der Geige? – eine Sordine aufsetzen.«
Irgendeines der Wörter schien ihr nicht zu gefallen.
»Und ich dir Hörner!« sagte sie wütend.

*

Der Citroen stand schon verlassen auf dem Parkplatz, als Maurice ankam.
»Ganz gut so«, meinte Gabriella, »dann ist die Begrüßung vorbei, und ich kann meiner Nonna einen Vortrag halten, wer ihr seid. Hier gehen wir lang. Das ist die Gasse zwischen dem Garten des sogenannten Herrenhauses und dem Turm. Es ist alles recht verwahrlost. Der Padrone fehlt. Komm jetzt, Maurice!«
»Kann ich den Wagen offen lassen? Wird hier gestohlen?«
»Nur von Fremden.«
»Mensch«, sagte Leslie, »wer soll denn dein Ungeheuer stehlen? Die Leute sind doch noch normal.«
»Komm jetzt, Maurice!« drängte Gabriella.
Sie nahmen die Handtaschen und folgten ihr.
»Wie alt ist deine Großmutter?« fragte Maurice.
»Ende sechzig. Sie hat ein Beinleiden, sie geht an Stöcken.«
»Und wie sieht sie aus? Ich meine . . .«
Gabriella wartete. Als Maurice den Satz nicht vollendete, sagte sie:

»Du meinst . . .? Du brauchst keine Angst zu haben. Ihr braucht alle keine Angst zu haben. Sie ist kein Kräuterweiberl.«

»Unterstelle uns doch nicht dauernd solche Sachen, zum Teufel! Du bist schon den ganzen Tag über kratzbürstig.«

»Ja. Weil ich die Gute-Miene-Stimmung, die versteckte Nachsicht, bei euch allen spüre und hasse.«

Leslie blieb mit einem Ruck stehen.

Seine Stimme klang, als er antwortete, so kalt, wie sie sie noch nie gehört hatte.

»Euch? Euch allen? Soll ich umkehren, Gabriella? Noch ist Zeit.«

Das Mädchen schien überrascht; aber offenbar mehr von seinem Ton als von seinen Worten.

»Ich bitte dich, Leslie!« sagte sie ungläubig.

»Umzukehren?«

»Sei mir nicht böse!«

»Soll Hans umkehren?«

»Nein, hör auf!«

»Soll Maurice umkehren?«

»Was ist in dich gefahren, Leslie?«

»Ich bin verletzt.«

»Aber . . .« Sie war jetzt erschrocken.

»Ich bin so verletzt, wie mich niemand verletzen darf. Auch du nicht.«

»Ans!« Das Mädchen wandte sich ratlos an ihn.

Leslie fuhr herum. »Darf sie dir sagen, Hans, daß sie

dich für unehrlich hält? Daß du dich ihrer schämst?«
Maurice lachte nervös: »Was verlangst du von einem Deutschen!«
»Bravo!« sagte Hans. »Sehr hübsch, Maurice!«
Maurice lachte noch einmal. Es klang unbehaglich. Er trat zu Gabriella und legte den Arm um ihre Schulter. Aber sie schüttelte ihn ab. Sie stand immer noch Auge in Auge mit Leslie. In den Gesichtern beider las man, daß sie nicht weiter wußten.
»Was habe ich nur angerichtet!« stotterte Gabriella. Sie dachte an die bevorstehenden Tage, die festlich und schön werden sollten, an ihre Mutter, an Laura und Carlo, zu deren Ehren sie alle gekommen waren; sie sah den frostigen Blick Leslies und war nahe den Tränen.
Maurice schüttelte mißmutig den Kopf. »Was ist denn mit dir los, Gabriella? Und mit dir auch, Leslie? Soll denn alles in Scherben gehen? Ihr habt wohl den Verstand verloren?«
Das Mädchen schluckte.
»Ich habe euch nicht kränken wollen. Verzeiht mir.« Sie hielt Leslie die Hand hin.
Er starrte sie noch immer an.
»Gib ihr die Hand, du verdammter Idiot!« schrie Maurice ihn an. Leslie gab ihr schlaff die Hand. Gabriella fühlte es und ließ sie entgleiten:
»Ich bin furchtbar traurig und wollte doch so gern fröhlich sein. Ich habe keinen bösen Charakter, Les-

lie; ich wollte niemandem weh tun. Ich weiß, ich bin schnell erregt, im Guten wie im Bösen. Man hat es mir immer so leicht gemacht. Es wird vieles so einfach, wenn man eine gerade Nase und einen roten Mund hat, nicht? Ich bin nicht stolz darauf. Im Gegenteil, Leslie; oft war ich gerade deswegen wütend. Du weißt, was ich meine, wenn ich ›deswegen‹ sage? Ich meine die Nachsicht, das Gute-Miene-Machen, das Inkaufnehmen. Du siehst, ich habe keine Angst, die Worte von vorhin zu wiederholen. Ich bin immer in Abwehr, immer auf der Hut. Mir geht es wie einem Mädchen, das fürchtet, wegen ihres Geldes geheiratet zu werden. Ach, jetzt habe ich wieder etwas Scheußliches gesagt. Ich bin unglücklich, seht ihr das nicht? Ich bin unglücklich, wenn ich zu jemand häßlich bin, und ich bin unglücklich, wenn mich Ans auch noch um Entschuldigung bittet, statt mir durch die Haare zu fahren . . .«

Endlich kam etwas von den Lippen Leslies. Er sagte, wobei er keine Miene verzog:

»Damned.«

»Ja, damned!« echote Maurice, »brich dir bloß keine Verzierung ab und versuche, noch ein Wort mehr zu finden!«

»Nein«, sagte Gabriella, »Leslie hat recht gehabt.«

»Aber bitte ihn nicht um seine Hand! Der Kerl nimmt womöglich noch deinen Antrag an!«

»Maurice«, lächelte sie schwach, »du darfst keine

Scherze machen, sonst wird es für mich noch schwerer. Es tut mir so leid. Nicht wahr, mehr kann ich nicht sagen?«

Sie machte einen Schritt auf Leslie zu und strich ihm über das Haar, hastig, als fürchtete sie, er könnte sich wegbeugen.

»Ich will dir mal was sagen«, hub Maurice noch einmal an, »das ist alles schön und gut, Gabriella, aber der wahre Grund, warum du so durcheinander bist, muß ein anderer sein. Ich wünschte, ich wüßte ihn.«

»Wir müssen jetzt weiter«, sagte sie, ohne auf seine Frage zu antworten.

»Ja, unbedingt«, nickte Hans, »deine Mutter wird sich bereits wundern.«

Das Mädchen blickte zur Erde. »Ach, Ans! Meine Mutter würde sich wundern, wenn wir schon da wären.«

»Verstehe ich nicht – offen gestanden –«

»Das macht nichts. Dort an der Ecke bleibt dann bitte einen Augenblick zurück und kommt mir langsam nach. Ihr könnt von dort sehen, in welches Haus ich gehe. Nicht wahr, ihr seid mir nicht böse? Ich möchte meine Nonna allein begrüßen.«

»Natürlich«, antwortete Hans.

»Los, gehen wir!«, sagte Leslie.

*

Als sie eintraten, bot sich ihnen ein Gruppenbild mit alter Dame. Zweifellos, Gabriellas Nonna war eine Dame. Sie war dazu geworden als Gewächs langen Matriarchats und als Zögling einer selbstgewählten Einsamkeit. Sie blickte aufmerksam den drei jungen Männern entgegen, die unwillkürlich an der Tür, einer weißgestrichenen, mit einem blaßrosa Streifen verzierten ländlich niedrigen Tür, stehenblieben.
Die Nonna saß in einem alten Korbstuhl, an den zwei Gehstöcke gelehnt waren. Links von ihr stand Gabriella, rechts Frau Bellini, hinter ihr Laura. Nach beiden Seiten verlängerte sich die Reihe noch um ein Dutzend anderer Gesichter und Gestalten, darunter, sogleich auffallend, ein zierliches Nönnchen mit goldgefaßter Brille und ein sehr großer Mann, der beim Lächeln zwei Reihen mangelhafter Zähne zeigte.
Carlo ging seinen Freunden entgegen, stellte sich zwischen sie, legte die Arme um ihre Schultern und schob sie ins Zimmer.
»Dies, Großmamma, sind meine Kameraden, von denen ich Ihnen (er redete sie in der dritten Person an) erzählt habe. Halb Europa ist durch sie hier versammelt, zumindest drei Vertreter des ›Gemeinsamen Marktes‹, – falls Sie wissen, was das ist ...«
»Ich habe davon gehört, aber ich vermute, daß er schneller vorüber sein wird, als ich ihn mir merken kann. Benvenuti! Kommen Sie näher und fühlen Sie sich unter Freunden.«

Sie sprach sehr leise und bewegte dabei kaum die Lippen. »Sie« – sie gab Maurice die Hand – »sind Maurice, nicht wahr? Diese Augen kenne ich; viele Italiener haben sie. Auch hier im Zimmer ist jemand, der diese Augen hat.«

Maurice sah sich unwillkürlich um, und die alte Frau lachte:

»Nein, nein, Signor Maurice, kein Mann! Es ist meine Nichte Flavia, dort rechts im Ordenskleid. Sie werden nachher ihr Tischnachbar sein und können ihr lange in die Augen sehen. Und nun tun Sie mir bitte den Gefallen und begrüßen Sie mich in französischer Sprache!«

Nachdem Maurice sich von allen Überraschungen erholt hatte, sagte er (niemand der Anwesenden verstand Französisch):

»Madame! Ich bin erfreut über Ihre Bitte. Jeder Franzose wäre stolz darauf. Die französische Sprache, Madame, ist die brillanteste der Welt. Bald, wenn erst Ihre Enkelin sie bei mir gelernt hat, werden Sie sie öfter in Ihrem Hause hören.«

Die alte Frau horchte eine Weile, dann sagte sie: »Wie Musik. Grazie, Signor Maurice. Und wie häßlich ist unser heutiges Italienisch geworden!«

Es zeitigte eine unvorhergesehene Wirkung: Das Gruppenbild löste sich auf, die Flügel schwenkten auf den Korbstuhl zu, und jedermann redete und gestikulierte; alle mit den Zeichen der Empörung.

Die alte Dame machte mit der Hand eine Bewegung, als wollte sie die Gesichter wegwischen, und antwortete, mit derselben leisen Stimme:
»Was wollt ihr eigentlich, Kinder? Ich habe doch die Wahrheit gesagt: die heutige italienische Sprache ist abscheulich. Sie ist verschmutzt von tausend häßlichen Wörtern. Sie ist eine Sprache für radiocronisti geworden. Und sie hat alle Musik verloren. Was regst du dich auf, lieber Zahnarzt (sie sagte doch tatsächlich lieber Zahnarzt), ich könnte jetzt im alten Toskanisch zu dir sprechen, es würde wie ein Veglialied klingen, und du verstündest kein Wort!«
»Liebe Nonna!« Der große Mann staute mit Mühe seinen Atem zurück. »Liebe Nonna, die Zeit schreitet vorwärts!«
»Hab ich's bestritten, Giacinto? Ich bin für alles Neue, was den Menschen nützt, sofern sie es wirklich brauchen, und was ihnen in ihren Nöten hilft. Eine Plombe ist besser als einen Zahn mit dem Brecheisen herausstemmen. Ein Flugzeug ist gut, wenn es einem Schiff zu Hilfe kommt. Ein Telefon ist gut, wenn man in Sorge ist. Aber warum sprichst du ein so schlechtes Italienisch?«
»Was? Was sagen Sie, Nonna? Ich spreche ein schlechtes Italienisch?« Alle, nicht nur er, waren tief getroffen.
»Ja, du benutzt doch fast nie mehr einen Konjunktiv.«

»Aber, cara nonna! Die Sprache ist doch wohl zur Verständigung da! Zu weiter nichts.«

Die alte Frau amüsierte sich.

»Wenn sie zu weiter nichts da ist, wird sie zum Bellen oder zum Schwanzwedeln. Aber wovon reden wir! Ich habe Gäste. Buon giorno, Signor Ans –«

»Nein, Signora, ich bin Leslie Connor.«

»Dann begrüße ich Sie noch einmal: Buon giorno, Signor Leslie. Ich freue mich, daß Carlo Sie eingeladen hat. Und *Sie* sind demnach Signor Ans. Benvenuto. Deutsch und Englisch habe ich in meinem Leben schon oft gehört. Gewöhnlich kamen zuerst Leute, die deutsch sprachen, und dann, wenn die weg waren, Leute, die englisch sprachen. Ich habe aus dem Deutschen nur ein einziges Wort behalten: Rrrrrraus! Die Soldaten sagten es hundertmal am Tage zu den aufdringlichen Kindern –«

Benitone lachte im Hintergrund und rief: »Gutt, gutt!«

»– und vom Englischen weiß ich nichts mehr. Leben Sie gern in Italien, Signor Ans?«

»Sehr gern, Signora, ich liebe es.«

»Das dürfen Sie nicht. Sie können entzückt sein von einem fremden Land, aber lieben dürfen Sie nur Ihr Vaterland. Wenn Sie hier in Florenz studieren, müssen Sie mit den Schuhen in Deutschland sein. Habe ich recht, Signor Leslie?«

»Vollkommen, Signora.«

»Nicht wahr? Würden Sie jemals ein italienisches Mädchen heiraten, Signor Ans?«
»Ja, Signora.«
Die alte Frau sah ihn an und schwieg eine Weile. Dann sagte sie, wobei ihren Worten ein kleiner Seufzer vorausging:
»Ich müßte es Ihnen notgedrungen verzeihen.

Son sta in Franza e son sta in Spagna,
son sta a Londra e in Alemagna,
ma ste care cocolette
veneziane, graziosette,
ma ste care trottolette
no se trova altro che qua.

Das ist von Goldoni. Wir haben ihn in der Schule gelernt. Ich zitiere ihn gern, er hat so viel Charme. Goldoni sagt im venezianischen Dialekt: Er sei überall in Europa gewesen, aber so entzückende, liebenswerte Kobolde wie in Venedig habe er nirgends gefunden. Er sagt ›Kobolde‹, verwunderlich, nicht?, denn die Italienerinnen neigen gar nicht dazu, es zu sein. Ausgenommen Gabriella. Ihre Mutter war es auch, und ich auch. Pfui, das hätte ich von mir nicht sagen dürfen. Wenn man alt geworden ist, soll man kein Bild heraufrufen, das niemand mehr glaubt. Und nun Schluß! Jetzt wollen wir uns zu Tisch setzen und Tee trinken. Es ist im Garten gedeckt. Komm, Laura, mein Kind, und hilf mir ein bißchen, aus dem Stuhl herauszukommen!«

Man brach auf in den kleinen Garten. Benitone gesellte sich zu den Wasserballern und begrüßte sie, als sähe er sie heute zum erstenmal (good morning, Sir); auch Benito eilte herbei, trabte dann aber gleich den anderen nach. Als Leslie an Gabriella vorbeiging, flüsterte er ihr zu: »Was für ein Kräuterweiberl! Sie kommt gleich an dritter Stelle unter meinen Heiratskandidatinnen!«

*

Man saß zu fünfzehnt an einer langen zusammengestellten Tafel unter Platanen, die ihre Blütenhaare zu einem Meer von dichten Wollflocken abgeworfen hatten, so daß der Garten wie verschneit aussah. Spatzen wühlten in dem weißen Schaum, und in der schattigen Baumkrone raschelte es von Kleibern und Meisen. Eine kleine Eidechse hatte den Kuchen besichtigt und rannte auf ihren Plattfüßen über das Tischtuch davon, als die Menschen kamen.

Der Blick ging weit über die Hochebene, aber von den Italienern schaute niemand mehr hin, nachdem jeder einmal kurz ›bello‹ gesagt hatte.

Die alte Dame war von Carlo und Laura flankiert. Carlo schien außerordentlich glücklich; denn er sah, wie gut Laura seiner Großmutter gefiel. Das Mädchen – schweigsam – sah sehr rassig aus; so dunkel-romanisch, wie man es sich nur denken konnte. Gabriella wirkte daneben wie ein halbwüchsiger Junge. Aber sie war ein Bild von rehbrauner Jugend.

Benitone unterhielt das eine Ende der Tafel, der Zahnarzt das andere. Benitone verglich gerade Poggibonsi mit Empoli und San Gimignano mit Vinci. Er arbeitete schwer an diesem Vergleich und schwitzte, obwohl es im Schatten angenehm kühl war. Der Lagerverwalter klopfte ihm mit dem einzigen verbliebenen Arm von Zeit zu Zeit ermunternd auf die Schulter, ohne Respekt vor dem maßgeschneiderten Jackett. Am Ende erklärte der Lagermeister jedoch, er sehe überhaupt keine Ähnlichkeit, denn Poggibonsi sei eine der abscheulichsten Städte der Toskana. »Aber unsere Spaghetti ißt du gern?« rief Benitone. »Nein«, erwiderte der Lagerverwalter, »auch nicht. Poggibonsi hat eine einzige angenehme Einrichtung: den 16-Uhr-Zug; er fährt durch ohne anzuhalten.«

Hier lieferten sich zwei aus der Tafelrunde herausragende Geister ein feines Wortgefecht. Das kleine Nönnchen war ganz begeistert und strahlte Maurice als Zeugen an. Der Zahnarzt seinerseits schien von der Studentenzeit in Florenz zu erzählen; er war schwierig zu verstehen, denn er sprach fast nur im Konjunktiv. Er konstruierte dazu die erstaunlichsten Sätze, die er vielsagend an die Adresse der alten Dame richtete.

Diese hingegen war vollauf damit beschäftigt, die

Blumendüfte tief einzuatmen, Tee zu trinken und Kuchen zu essen.
Zwischendurch beugte sie sich einmal zurück an das Spalier und brach eine Rose ab. Sie steckte sie Laura an und sagte: »Morgen ist dein Ehrentag – Pasqua di rose.«
Der Zahnarzt, der gerade tief Luft zur Fortsetzung seines konjunktiven Berichtes geholt hatte, hörte es, warf das Steuer herum und wandte sich an die Wasserballer: »Sie dächten gewiß, Signora habe sich mit dem Worte Pasqua (Ostern) versprochen, würde ich Ihnen nicht erklären, Rosen-Ostern sei die alttoskanische Bezeichnung für Pfingsten? Nicht wahr, cara nonna?«
»Ja«, sagte die alte Frau heiter, »morgen ist Rosen-Ostern. Wie schön das klingt, nicht? Ich freue mich, es noch zu erleben. (Sie faltete die kleinen, mageren Hände.) Wer möchte noch Tee?«

*

Nach dem ländlichen Abendbrot auf dicken bunten Gubbio-Tellern (es gab nur Tortellini in brodo und kaltes Huhn mit Salat) beschlossen Hans, Leslie und Maurice, die Familie unter sich zu lassen und sich zurückzuziehen. Sie sagten es Gabriella. Aber nicht Gabriella, sondern Frau Bellini kam, um sie zu ihren Nachtquartieren zu begleiten. Es dunkelte bereits, als sie aufbrachen.

»Wir hätten gleich, als wir ankamen, hingehen sollen«, sagte Hans. »Ist es jetzt nicht etwas peinlich, Signora?«
»Nein, nein, Ans. Es ist alles vorbereitet; meine Mutter hat es selbst getan. Es sind drei Familien, die wir seit meiner Jugend kennen; Sie werden ganz ungeniert sein. In drei Stübchen.«
Sie gingen durch winklige menschenleere Gäßchen. Von Ecke zu Ecke leuchteten müde Laternen.
Zuerst wurde Leslie abgesetzt. (»Es ist das längste Bett, Leslie, ein Meter achtzig.«) Das Haus war wacklig und schmal und lehnte Schulter an Schulter an anderen wackligen Häuschen in einer Straße, die im spitzen Winkel abbog, ja beinahe umkehrte, wodurch einige Stübchen dreieckig geraten waren. Auch Leslies hatte diese aparte Form.
Frau Bellini betätigte den Löwentatzen-Klopfer; zwei ältliche Schwestern öffneten. Sie waren sichtbar vom Fernsehapparat gekommen, der ihr Wohnzimmer (dreieckig) am Ende des Flures noch in bläuliches Licht hüllte.
Sie stiegen alle gemeinsam die ächzende Treppe hinauf. Die Kammer roch gut nach alten Balken. Die Möbel stammten aus der kuriosen Epoche Garibaldis und verbreiteten Behagen. Die Bettwäsche leuchtete blitzweiß und duftete nach Kräutern. Auf dem Nachttisch mit rosa Marmorplatte stand, da sich die Dekkenbirne nur an der Tür einschalten ließ, ein Emaille-

leuchter mit dickem Talglicht. Es war alles wie zu Großvaters Zeiten.

Ein Haus weiter, nach der Kehre, kam Maurice unter. Das junge Ehepaar und ihr Bübchen waren, als sie öffneten, ohne Zweifel vom Fernsehapparat gekommen, der in der Küche noch leise lief. Um ihre Beine strichen zwei schwarze Katzen, und eine Schildkröte wanderte über den Flur zu ihrer Ecke mit Salatblättern.

Das Zimmerchen von Maurice war eine Mansarde. Vor dem offenen Fenster, durch das die ersten Leuchtkäfer ein- und ausflogen, standen viele Blumentöpfe, und ein Strauß von Schwertlilien steckte auch in einer Vase auf dem Tisch in der Mitte des Zimmers. Um eine Stall-Laterne, die, elektrifiziert, von der niedrigen Decke hing, war das vertrocknete Band eines Fliegenfängers gewickelt. Eine Waschkommode versperrte die Tür zum Nebenraum; die Ritzen waren mit Zeitungspapier verstopft und mit Mehlbrei verkleistert. Das Bett bestand nur aus einem Rost mit Füßen, aber es war sauber und blütenfrisch.

Der Rundgang der Einquartierer war nicht unbemerkt geblieben; im dritten Haus stand schon die Türe offen. Ein altes Paar wartete. Der Fernsehapparat war auf leise gestellt, um die abendliche Ruhe nicht zu stören.

Auch das Zimmer von Hans lag, wie die beiden anderen, zum Hof hinaus; man konnte sich in die Fen-

ster sehen. Man konnte beinahe hinübergreifen.
Frau Bellini machte sich auf den Heimweg. Sie dachte dabei noch ein Weilchen an die drei jungen Männer in ihren zu kurzen Betten, vor allem an Leslie.
Als sie an der Spenglerei am Ende der Straße vorbeikam, trat sie durch die Toreinfahrt in den Hof und warf über die vier oder fünf Höfchen hinweg noch einen Blick zurück. Die drei Fenster waren erleuchtet, und sie sah drei Silhouetten gegen das Licht, Schatten, die sich bewegten und von Fenster zu Fenster miteinander zu sprechen schienen. Frau Bellini starrte hinüber. Aber nur einen Augenblick lang. Dann preßte sie die Lippen zusammen, wie es Gabriella tat, wenn sie mit sich ins Gericht ging, und verließ den Hof.

*

Maurice kam an sein Fenster und stieß aus den Nasenlöchern zwei Rauchfahnen aus wie der Drache im Nibelungenfilm.
»Mann!« sagte er zu Leslie hinüber, »fünf Stunden ohne Zigarette! Ich wäre beinahe eingegangen.«
»Warum hast du denn nicht geraucht?«
»Weil ich gesehen habe, wie Benitone seinem Sohn die Schachtel weggenommen hat. Jedenfalls hat die alte Dame uns nicht aufgefordert, nicht? Wie fandest du denn das alles?«
»Ganz hübsch.«
»Waliser Hochland bei Waldhüters Witwe.«

»Blödsinn.«
»Wer waren denn die beiden stummen Frauen?«
»Eine – glaube ich – die Frau des Einarmigen.«
»Und die jüngere?«
»Keine Ahnung.«
»*Schenkel* hatte die!«
»Hast du unter den Tisch geschaut?«
»Sie saß links von mir, und der eine Schenkel ragte auf meinen Stuhl herüber. Die Nonne war ja eine ulkige Heilige. Wißt ihr eigentlich, daß in ihrer Brille Fensterglas ist?«
Leslie war sprachlos.
»Nanu?«
»Sie hat mich durchsehen lassen.«
»Und warum um alles in der Welt trägt sie eine Brille?«
»Sie hat die falschen Augen für eine Nonne.«
»Was? Mensch, was erzählst du für Räuberpistolen!«
»Ich schwöre. Ihre eigenen Worte.«
»Nichts glaube ich«, sagte Hans.
»Frag sie«, antwortete Maurice und steckte sich eine neue Gauloise in den Mund. »Wie sieht denn dein Zimmer aus, Ans?«
»Ein Bett mit einer enormen Kopfwand, auf die ein Herz mit Dornenkrone gemalt ist, ein offener Nachttisch mit Porzellantopf, ein Plüschsessel vor einem Tischchen, eine grünweißrote Fahne an der Wand,

davor eine Gitarre mit schwarzer Trauerschleife. Darunter hängt ein Soldatenbild, auch mit schwarzer Schleife.«

»Merde«, sagte Maurice, »der Sohn, wie?«

»Anscheinend.«

»Merkwürdig«, sinnierte Leslie, »merkwürdig, daß wir hier in Vinci bei fremden Menschen sind. Was für Zimmer sind das? Deines ist ein Gedächtniszimmer, das wir entweihen, weil der Vater oder die Mutter Schluß machen wollen mit der Vergangenheit; mein dreieckiges ist bestimmt das Jungmädchen-Kämmerchen von einer der beiden Alten unten, vielleicht hat auch ihre Mutter die letzten Jahre drin gelebt und das Ende erwartet.«

»Was ist denn mit dir los? Wo hast du deine Pfeife, rauchst du nicht?«

»Eigentlich könnte ich. Warte.« Er verschwand vom Fenster.

»Was hat er?« fragte Maurice Hans.

»Hat er was? Vielleicht geht ihm die Sache mit Gabriella auf dem Parkplatz nach.«

»Da bin ich wieder«, rief Leslie mit Mezzavoce. »Wovon spracht ihr?« Er stopfte sich die Pfeife.

»Von Gabriella«, antwortete Maurice.

»Von Gabriella? Viel haben wir nicht von ihr gehabt.«

»Die italienischen Familien packen jedes Mitglied und drehen es durch den Fleischwolf. In Südfrankreich ist es ähnlich.«

»Und wenn man dazugehört?« fragte Hans.

Maurice winkte ab.

»Du würdest nie dazugehören; auch Leslie nicht.«

»Aber du!«

»Ich bin Franzose. Ich stochere wie sie im Restaurant in den Zähnen und trage das Geld lose in der Hosentasche. Ich kratze mich wie sie auf der Straße zwischen den Beinen und frühstücke in der Bar.«

»Ja«, lachte Leslie, »du bist der ideale Mann für Gabriella.«

»Wer spricht von Gabriella?« entgegnete Maurice gelassen. »Wir sprachen von den italienischen Familien, die du nicht kapierst. Wir haben ihnen Korsika und Monaco gestohlen, aber sie nehmen es uns nicht übel. Probiert *ihr* das mal! Wenn ich mich mit Gabriella auf und davon machte, würden sie genauso fühlen.«

»Laß Gabriella bei deinen Vergleichen aus dem Spiel!« fauchte Hans.

»Bitte schön.« Maurice steckte sich eine dritte Zigarette am Feuer der alten an und schnippte den Stummel in den Hof. »Warum seid ihr eigentlich so gereizt?«

»Ich wollte es nicht sein; entschuldige!« sagte Hans.

»Na also. Angenehmer Abend, nicht? Sternenklar. Morgen scheint wieder die Sonne. Pasqua di rose. Morgen wird, wenn mich nicht alles täuscht, die alte Dame Gelegenheit haben, auch Gabriella eine Rose anzustecken. Take it easy, Leslie.«

»Na, dann träume schön«, antwortete Leslie und sog ein paarmal heftig an seiner Pfeife.

Hans griff nach den Fensterflügeln, als wollte er sie zuschlagen: »Ich glaube, es ist besser, wenn wir jetzt ins Bett gehen. Gute Nacht.«

Er schloß das Fenster.

»Tut mir leid«, sagte Maurice mit der Gauloise zwischen den Lippen, »habe ich ihn gekränkt?«

»Du kannst recht hämisch sein.«

Maurice war ehrlich erstaunt.

»Auf mein Wort, Leslie, ich bin niemals hämisch! Ich bin alles mögliche, aber nicht das! Ein größenwahnsinniges Volk wie meines ist überhaupt unfähig, hämisch zu sein. Wir beleidigen und fertig. Fühlst du dich etwa auch gekränkt?«

»Ach, weißt du –« Leslie nahm die Pfeife aus dem Munde, um lächeln zu können, »wir Engländer zeigen es nicht. Wir schlucken es runter und kontern später.«

Maurice horchte auf: »Aha! Und wann, wenn ich fragen darf?«

»Vielleicht morgen. Gute Nacht, Torwart!«

*

Dieses Pfingsten wurde ein strahlender Sonnentag. Der Morgen war noch frisch, aber schon gegen zehn Uhr wurde es heiß; nicht stechend, eher dampfend und flimmernd. Typisch für die Toskana.

Um diese Stunde war das Frühstück im Hause der

Großmutter schon vorüber; fünfzehn Personen hatten sich gegenseitig danach erkundigt, wie sie geschlafen hätten, ob Mücken im Zimmer gewesen seien, ob das Hundegebell im Morgengrauen, als der Milchmann mit dem Karren durchfuhr, sie gestört habe, ob die Betten für Hans und Leslie nicht arg kurz gewesen seien, ob sie Appetit hätten, und ob sie Sahne in den Kaffee nähmen.
Die alte Dame sah fröhlich und ausgeruht aus. Benito roch nach Brillantine; sein Vater hatte sich mit der Rasierklinge geschnitten; das bebrillte Nönnchen war in der Kirche gewesen und wirkte abgekämpft; die mit den dicken Schenkeln sang in der Küche Duett mit der Bedienerin; Carlo und Laura waren nicht zu sehen.
Ein Teil war entschlossen, den Vormittag im Garten zu verbringen, ein anderer Teil, im Ort spazierenzugehen. Bei dieser Gelegenheit hörte man, daß Carlo und seine Verlobte im Museum seien.
Hans, Leslie und Maurice stand bevor, sich die Casa Leonardo anzusehen, jenen Bauernhof, auf dem Leonardo als Bastard der Magd und ihres Gebieters, Ser Piero, geboren wurde. Obwohl alle drei mit den besten Vorsätzen nach Vinci gekommen waren, kämpften sie eine Stunde lang mit dem Entschluß, den schattigen Garten und die kühlen Limonaden der Großmutter zu verlassen und auf die Landstraße hinauszugehen.

»Was?« stöhnte Maurice, »Landstraße? Ich dachte, das Haus läge im Ort!«
»Es ist ein Hof, er liegt nur ein paar Kilometer entfernt«, beruhigte ihn Hans.
»Am Pfingstsonntag!« lamentierte Maurice weiter, »hab Erbarmen, Teutone! Den Privatmann Maurice Briand interessiert dieser bethlehemitische Stall doch nicht im geringsten!«
»Du kommst mit, Mensch!« sagte Leslie. »Wir brauchen deinen Wagen.«
»Also, in Gottes Namen. Wer begleitet uns?«
»Ich!« rief jemand, der sehr gute Ohren haben mußte, aus dem Nebenraum.
Bei dem Klang der Stimme riß es sie alle drei herum.
»Ich«, wiederholte Benito freundlich und trat durch die Tür.
Sie brauchten einige Zeit, um sich von der Überraschung zu erholen.
»Wir haben selbst einen Wagen«, erwiderte Maurice ärgerlich.
»Es ist nicht wegen des Wagens, obwohl man im Citroen bequemer fährt.«
»Sondern?«
»Unsere Nonna hat es so bestimmt.«
Maurice schwante, daß er Benito nicht loswerden würde, aber er unternahm noch einen Versuch:
»Das ist sehr nett von der Signora, aber unnötig. Erklären Sie uns den Weg.«

»Der Weg genügt nicht. Es muß Ihnen doch jemand das Haus erklären.«

»Wohnt denn dort niemand?«

»Eine Frau. Sie plappert ihre Märchen herunter.«

»Während Sie . . .?« fragte Maurice, fast sprachlos.

»Ja«, antwortete Benito schlicht. »Gabriella«, fuhr er fort, »wollte mitkommen, aber ich habe ihr gesagt, daß sie nicht benötigt wird. Wollen Sie mit Ihrem oder mit meinem Wagen fahren?«

Maurice hätte ihn zerreißen mögen. »Mit meinem«, schnaubte er, »und Sie sitzen hinten.«

Es machte Benito nichts aus. Er trabte ihnen zum Parkplatz voraus und schwang sich auf die schmale Bank. Dann zündete er sich eine Zigarette an.

»In meinem Wagen bitte nicht rauchen«, wünschte Maurice.

»Aber, er ist doch offen?« stotterte Benito und sah sich nach Hilfe für seine Logik um.

Da er keine Antwort bekam, schnippte er die Zigarette weg und errötete ein bißchen.

Sie fuhren hinab auf die Straße in Richtung Anchiano. Nach zwei Kilometern bogen sie in einen Feldweg ein, der zwischen Bäumen und Sträuchern sanft anstieg und auf dem Bauernhof Leonardos endete. Zwei Autobusse waren auf denselben Gedanken gekommen und entluden gerade zwölf Franzosen und vierzehn Engländer.

»Verdammt!« sagte Leslie.

Maurice warf einen Blick auf Benito. »Nicht so schlecht. Wir schließen uns an. Ich übersetze dir, Ans.« Und zu Benito gewandt:
»Sie sehen, Sie hätten sich gar nicht die Mühe zu machen brauchen, mitzufahren.«
»Madonna!« Benito setzte eine resignierte Miene auf. »Wenn Sie wirklich mit diesen Fremden mitgehen wollen, bleibe ich draußen. Aber sagen muß ich Ihnen noch, daß alles, was Sie hören werden, Unsinn ist. Diese Casa colonica . . .«
»*Ist* es sein Haus oder ist es *nicht* sein Haus?«
»Signor Briand, Sie glauben doch wohl nicht, daß das Dach und die Fenster, die Decken und die Türen und die Böden fünfhundert Jahre alt sind? Wenn Sie sich die Außenmauern ansehen und innen die Kaminumrandung, dann haben Sie alles von Leonardo gesehen. Das sage *ich* Ihnen. Aber die Professoren hören ja das Gras wachsen. Ich wäre ganz gern Professor geworden; dann würde ich ein Buch geschrieben haben, das Aufsehen erregt hätte. Das können Sie ja schreiben.«
»Komm, Mensch!« sagte Hans angewidert zu Maurice.
Benito war nicht gekränkt. Er stieg aus, ging zu einem Weidenbusch und schnitt sich mit dem Taschenmesser einen kurzen Ast ab, während er aus den Augenwinkeln beobachtete, wie die Reisegesellschaften mit Hans, Leslie und Maurice im Hause verschwan-

den. Dann setzte er sich auf einen Stein, hängte sich eine Zigarette zwischen die Lippen und begann in Beschaulichkeit das Weidenästchen mit dem Messerrücken zu klopfen. Er klopfte noch immer, als er schon die zweite Zigarette rauchte. Dann schob er den Kern vorsichtig aus der Rinde, probierte, ob er sich leicht zurückschieben ließ, und schnitt eine Flötenkerbe in die grüne Röhre.

Als Hans, Leslie und Maurice nach einer halben Stunde wieder auf den Hof traten, sahen sie Benito auf dem Stein sitzen, den Rücken an einen Baum gelehnt, einen Fuß verdreht, als sei es ein Pansfuß, die Augen geschlossen und Flöte spielend.

»Ich weiß nicht«, flüsterte Leslie, »warum mich dieser Mensch heute so reizt. Schade, daß er kein Wasserballer ist.«

Sie gingen zum Wagen, der natürlich glühend heiß war. Maurice hupte.

»Anstatt zu flöten, sollte er lieber Wasser schnuppern.«

Benito mit den scharfen Ohren rief, indem er sich zugleich erhob:

»Umsonst? Die Stunde kostet 20.000 Lire! Hier brauche ich drei Stunden und ein paar neue Schuhsohlen, ehe ich etwas finde.«

Er griff nach einer Zigarette.

»In meinem Wagen bitte nicht rauchen!«

»Ach so, entschuldigen Sie.«

Er kletterte umständlich auf den Rücksitz und warf die Flöte achtlos weg.
»Haben Sie auch solchen Durst?« fragte er Hans schläfrig.
»Nein.«
Er nickte, als habe er das erwartet. »Ja, die Deutschen; die verstehen zu leiden. Ich bewundere sie; aber ich möchte keiner sein.«

*

Als sie nach Vinci zurückkehrten, saß die ganze Pfingstgesellschaft, vollzählig bis auf Gabriella, im Garten. Carlo kam ihnen entgegen. Er sah glücklich und zufrieden und auch etwas verschwitzt aus, was man sonst nie an ihm bemerkte.
»Na, wie war's?« fragte er.
»Heiß«, antwortete Leslie. »Höre, Carlo, mir fällt gerade ein: Was können wir unseren Wirtsleuten, bei denen wir übernachtet haben, schenken?«
»Das ist erledigt. Ich komme gerade von dem Rundgang und habe ihnen ein Geschenk gebracht.«
»Aber doch nicht von dir!«
»Warum nicht? Das ist doch nur natürlich. Ihr kennt die Leute nicht und wüßtet gar nicht, was ihr geben solltet.«
»Nämlich?«
»Ach, laß doch! Kommt; Laura möchte, daß wir uns zu ihr setzen.«

»Wo ist eigentlich Gabriella?«
»In der Küche.«
»Nanu?«
»Warum nanu? Sie wird in ihrem Leben noch öfter in der Küche stehen. Sollen wir *sie* bedienen oder sie uns? Es ist unser Feiertag, nicht ihrer.«
»Es gibt doch noch andere hier, die helfen könnten.«
Carlo lachte:
». . . die weniger hübsch sind, nicht? Ihr seid vielleicht Knallköppe! Verpfuscht mir bloß Gabriella nicht!«
Er rückte rings um Laura Stühle zurecht, und sie setzten sich. Das Mädchen lächelte sie der Reihe nach an, um keinen zu kurz kommen zu lassen. Sie sah fremdländisch dunkel aus; Hans war versucht sich umzudrehen, um zu sehen, wo der Vesuv stünde.
»Marées hätte Laura gemalt«, sagte in diesem Augenblick Leslie.
»Wer ist Marées?« fragte Carlo.
»Ein großer Maler.«
»Auch Feuerbach«, ergänzte Hans, »auch Böcklin.«
»Wer ist Feuerbach?« wiederholte sich Carlo. »Bin ich sehr ungebildet?«
»Nein. Ein Italiener muß ihn nicht kennen.«
»Delacroix«, sagte Maurice und suchte sichtbar noch nach anderen Franzosen.
»Delacroix kenne ich natürlich. Und wer hätte meine Schwester gemalt?«
Darauf folgte ein langes Schweigen. Alle drei starrten

auf einen Punkt in der Ferne, wo ihnen offenbar das Bild Gabriellas erschien.

»Merkwürdig«, sagte nach einer Weile Leslie, »verdammt merkwürdig!«

Carlo wartete auf eine Antwort. Plötzlich kam ihm ein Gedanke, der ihn so amüsierte, daß er von einem Ohr bis zum anderen grinste:

»Ich werde es euch sagen: niemand. Gabriella ist Kitsch.«

»Du bist wohl wahnsinnig!« schrie ihn Leslie an, »Verzeihen Sie, Signora«, rief er zur alten Dame hinüber.

Sie rief mit weicher Stimme zurück:

»Das macht nichts, Signor Leslie. Wer soll denn wahnsinnig sein?«

Er stand auf, ging zu ihr hin und gab ihr einen Handkuß ohne nähere Erklärung.

Als er sich wieder setzte, trat er Carlo noch kräftig auf die Zehen.

»Ach, die arme Gabriella!« erschrak jetzt Laura. »Entschuldigt, ich muß zu ihr.«

Carlo wollte sie halten, aber es war nichts zu machen. Sie verschwand im Hause.

Die Gazelle stand am Küchenherd und quirlte.

Laura gab ihr einen Kuß auf die Wange.

»Ich möchte dir gerne helfen, Gabriella.«

»Auf keinen Fall; heute ist dein Verlobungsfest. Mammina hat heute morgen schon vorgekocht.«

»Verlobungsfeste feiert man doch gar nicht.«

»Deine Verlobung will ich aber feiern. Wo sind die anderen?«

»Deine . . . ich meine die Frau von deinem . . .«

»Wo sind Ans, Leslie und Maurice?« Sie rührte heftig.

»Im Garten. Bei Carlo. Weißt du, Gabriella: diese Küchenarbeit hätte sehr gut eure Klosterschwester übernehmen können. Ich finde das nicht nett von ihr. Schließlich ist Nächstenhilfe doch sogar ihre berufliche Pflicht.«

»Laura!« lachte Gabriella. Dann fügte sie hinzu: »Sie hat heute morgen für mich gebetet.«

»Das ist doch kein Äquivalent.«

»Los, geh wieder in den Garten!«

»Nein, ich möchte ein bißchen mit dir reden. Gestern haben wir uns keine Minute allein gesprochen; immer hattest du etwas vor, oder die anderen waren dabei. Und heute drückst du dich überall herum, nur nicht bei uns. Ans und Leslie fragen auch, wo du eigentlich immer bist. Machst du das absichtlich?«

»Absichtlich?« wiederholte Gabriella.

»Du hast doch was?«

»Ich habe mich nützlich gemacht, das ist alles.«

»Nein, das ist bestimmt nicht alles. Was hast du, Gabriella?«

»Was für eine Frage! Ich quirle.« Sie lachte dazu ein bißchen.

»Soße oder Männer?«

Gabriella drehte sich betroffen um und entgegnete scharf: »Bitte, Laura! Ich merke erst jetzt, daß du es ernst meinst!«
Das Mädchen war traurig und wandte sich ab.
Gabriella tat es im gleichen Augenblick leid. Sie schob den Topf von der heißen Platte, warf den Quirl hin, umfaßte Laura mit beiden Händen und zog sie nahe an sich heran.
»Cara«, sagte sie leise, »cuore – ich war häßlich zu dir, der liebsten und geduldigsten Freundin der Welt.« Sie blickte zum offenen Küchenfenster, um sich zu vergewissern, daß sie keinen Zeugen hatten. »Ich durchlebe eine schlimme Zeit, Laura. Das vergangene Jahr war schön wie ein Traum, aber die letzten zwei Wochen waren schrecklich für mich. Ich bin verwundet wie ein Soldat. Ich wünschte, ich stünde an deiner Stelle ...«
»Mit wem?«
Gabriella schien die Frage nicht gehört zu haben und sprach weiter:
»Ich wünschte, ich stünde an deiner Stelle, wäre glücklich hier in Frieden bei meiner lieben Nonna, würde eine Rose tragen wie du –«
»Für wen? Gabriella, für wen? Sag es!«
»Für wen? Ja, verstehst du mich denn nicht? Ich bin so jung wie du, ich habe es nicht verdient, daß ich unglücklich bin, wenn ich zum erstenmal liebe –«
»Wen, Gabriella?«

»Sei doch still, verflucht! Sag bloß dieses eine Wort nicht mehr!«
»Mein Gott!« Laura erschrak.
»Jajaja – mein Gott ... (Gabriella schlug schnell das Kreuz vor der Stirn) du hast recht, so etwas sagt man nicht, das ist Sünde, ich weiß. Vergiß alles, Laura, ich bitte dich, vergiß alles, was ich gesagt habe.«
»Kann ich dir nicht helfen? Ich möchte es so gern. Ich weiß bloß nicht genau, was du gemeint hast, Gabriella –«
Die Gazelle drückte das schwarze Kälbchen an sich und streichelte es.
»Vergiß es. Wenn ich an dich und Carlo denke, bin ich gleich wieder froher. Es ist bei euch beiden alles in Ordnung, alles in Frieden und alles schön. In ein oder zwei Jahren werdet ihr heiraten, es wird ein großes pranzo mit vielen Gästen geben, Monsignore wird von mir paglia e fieno extra bekommen, wir werden, wie es sich gehört, zur Piazzale Michelangelo hinauffahren, und ein Fotograf wird Hunderte von Aufnahmen machen, mit Mammina, mit deinem Vater, mit mir, mit uns allen, mit euch allein, mit den nipoti, mit den Gästen, mit den Was-, und immer mit Florenz, mit dem Dom und dem Palazzo Vecchio im Hintergrund. Du wirst ein langes strenges Kleid tragen, denn das wird dir wunderschön stehen, du wirst wie ein Bild von Raffael aussehen, Blumen, viele Blumen und Telegramme werden kommen.

Dann werdet ihr nach Sardinien fahren – nicht wahr, die Cuddùs stammen doch von der Insel – und wenn ihr zurückkommt, strecken sich dir, Laura, hundert Arme entgegen, zwei Familien werden dich beschützen, Florenz wird dich beschützen, die Via dei Bardi wird –«

»– geflaggt haben!« Laura lachte vergnügt. »Du hast noch die geschmückte Kirche vergessen, den Reis, den die Kinder werfen werden, und die großen Bouquets von Mandelrosen, die alle in der Hand tragen, und die Torte mit dem Marzipan-Brautpaar obendrauf. Ach, Gabriella! Daß du dich an all diese Dinge erinnerst! Ich dachte immer ... ich dachte, daß du ... ich weiß nicht ...«

»Nein, du weißt nicht. Und nun, Laura, wollen wir nicht mehr von mir und meinen dummen Gedanken sprechen.«

»Hast du«, fragte eine Stimme vom Fenster her, »dumme Gedanken?«

Gabriella war mit einem Satz da und beugte sich, da sie niemand sehen konnte, hinaus. Dann griff sie mit einer Hand nach unten und zog Hans an seinem Schopf in die Höhe. Ihre Gesichter waren nur eine Handbreit voneinander entfernt; Gabriellas Züge verwandelten sich von einem Moment zum anderen, ihre Lippen öffneten sich, die Lider waren mit einmal schwer, der Kopf vor ihren Augen verschwamm ihr, sie mußte sich anstrengen, aufrecht

stehen zu bleiben. Ihr sanken die Hände herunter. In diesem Augenblick hätte Hans sie nehmen und nach München, Liebigstraße 3, tragen können.
»Ich quirle für dich, Gabriella«, rief Laura vom Herd her, »geh ruhig ein paar Minuten in den Garten! Sag mir nur noch, wie dick die Sauce werden muß.«

*

Die Sauce, die Gabriella zu Ende gequirlt hatte, war ausgezeichnet. Das ganze Mittagessen war gut. Es war so gut, daß man erst gegen zwei Uhr aufstand. »Ehrlich, Sir«, sagte Benitone zu Maurice, »kann sich damit die Pariser Küche messen?« Maurice antwortete der Einfachheit halber mit nein.
Die Großmutter legte sich nach dem Essen für ein Stündchen hin und wünschte, daß Gabriella und Laura ihr Gesellschaft leisteten.
Der Zahnarzt und seine Frau fuhren nach Empoli hinunter, um Bongo zu holen (Brandteigkugeln mit Schlagsahne gefüllt und Schokolade übergossen). Das Nönnchen begab sich noch einmal in die Kirche; Benito in die Bar, um ein paar Schallplatten zu hören. Nach kurzer Zeit kam er wieder zurück und brachte drei Eis am Stiel mit, die er Leslie, Hans und Maurice schweigend anbot.
Gegen vier Uhr aß man Bongo und trank Kaffee und Tee. Und eine Stunde später brachen alle zur Heimfahrt auf. Es wurde ein großes Geküsse und Umar-

men. Die drei Wasserballer gingen zum Parkplatz voraus.
Der Volkswagen kochte, die Sitze waren so heiß, daß sich jeder etwas suchte, um es unterzulegen; sie stiegen ein und warteten.
Maurice holte eine Gauloise hervor. Er zündete sie an (»Mann, wenn ich sie ans Steuerrad halte, brennt sie«) und ließ sie an der Unterlippe kleben. Nach einer Weile sagte er über die Schulter:
»Höre, Brite: in 45 Minuten sind wir in Florenz und laden aus. Beeile dich!«
»Wieso? Was ist los?«
»Ich dachte, du wolltest heute noch kontern?«

XV

Am Montag hörten und sahen sie nichts voneinander. Das Wetter war umgeschlagen, es regnete. Ein vorsommerlicher Alltag. Die Florentiner waren zurückgekehrt von ihren Ausflügen; die Kühlschränke waren leer, Frau Bellini, Frau Medici, Frau Chiarugi (Leslies Wirtin) und Lucienne gingen einkaufen. Alle vier begegneten sich, ohne sich zu kennen, in der Markthalle. Mehr als einmal strichen sie umeinander herum, und alle vier dachten an dieselben Personen.

Als Lucienne, die ohne Regenschirm weggegangen war, nach Hause kam (Pietrapiana 18), war sie völlig durchnäßt. Maurice war da, er nahm ihr die Tragtüten ab und dann ihre Schuhe, ihre Strümpfe, ihr Kleid und schließlich auch das, was noch darunter war. Er holte ein Handtuch und rieb sie ab. Er rieb wegen der Erkältungsgefahr sehr sorgfältig; dann goß er etwas Sonnenöl auf seine Handflächen und begann, mit schlüpfrigen Händen zu massieren. In aller Muße wurde Maurice selbst inzwischen von Lucienne entkleidet.

Später sagte sie zu ihm:

»Ich verstehe nur nicht, warum es zwischen uns zu Ende sein soll. Gut, ich ziehe in eine andere Wohnung – in ein anderes Zimmer, das ist klar; aber warum soll alles andere nicht beim alten bleiben? Glaub nur nicht, daß bei deiner Gabriella anfangs viel zu machen sein wird; ich kenne die Italienerinnen.«

»Lucienne, nimm bitte zur Kenntnis, daß ich das Mädchen liebe und daß ich es heiraten werde.«

»Und trotzdem liegen wir hier?«

»Es ist der Abschied, Kindchen. Ich habe es dir erklärt, sei brav!«

»Warum ist morgen und übermorgen etwas unrecht, was heute noch recht war?«

»Weil ich morgen abend mit ihr spreche.«

»Sie wird nein sagen.«

»Ich glaube nicht.«

»Ich habe die beiden anderen gesehen, mein Lieber! Was hast du, was sie nicht haben?«
»Den Hengstgeruch.«

*

Ein trüber Tag, der Dienstag. Der Regen hatte aufgehört, aber der Himmel war mit grauen Wolken vollgestopft, die so tief hingen, daß die Spitzen des Giotto-Turmes und des Palazzo Vecchio sie aufritzten. In den engen Straßenschluchten war es schummrig wie in der Dämmerung. In manchen kleinen Geschäften brannte Licht. Kein schöner Tag. Ein Märztag, ein Oktobertag, ein Valpadana-Tag, dieser Dienstag.
Um 12 Uhr klingelte Gabriella in der Via San Benedetto Nr. 1 bei Frau Medici und Carlo in der Via Pietrapiana Nr. 18, wo Lucienne öffnete. In diesem Augenblick ging Leslie, angetan mit einem grauen Anzug, über den Ponte Vecchio, wie er es immer tat, wenn er auf dem Wege zu Bellinis war. Er ging nicht schnell, nicht schneller als sonst, doch sein Herz klopfte so stark, daß man das Pochen in den Schläfen sehen konnte.
Ehe er Nr. 28 der Via dei Bardi betrat, blieb er an der Schwelle noch einmal stehen, um tief auszupusten. Dann klingelte er.
Frau Bellini öffnete.
Sie hatte nicht geplättet und auch nicht gerade ge-

kocht, nichts dergleichen diesmal. Sie hatte ihr Sommerkleid an und einen Hut auf.

Als sie Leslies ansichtig wurde, trat sie erschrocken einen Schritt zurück und rief:

»Mein Gott!«

Leslie war von dem Empfang so überrascht, daß er im ersten Moment kein Wort herausbrachte.

»Waren Sie nicht zu Hause?«, stieß Frau Bellini hervor. »Woher kommen Sie?«

»Ich –«, stotterte er, »aus – der Staatsbibliothek.«

Ihr Gesicht wurde noch ängstlicher. Sie stand an der offenen Tür wie gelähmt.

»Wollten Sie gerade fortgehen, Signora?«

»Nein.«

»Aber Sie haben doch schon einen Hut auf!«

»Einen Hut?« Sie schien es nicht zu wissen und tastete auf den Kopf. »Ja, ich war ausgegangen.«

Sie nahm den Hut ab und legte ihn geistesabwesend weg.

»Darf ich eintreten, Signora?«

Sie ließ ihn schweigend herein.

Er steuerte auf die Küche zu, in der nicht das geringste Zeichen von Arbeit zu sehen war.

»Ist Gabriella da, Signora?«

»Nein«, antwortete sie.

»Nicht?« (Pause) »Kommt sie bald?«

»Ich weiß nicht.«

Ihre Antworten begannen, ihm die Schamröte aufsteigen zu lassen. Er senkte den Blick, um sich zu beruhigen.

Dann sagte er:

»Ahnen Sie, warum ich komme, Signora?«

»Nein.«

»Ich komme, um Sie um die Hand Gabriellas zu bitten.«

Sie zuckte zusammen, als habe sie einen Schlag erhalten. Ihr Gesicht wurde kreideweiß.

Nach einer Ewigkeit des Schweigens faßte sie sich; sie deutete auf den Küchenstuhl und setzte sich ihm gegenüber. Sie stützte die Ellbogen auf, legte die Stirn in die Hände und sagte:

»Sie haben sie nicht gesehen?«

»Wen?«

»Meine Tochter?«

»Nein.«

»Dann bin also ich es, die Ihnen die Nachricht überbringen muß. Wir haben nicht damit gerechnet, daß Sie herkommen würden. Gabriella wollte erst zu Ans und dann zu Ihnen gehen.«

»Welche Nachricht?«

Sein Herz schlug wieder bis zum Halse herauf.

»Gabriella hat sich gestern verlobt.«

Sie sprach wie ein Automat.

Und merkwürdigerweise hörte er sich ebenso ruhig fragen: »Mit wem, Signora?«

»Mit Benitone.«

(Das Ende. So wird es sein, wenn man tausend Meter in die Tiefe stürzt. Mit wem, Signora? Ich kann Sie nicht hören. Ich höre nichts, ich falle, und der Wind saust in meinen Ohren. Mit wem, Signora? Mit Hans, nicht wahr? Mit Maurice, Signora? Antworten Sie noch nicht, ich bin gekommen, um Sie um die Hand Gabriellas zu bitten.)

»Mit wem?« wiederholte er entsetzt.

»Mit Benito.«

Er hatte nun verstanden. Er ließ den Kopf auf den Tisch sinken; es war ein Vornüberfallen. Ihm war so übel, daß er Mühe hatte, sich nicht zu erbrechen. Das war der einzige Gedanke, der ihn im Augenblick beherrschte. »Es geht gleich vorbei«, sagte er. Er sagte es so schwach, daß Frau Bellini ihn kaum verstehen konnte.

Sie streckte die Hand aus, um sein Haar zu liebkosen, zog sie aber gleich hastig wieder zurück, als er den Kopf hob. »Liebt sie ihn?« fragte er.

Eigentlich wollte er es nicht wissen; ihm fiel nur nichts anderes ein, er konnte keinen Zusammenhang mit Gabriella erkennen. Er hatte das Gefühl, es würde sich nicht um sie handeln.

»Wir müssen es annehmen, Leslie, nicht wahr?« Frau Bellinis Stimme war von Mitleid fast erstickt.

»Ist sie froh?«

»Sie scheint froh, Leslie. Sie sagt, sie werde sich freuen.«

»Werde sich freuen?«

»Ich erinnere mich, daß sie so sagte. Möchten Sie einen Schluck trinken?«

»Nein, nein. Und ist das die Wahrheit?«

»Mein Gott, Leslie! Sie wird doch nicht lügen, wenn es um ihr Leben geht.«

»Nein, das wird sie wohl nicht. Warum aber? Warum?«

Frau Bellini grübelte; sie hatte Mühe, ihre Gedanken zu ordnen.

»Ich glaube, sie hat die Ungewißheit, die Furcht, ja, sie hat sich gefürchtet, ich weiß nicht wovor – sie hat die Zweifel beenden wollen. Sie wollte Frieden haben.«

»Frieden? Ich verstehe nichts, Signora, helfen Sie mir, ich bin unglücklich –«

»Ich kann es nicht. Ich habe einmal eine kurze Zeit die Illusion gehabt, ich könnte Sie davor bewahren, aber es war ein Wahn.«

»Ich verstehe nichts, Signora –«

»Ach, Leslie.«

»Und Sie? Sind Sie glücklich?«

(Warum fragte er immer aufs neue, immer weiter, nur um etwas zu sagen, um nicht gehen zu müssen, um nicht an die anderen zu denken und an morgen –)

Frau Bellini antwortete müde:

»Es ist gekommen, wie es wohl kommen mußte. Das italienische Blut, das Erbe, war stärker.«

»Ich war so ahnungslos, Signora.«
Frau Bellini nickte.
Aber er sah sie verständnislos an:
»Ich war so ahnungslos, Mammina –«
Bei diesem Wort verlor auch sie die Fassung. Sie warf den Kopf in die Hände und schluchzte.
Leslie fühlte die Schwäche und das Würgen wiederkehren. Er stand auf.
»Ich kann nicht mehr. Ich muß gehen. Ich muß schlafen.« Er fiel ins Englische: »Schlafen – schlafen – nichts weiter – und zu wissen, daß ein Schlaf das Herzweh und die ewigen Schmerzen endet. Hamlet, Dad.«
Frau Bellini hörte, wie die Tür ins Schloß fiel, und wie sich seine Schritte auf der Straße verloren.

*

Frau Medici öffnete und lebte auf, als sie Gabriella, die sie aus so vielen Erzählungen kannte, vor sich sah. Sie ergriff die Rechte des Mädchens und schüttelte sie kräftig auf und ab. »Sie müssen sich«, sagte sie, »ein Weilchen gedulden; Signor Ans ist noch nicht da.« Sie erwarte ihn auch nicht allzu pünktlich, denn heute gäbe es ein Mittagessen, über das er immer ein bißchen die Nase rümpfe. Panzanella. Mit dem guten Fini-Essig aus Modena, von dem das Fläschchen 800 Lire koste.
Gabriella nickte.

Natürlich sei eine kalte Panzanella nicht so recht am Platze an einem trüben Tag wie heute. Ribollita wäre das Richtige gewesen. Oder Coniglio alla cacciatore. Sie schwatzte noch ein Weilchen weiter, während sie sich an Gabriella satt sah.

Dann fiel ihr ein, sie könnte die Gelegenheit benutzen, um noch schnell einkaufen zu gehen, ehe die Geschäfte schlössen.

Die Panzanella, sagte sie, stehe auf dem Küchentisch; Teller und Besteck lege sie bereit, falls inzwischen Signor Ans komme. Vielleicht zwei Bestecke?

Gabriella lächelte schwach und schüttelte den Kopf.

»Also, a dopo! Machen Sie es sich bequem, Signorina.«

Gabriella wartete, bis Frau Medici die Wohnung verlassen hatte und setzte sich dann auf eines der drei Sofas. Sie sah müde aus.

Sie blickte im Zimmer umher, jedoch nach einer Weile schloß sie die Augen, als schmerzten sie sie. Es verging eine halbe Stunde, während sie regungslos sitzen blieb.

Dann stand sie auf, trat zum Fenster und starrte zum Dom-Koloß hinüber.

Plötzlich fuhr sie zusammen. Die Wohnungstür ging. Schritte auf dem Flur. Hans trat ins Zimmer.

Er sah die Gestalt am Fenster und machte, wie ihr schien, eine Geste, als wollte er die Arme nach ihr ausstrecken (vielleicht, lieber Himmel, wollte er auch

nur das Jackett ausziehen); mitten in der Bewegung schrie Gabriella:
»Bleib! Komm nicht her!«
Er machte dennoch zwei Schritte auf sie zu, und sie rief noch einmal schrill:
»Bleib! Rühr mich nicht an, ich bitte dich! Bleib!«
Ihre Stimme klang ganz fremd, es war nicht die Stimme, die er kannte; sie hielt ihn auf der Stelle fest. Er hatte das Gefühl, er halte einen Meter vor einem Abgrund, ohne einen zu sehen; so klang es.
Obwohl er nichts begriff, wagte er nicht einmal, den Kopf zu bewegen. Dann hörte er Gabriella sagen, und es war ihre alte Stimme, nur sehr leise und traurig:
»Ich muß zu dir sprechen, Ans, als wärest du nicht da. Und bald, ach Gott, bald wirst du auch wirklich nicht mehr da sein. Ihr alle, die ich liebe, werdet fortgegangen sein, ich werde nur noch in Gedanken mit euch sprechen können. Rühre dich nicht, bewege dich nicht, sonst schaffe ich es nicht, Ans, und ich muß es doch schaffen.«
Unvermittelt heulte sie auf wie ein junger Hund, nur einmal in einem jammervollen Ton, und die Tränen rannen ihr über die Wangen.
»Ja, ja«, sagte sie, »ich weine.«
Nachdem sie sich etwas gefaßt hatte, fuhr sie fort:
»Du hast verstanden, nicht wahr? Ich kann dein Gesicht nicht sehen, alles verschwimmt mir.«
Sie faltete die Hände. Immer noch strömten ihre Trä-

nen. »Heilige Mutter Gottes, hilf mir, es ihm zu sagen.« Dann stammelte sie:
»Ich werde Benito heiraten. Geh fort von Florenz, Ans, geh zurück nach Deutschland, geht alle weit weg. Nehmt alle drei die Gabriella mit, die ihr geliebt habt; ich brauche sie nicht mehr. Aber später, nach vielen Jahren, komm noch einmal zurück, Ans. Dann wollen wir wieder wie einst unter den Platanen des Viale Matteotti stehen; und ein Kind an meiner Hand wird, wenn du mich umarmst, fragen: Wer ist der fremde Mann? Und ich werde ihm antworten: Er war meine heimliche Liebe zwischen Sehnsucht und Furcht. Furcht, daß ich bei ihm an Leslie denken würde und bei Leslie an ihn, oder daß Maurice mir im Traum erscheinen könnte. Ich habe auch Furcht vor allem Fremden gehabt und mir nur Ruhe und Geborgenheit gewünscht. Aus Feigheit und Ratlosigkeit bin ich tapfer geworden. Deshalb sei ruhig, Bambina, wenn ich ihn noch einmal küsse.
Öffne die Tür, Ans, tritt zur Seite und laß mich gehen.«

*

Leslie saß am Fenster und blickte lange über die regennassen Dächer der Stadt. Dann raffte er sich auf und schrieb seinen letzten Brief aus Florenz:

»Lieber Dad,
ich danke Dir für das Telegramm, das mich trösten sollte. Ich treffe am Montag mit der Mittagsmaschine in Croydon ein. Hans und Maurice haben Florenz schon verlassen; ich aber möchte mich noch von Cuddùs verabschieden. Man fährt nicht einfach weg, würde ich meinen.
Du sagst, Dad, daß noch viele Frühlinge kommen. Ach, Dad! Keiner mehr wie dieser!
Sie war eine wunderschöne Schöpfung der Natur. Und ich muß Zeuge werden, wie ein wasserschnuppernder Maulesel kommt und sich diese Rose hinters Ohr steckt! So also ist die Welt. Unentbehrlich, aber zum Totärgern –

Dein Leslie«